REINHARD PELTE

Kielwasser

AUF HOHER SEE Ein merkwürdiger Fall lässt Kriminalrat Tomas Jung, Leiter der Abteilung für unaufgeklärte Kapitalverbrechen in Flensburg, keine Ruhe: Ein deutscher Mariner ist spurlos im Arabischen Meer verschwunden. Die Ermittlungen sind eigentlich bereits abgeschlossen. Der Soldat sei über Bord gegangen und ertrunken – so das Ergebnis. Aber seine Vorgesetzten mögen daran nicht glauben. Ein Unfall passt nicht zu dem Menschen, den sie kennen gelernt haben.

Jung und sein pensionierter Kollege Boll schalten sich ein. Jung wird under cover als Wehrübender auf Zeit bei der Marine untergebracht. Der vollkommen unerfahrene Zivilist beginnt, sich in die Welt der Mariner einzuleben, teilt ihre Lebensumstände an Bord eines Kriegsschiffes im Einsatz vor Afrika und macht schließlich eine erstaunliche Entdeckung …

Reinhard Pelte wurde 1943 geboren. Der Diplommeteorologe fuhr lange Zeit zur See, u. a. auf dem Segelschulschiff Gorch Fock, und lernte auf diese Weise die Welt kennen: Afrika, Amerika, Arabien, das Mittelmeer, die Karibik. Heute lebt der Weinliebhaber bei Flensburg, schreibt Kriminalromane und raucht gelegentlich eine gute Zigarre. Nach seinem überaus erfolgreichen Krimidebüt »Inselkoller« setzt Pelte mit »Kielwasser« die Serie um den Flensburger Kriminalrat Tomas Jung fort.

Bisherige Veröffentlichungen im Gmeiner-Verlag:
Inselkoller (2009)

REINHARD PELTE

Kielwasser

Der zweite Fall für Kommissar Jung

GMEINER *Original*

Personen und Handlung sind frei erfunden.
Ähnlichkeiten mit lebenden oder toten Personen
sind rein zufällig und nicht beabsichtigt.

Besuchen Sie uns im Internet:
www.gmeiner-verlag.de

Im Ehnried 5, 88605 Meßkirch
Telefon 07575/2095-0
info@gmeiner-verlag.de

1. Auflage 2010

Lektorat: Claudia Senghaas, Kirchardt
Herstellung / Korrekturen: Julia Franze / Sven Lang Katja Ernst
Umschlaggestaltung: U.O.R.G. Lutz Eberle, Stuttgart
unter Verwendung eines Fotos von Reinhard Pelte
Druck: Fuldaer Verlagsanstalt, Fulda
Printed in Germany
ISBN 978-3-8392-1014-7

Für Moritz und Jessi

›Gimme shelter‹
Rolling Stones

INHALTSVERZEICHNIS

PROLOG

Der Hauptbootsmann schritt vor den angetretenen Männern auf und ab. Er sah auf die Uhr. Noch drei Minuten. Es fehlte keiner. Selbst den zweiten Koch musste er heute nicht aus der Koje holen.

*

Mein Gott, wie wichtig der sich vorkommt. Marschiert da vor der Truppe wie Napoleon vor der Schlacht bei Waterloo. Macht heute ein Gesicht, als hätte er schon lange keinen Stoff mehr gehabt. Seine Arbeit macht die Pappnase auch nur gut, wenn er unter Strom steht. Mal sehen, was heute anliegt.

*

»Achtung!«, rief der Hauptbootsmann laut, spannte seinen Körper und stellte sich gerade vor seine Truppe.

»Hauptabschnitt vier stillgestanden! Richt euch!«

Die Soldaten rückten zu geraden, geschlossenen Reihen zusammen.

»Zur Meldung an den Hauptabschnittsleiter die Augen links!«

Er wandte sich nach rechts und grüßte. Aus dem Schatten des Decksaufbaus trat ein Oberleutnant und baute sich in Armeslänge vor dem Bootsmann auf.

»Melde Hauptabschnitt vier vollzählig angetreten. Keine besonderen Vorkommnisse, Herr Oberleutnant.«

»Danke, Versorgungsmeister.« Der Offizier grüßte zurück. Dann machte er die paar Schritte vor die Front und stellte sich aufrecht und mit zusammengeschlagenen Hacken vor die angetretenen Soldaten. »Guten Morgen, Hauptabschnitt vier!«

»Guten Morgen, Herr Oberleutnant«, röhrte es aus knapp zwei Dutzend Kehlen.

»Augen gerade aus. Rührt euch.«

Unruhe und Bewegung kamen jetzt in die Gruppe.

*

Der Oberdödel, welch heldenhafter Offizier. Liegt schon bei Windstärken vier in der Koje und jammert nach Mutti. Letztes Mal hat er die Kantine vollgereihert, die Sau. Auf Gummibärchen kann der nicht verzichten. Der müsste mal mit zu meinen Legionären und Marines. Da würde Mutti ihr Söhnchen schon bald wieder haben.

*

»Wir erwarten gleich den IO*. Er hat Erfreuliches mitzuteilen. Also benehmt euch und steckt die Hemden in die Hosen, Männer!«

»Hemden kenn ich nich. Ich kenn nur Hemdchen und Höschen«, kam es irgendwoher aus der Truppe. Ein halbherzig unterdrücktes Lachen breitete sich unter den Männern aus.

---

* Erster Offizier

»Unser Witzbold vom Dienst. Ich hab schon drauf gewartet. Sawatzki, vortreten.«

*

Der schon wieder. Der nervt nur. Immer unter Strom. Kriegt die Nase nicht voll genug. Steht bei mir in der Kreide. Muss ich mir mal vorknöpfen, bevor der abnippelt oder sonst irgendwelchen Scheiß baut.

*

»Melde mich wie befohlen, Herr Oberleutnant.« Ein schmächtiger Junge baute sich vor dem Offizier auf. Ein Dauerlächeln verzerrte sein Gesicht.

»Sawatzki, welches Schuhwerk ist für BGA* befohlen?«

»Bordschuhe, Herr Oberleutnant.«

»Und warum tragen Sie dann Seestiefel?«

»Meine Bordschuhe kann ich nicht finden, Herr Oberleutnant.«

Sein Vorgesetzter ging um ihn herum und musterte seine Bekleidung. »Darf ich Sie anfassen, Herr Obergefreiter?«

»Ich bitte darum, Herr Oberleutnant«, antwortete der Junge künstlich erfreut. In der Gruppe brandete Gekicher auf.

Der Offizier richtete den Hemdkragen des Soldaten und steckte die Enden des Uniformhemdes unter den Gürtel seiner Hose. »Sawatzki, Sie sind ein hoffnungsloser Fall. Zurücktreten ins Glied, aber ganz nach hin-

* Borddienst- und Gefechtsanzug

ten bitte.« Der Soldat trat unter beifälligem Gemurmel und Gekicher seiner Kameraden ab.

»Achtung!«, rief der Hauptbootsmann aus dem Hintergrund.

Das Anfangszeremoniell wiederholte sich. Nur meldete diesmal der Oberleutnant dem IO, der hinter dem Schornsteinaufbau vorgetreten war und jetzt das Kommando übernahm.

»Männer, ich habe heute eine erfreuliche Pflicht zu erfüllen.«

*

Der IO, guter Mann! Kann 'nen Stiefel ab. Dem würde ich nicht gern im Dunkeln begegnen. In der Muckibude ist er auch öfter. Labert nicht blöd rum. Sagt, wo es langgeht. Hat aber keine Ahnung, welchen Schrotthaufen er befehligt. Ist noch neu. Der hat noch nie in der Kantine eingekauft. Besoffen hab ich ihn auch noch nicht erlebt. Kann gefährlich werden, der Mann. Vorsicht ist die Mutter der Porzellankiste.

*

»Obermaat Kannegießer, vortreten!«

*

Was, der? Das kann doch nicht wahr sein. Diese Flachpfeife wollen sie zum Bootsmann machen? Nee, nee Kinder, das könnt ihr gern machen, aber nicht mit mir. Mein Gott, was ist das nur für ein Sauhaufen. Das einzig Tolle an diesem

Typen ist seine Braut. Versteh einer die Weiber. Meine Alte, diese Schlampe, hat sich einfach abgesetzt. Was hab ich ihr getan? Sie hat bei mir ein schönes Leben gehabt und hätte ein noch besseres haben können. Wäre ja nicht ewig gewesen mit der Seefahrt. Hatte schon meine Pläne. Aber wenn sie mal ein paar Tage aufs Bumsen verzichten müssen, machen sie gleich die Biege. Keine Disziplin. Keine Treue. Nur Scheiß in der Birne. Scheiß was drauf. Scheiß auf die Weiber. Da lob ich mir die Professionellen. Da weiß man, was man hat. Lilly, die ist 'n echter Kracher. Und nicht teuer.

*

»Für den Bundesminister der Verteidigung, der Leiter der Stammdienststelle … Die Unterschrift kann ich nicht entziffern«, schloss der IO.

»Ich würde mal zu Fielmann gehen.« Der Spruch kam wieder aus der Truppe und löste erneut allgemeine Heiterkeit aus. Der IO überreichte dem vorgetretenen Obermaaten ungerührt die Ernennungsurkunde, gratulierte ihm zum neuen Dienstgrad und befahl ihn zurück ins Glied. Dann stellte er sich betont aufrecht vor die Front und fixierte schweigend die Männer, einen nach dem anderen. Je länger sein Schweigen anhielt, desto mehr wuchs die Spannung. Es wurde mucksmäuschenstill.

Schließlich sagte er laut: »Im Stillgestanden rede nur ich, Soldaten!« Er machte eine längere Pause und sah noch einmal durch die Reihen. »Wer gerade geredet hat, vortreten«, befahl er.

Keiner rührte sich.

*

Das war natürlich Hein Blöd, der nicht mal vernünftige Brötchen backen kann. Fehlt bloß noch Käpt'n Blaubär und die Chaostruppe ist vollzählig. Scheißt sich in die Hose, wie immer, wenn er nicht gerade 'ne Nase durchgezogen hat. Aber dann. Große Klappe, nichts dahinter. Wie blöd muss man eigentlich noch sein, um von der Marine abgelehnt zu werden? Der Scheißer ist 'ne echte Beleidigung.

*

»Der Mann hat bis morgen früh Zeit. Bis zur Frühmusterung meldet er sich beim SVO*. Dann werden wir weitersehen.«

Der IO ließ rühren und verließ das Deck in Richtung Vorschiff. Unter den Männern setzte Gemurmel ein. Sie wussten, wer der Witzbold war, taten aber unwissend, solange ihr Oberleutnant vor ihnen stand.

»Ihr habt gehört, was der IO gesagt hat. Spätestens morgen früh erwarte ich Meldung. Wegtreten auf Station.« Die Gruppe löste sich auf und der Offizier verließ das Versorgungsdeck.

*

Tolle Vorstellung. Scheiße. Was liegt jetzt an? Ich muss die präparierten Gummibärchen noch einpacken. Die neue Bestellung muss mit Deutschland klargemacht werden. Meinen Hiwi muss ich einnorden, damit er weiß, wo was liegt und wie viel wir in Reserve halten müssen. Kein Problem, der Kerl frisst mir aus der Hand, seitdem er die Wohltaten von Gummibären und Schokolade kennenge-

* Schiffsversorgungsoffizier

lernt hat. Eine echt arme Sau. Aber Kamerad. Verlässlich. So einen brauch ich. Wo ist er überhaupt? Da steht er ja, beim Provi. Den Einkauf für das nächste Spitzenessen wird das Arschloch von Provi natürlich wieder mir zuschieben und sich hinterher dafür feiern lassen. Mir soll's recht sein. Kann mir nur nützen. Wenn der von meinen Beziehungen zu den Franzmännern und Amis wüsste, würde der grün anlaufen.*

Ich ertrag das ganz einfach nicht mehr: nur Weicheier, Kokser, Wichtigtuer und Absahner. Frauen? Alle nur Schlampen. Paul und Kalle, die sind okay. Prima Kerle. Die haben das gemacht. Einfach so. Respekt. Leben jetzt drüben bei den Franzmännern. Neue Papiere, neues Leben, guten Job, schöne Frauen. Solche wie Lilly.

John und Charles, auch tolle Typen. Die machen was draus. Was die so erzählen. Alle Achtung! Wenn ich sehe, was sie an den Hanteln stemmen, glaub ich ihnen jedes Wort. Blöd sind die nicht. Groß im Dealen. Kann ich noch was lernen.

John sagt, es wird schwieriger. Die Russen kommen. Er braucht einen an Land, der Russisch kann. Wäre was für mich, sagt er. Würde mich schon reizen. Steckt 'ne Masse Schotter drin. Englisch und Französisch wären auch gut, aber nicht unbedingt nötig, sagt er.

Englisch geht so, lernt man ja irgendwie nebenbei. Französisch? Kann man lernen. Paul und Kalle haben das auch geschafft. Habe schließlich Abi. Na ja, DDR-Abi. Wenn schon. Ist auch nicht schlechter als von den Wessis. Und den ganzen Marinescheiß kann ich sowieso besser als alle anderen.

---

* Proviantmeister

DER BESUCH

Boll atmete hörbar aus. Er drängelte: »Was wisst ihr denn nun genau, Tomi?«

Tomas Jung, Kriminalrat und Leiter des Dezernats für unaufgeklärte Kapitalverbrechen bei der Polizeiinspektion Nord in Flensburg, saß im Garten seines pensionierten Kollegen auf der Halbinsel Holnis. In Oxbüll hatte er die Straße in Richtung Ulstrup/Bockholm verlassen, und nachdem er die sanfte Kuppe der letzten Moräne vor der Förde erklommen hatte, lag die Halbinsel Holnis vor ihm. Boll hatte dort in den 70er-Jahren ein altes Siedlungshaus erworben und es für sich und seine Frau hergerichtet. Die Halbinsel teilt die Innen- von der Außenförde und ist der letzte Flecken deutschen Bodens vor den dänischen Äckern, die jenseits der engen Fahrrinne zu erkennen sind. Holnis war vor einigen Jahren zum Landschaftsschutzgebiet erklärt worden. Leider einige Jahre zu spät, denn die Ufer waren schon von einer billigen Freizeit- und Ferienindustrie besetzt worden. In den letzten Jahren hatte sich die Gemeinde mit großem Aufwand um Verbesserungen bemüht, mit bescheidenem Erfolg. Zumindest durfte auf der Halbinsel zur Freude derjenigen, die dort wohnten, nicht mehr gebaut werden. So gewann Bolls Haus an Exklusivität und Wert und er selbst die Gewissheit, dass der Ausblick auf das vor seinem Haus per Durchstich von der Förde geflutete Noor nicht mehr verbaut werden konnte.

Jung hatte während der Aufklärung des Gifttodes einer Immobilienmaklerin auf Sylt bei Boll Hilfe gesucht und gefunden. Jetzt besuchte er ihn, um von seinen Ermittlungsergebnissen zu berichten. »Wir wissen, dass zwei Frauen, deren Verschwinden ich seit Monaten aufzuklären versuchte ...« Jung erzählte ausführlich. Er war sehr genau in seiner Schilderung, auch um sich selbst noch einmal alle Fakten vor Augen zu führen. Bis heute, bis zu diesem Moment in Bolls Garten, ließ dieses Verbrechen jegliche kriminelle Logik vermissen. Die Motive für die Tat hatte Jung nicht aufdecken können. Er hatte Fakten gesammelt, die nicht anzuzweifeln waren. Sie machten ihn wissender, aber nicht schlauer.

Jung war deswegen nicht überrascht, als Boll am Ende fragte: »Das verstehe ich nicht! Wo ist der Sinn?«

»Gute Frage. Ich habe nur eine vage Idee.« Jung blickte sinnend an Holnis' Kliff vorbei auf die weiter draußen liegende Innenförde. Das Wasser glitzerte schwach unter einem wolkenverhangenen Himmel. »Ich müsste den mutmaßlichen Täter befragen können. Aber der ist in Afrika. Der Chef hat den Fall nach Kiel abgegeben. Offiziell bin ich aus der Sache raus.«

Sie schwiegen und starrten in die immer dichter werdenden Wolken. Boll war kürzlich von einem mehrwöchigen Urlaub in Spanien zurückgekehrt. Es war Frühherbst und noch sehr mild. In jedem Moment drohten die ersten, winzigen Sprühregentropfen niederzuschweben. Später würden die Tropfen sich vermehren, größer und schwerer werden und schließlich in einen warmen, lang andauernden Landregen übergehen.

Sie wechselten von den Gartenstühlen auf die bequemen Sessel in Bolls Wohnzimmer.

»Bevor ich weiterfrage, was willst du trinken?« Boll sah Jung auffordernd an. »Ich habe vor Kurzem zwei

Flaschen 89er Rauenthaler Gehrn, Spätlese, von Jupp Schell im Keller gefunden. Wenn er noch nicht umgekippt ist, dann muss er schnellstens getrunken werden. Also, was meinst du?«

Man merkte Boll an, dass er stolz auf seinen Fund war und von Jung eine begeisterte Reaktion erwartete.

»Probieren wir es aus. Wenn er frisch geblieben ist, dann ist er ein Juwel.«

»Ja, das dachte ich mir auch. Gerade gut genug für uns alte Genießer.« Boll nickte zufrieden.

*

Er und Jung waren Bewunderer der Rheingauer Rieslingweine. Sie hatten seinerzeit die Adressen ihrer bevorzugten Weinbauern ausgetauscht und sich die eine oder andere Kiste mitgebracht, wenn es sich gerade so ergeben hatte. Jung schnalzte mit der Zunge, wenn er an die Weine Jupp Schells dachte. Schell war Winzer aus Familientradition gewesen, mit eigenem kleinen Wingert und den Traditionen seines Handwerkes verpflichtet. Solange er dem wirtschaftlichen Druck des Weinmarktes standzuhalten vermochte, hatte er seine Weine selbst vermarktet. Ende der 80er-Jahre musste er aufgeben. Die neue Weingesetzgebung begrub seine letzten Chancen, als kleiner Winzer zu überleben. Von da an verkaufte er seine Ernten an Genossenschaften und Großunternehmer wie die Hessischen Staatsweingüter in Eltville. Dort gingen sie unter und waren nicht mehr zu schmecken.

*

Boll kam mit der entkorkten Weinflasche in der Hand aus der Küche. Jung erkannte das schlichte Etikett: das Wappen der Schells auf blassgelbem Grund, darunter die Lagenbezeichnung, der Jahrgang, die Qualitätskennzeichnung nebst Kontrollnummer. Die Angaben waren von einer in rot und weiß geflochtenen Bordüre umrandet. Erinnerungen an Weinproben bei den Schells erwachten in Jung. Auf wackeligen Holzbohlen waren sie im Haus der Großmutter in den felsigen Untergrund hinabgestiegen. Die Sommerhitze draußen, die feuchte Kühle im Keller und der Geruch nach Hefepilzen und Wein waren in seinem Gedächtnis unauslöschlich eingegraben. An das Aroma grober, mit Majoran angemachter Leberwurst, an das selbst gebackene Brot und an die herbe Säure eines frischen Weins aus der Literflasche erinnerte er sich, als ob er sie eben erst auf der Zunge und in der Nase gehabt hätte.

An andere Weinproben erinnerte er sich auch, aber mit gemischten Gefühlen. In Hallgarten war er aus einem kühlen Weinkeller in die gleißende Mittagshitze hinaufgestiegen. Ihm waren auf der Stelle die Sinne geschwunden, als hätte ihn ein schwerer Hammer am Kopf getroffen. Er hatte sich torkelnd auf einen nahe gelegenen Friedhof gerettet und sich heftig übergeben. Er hatte sich auf eine Friedhofsbank legen müssen und war für Stunden eingeschlafen. Später, wenn er ins Erzählen kam und von den Zeiten schwärmte, in denen er im Rheingau Weinproben besucht hatte, ließ er diese Episode lieber aus. Er schämte sich für seinen Kontrollverlust und für die Pietätlosigkeit auf einem Gottesacker.

Boll schenkte den Wein in die Gläser ein. Sie nahmen einen ersten, vorsichtigen Schluck. An Jungs Gaumen entfaltete sich die strahlige, herbe Kühle eines gerade anbrechenden Sonnentages über dem Rheingau. Boll sagte nichts. Andächtig probierten sie einen zweiten, mutigeren Schluck. Sie stellten die Gläser zurück.

»Gut. Er lebt«, ließ Boll sich vernehmen.

»Und wie er lebt. Großartig. Wer hätte damals gedacht, dass wir heute hier sitzen und einen Wein trinken, den es niemals wieder geben wird? Mich beunruhigt das.« Jung schüttelte leicht mit dem Kopf und nippte erneut an seinem Glas. »Fast alles, was damals wichtig war, ist inzwischen für mich ziemlich belanglos geworden. Und was mir heute wichtig ist, daran habe ich damals keinen Gedanken verschwendet.«

»Verschwendung, das ist es, was ich oft empfinde, wenn ich auf mein Leben zurückblicke.«

Sie machten eine Pause und steckten die Nasen in die Gläser. Verlegenheit über die aufkommende Sentimentalität breitete sich aus. Sie wollten keine alten Leute sein, die über die vergangenen Zeiten redeten, als gäbe es nichts Besseres. Ihr Verstand sagte ihnen, dass das Gegenteil stimmte. Aber ihre Gefühle klebten an den Pilzen auf den felsigen Wänden in Oma Schells Weinkeller und dem Duft einer entkorkten Flasche Rauenthaler Spätlese.

*

»Unsere verabredete Strategie. Sie hat sich also bewährt, wenn auch nicht zu deiner vollen Zufriedenheit?«, brachte Boll das Gespräch auf seinen Ausgangspunkt zurück.

»Sie hat die Resultate gebracht, die du nun kennst. Ich bin eigentlich komplett gescheitert.«

»Das musst du mir erklären.« Boll sah Jung ungläubig an.

»Mit der Freundin der Toten hatte ich zuletzt nur noch Streit. Dabei sollte sie doch meine Komplizin und Helferin werden.«

»Das muss kein Widerspruch sein.«

»Meine Arbeit war nicht diskret genug. Sie war laut und bis nach Kiel ins Innenministerium zu hören. Ich weiß nicht, woran das gelegen hat. Holtgreve hat Druck von oben gekriegt und mir den Fall weggenommen. Nichts war's mit der Vermeidung von Loyalitätskonflikten.« Jung schwieg.

»Für dein Versagen warst du ganz schön erfolgreich«, fasste Boll launig zusammen. »Was sagt der Leitende dazu?«

»Nichts. Er ist froh, den Fall und den Druck von oben los zu sein. Im Übrigen ignoriert er alles. Nicht einmal einen schriftlichen Bericht hat er von mir gewollt. Ich habe ihm dennoch eine Aufstellung der Fakten zukommen lassen, von Schlussfolgerungen und Empfehlungen aber abgesehen. Ich schrieb den Bericht mehr für mich selbst, um einen Schlusspunkt zu setzen. Er hat mich sofort mit neuer Arbeit eingedeckt.«

»Und die wäre?«

»Ein uralter Fall. Gut zehn Jahren her. Ein elfjähriges Mädchen macht sich mit ihrem Fahrrad auf den Weg vom elterlichen Hof ins nahe gelegene Husum. Sie kommt dort nie an. Sie und ihr Fahrrad sind niemals gefunden worden.«

»Wieso übergibt er dir den Fall erst jetzt?«

»Ich habe es aufgegeben, mir über die Motive des Leitenden Gedanken zu machen. Das führt zu nichts. Ich habe den Fall und kann mir Zeit lassen. Es sind Jahre vergangen, da spielen ein paar Wochen keine große Rolle. Das ist was für mich.«

Eine Weile herrschte Schweigen. Sie genossen es, sich den Wein genießerisch über die Gaumen gleiten zu lassen.

»Du erwähntest vorhin eine vage Idee«, nahm Boll den alten Faden wieder auf.

»Ein Marineoffizier hat mich darauf gebracht.«

»Ein Marineoffizier.« Boll schüttelte den Kopf. »Putzig!« Er trank und verschluckte sich. Er hatte Mühe, den kostbaren Wein nicht in die Gegend zu prusten. Sein Hustenanfall war noch nicht abgeklungen, als er schon weiterfragte: »Bist du der Sache noch auf den Versen? Holtgreves Schiss ist ja nicht gerade motivierend.«

»Alles okay?«, fragte Jung besorgt und klopfte ihm auf den Rücken.

»Ja, geht schon«, keuchte Boll.

Jung ließ von ihm ab und setzte sich wieder. »Ich bin neugierig. Ich will wissen, ob der Offizier in Dschibuti mit seiner Theorie richtig liegt.«

»In Dschibuti? Soll das ein Witz sein?« Boll hatte sich mit einer Papierserviette die Nase geputzt und blickte Jung jetzt erstaunt an.

»Wieso?«

»Ich habe kürzlich mit einem alten Segelkameraden telefoniert.« Boll warf die zerknüllte Papierserviette geschickt in den vor der Tür zum Balkon stehenden Papierkorb. »Er ist Marineoffizier in Dschibuti.«

»In welcher Angelegenheit?«

»Sie vermissen einen Soldaten. Angeblich ist er unbemerkt über Bord gegangen und seitdem verschollen. Er meint jedoch, da stimmt was nicht. Er bat mich – als Fachmann sozusagen – um Rat, was er tun könne.«

»Ist der Fall denn schon untersucht worden?«

»Das ist ja sein Problem. Er ist untersucht worden, aber er kann das Ergebnis nicht akzeptieren.«

»Wer hat denn die Ermittlungen geführt?«

»Die Kollegen aus Hannover. Das Schiff, von dem der Seemann verschwand, ist in Wilhelmshaven beheimatet. Und für Wilhelmshaven ist Hannover zuständig.«

»Und wie heißt der Offizier?«

»Jungmann, Fregattenkapitän Jungmann«, sagte Boll beiläufig.

»Nee, nicht zu glauben? Mit dem habe ich auch gesprochen.« Jung schüttelte den Kopf.

»Wie kamst du auf ihn?«

»Mein vermeintlicher Täter ist legal nach Dschibuti ausgereist. Jungmann kennt sich in Dschibuti aus. Deswegen habe ich ihn um Amtshilfe gebeten. Er deutete an, der Somali könnte einen Auftrag bei uns gehabt haben und sein Asylstatus sei nur Tarnung gewesen. Die Tarnung drohte aufzufliegen. Da hat er zugeschlagen.«

Boll zog überrascht die Augenbrauen hoch und stellte sein Glas auf den Tisch zurück. »Das ist eine verwegene Theorie, was meinst du?«

»Er hat durchaus überzeugende Gründe angeführt. Ich würde gern nach Dschibuti reisen und den Mann sprechen. Das würde mir helfen, klarer zu sehen.«

»Das geht ja nun nicht mehr.«

»Ja, leider. Aber es wäre sowieso schwierig geworden. Holtgreve handelt nicht aus Einsicht und Verantwortung. Was von oben kommt, das vollstreckt er, ohne mit der Wimper zu zucken. Du kennst ihn ja.«

Es entstand eine Pause. Sie griffen gleichzeitig nach ihren Gläsern und tranken.

»Das wär's doch«, rief Boll plötzlich wie elektrisiert. »Warst du eigentlich beim Barras?«

»Ja, aber nicht bei der Marine. Ich bin, um ganz genau zu sein, als Gefreiter aus dem Fernmeldebataillon elf der elften Panzergrenadierdivision entlassen worden. Die Division ist aufgelöst. Es gibt sie nicht mehr. Weg, perdu.«

»Das macht nichts. Du sprichst mit Jungmann. Du bietest an, ihm bei seinem Problem zu helfen. Er kennt dich. Du machst einfach 'ne Wehrübung bei ihm.«

Jung fixierte Boll entgeistert.

»Klaus, du bist verrückt. Ich bin Reservist bei den Stoppelhopsern. Gefreiter. Wie soll ich damit nach Dschibuti zur Marine kommen? Die bekämpfen den internationalen Terrorismus, wenn ich das richtig verstanden habe.« In Jungs Augen spiegelte sich Skepsis.

»Tomas, du hast null Ahnung, wie das heutzutage geht.« Bolls Stimme hatte eine beschwörende Eindringlichkeit angenommen, mit der manche Eltern ihren Kindern gern zu einer Einsicht verhelfen wollen, von der sie annehmen, ihre Sprösslinge hätten sie noch nicht. »Der Flottenchef muss nur davon überzeugt werden, dass er dich in Dschibuti braucht«, fuhr Boll fort. »Jungmann hat einen guten Draht zu seinem Chef. Er hat ein großes Interesse, sein Problem vom Hals zu kriegen. Ein im Arabischen Meer spurlos verschwundener Soldat ist keine Belanglosigkeit. Das ist eine Katastrophe, vor allem, wenn die Presse Wind davon bekommt.«

Boll schwieg und ließ seine Worte wirken. Jung überlegte. Würde er sich auf ein Abenteuer einlassen wollen? Ja, das hatte etwas Prickelndes, Außergewöhnliches.

»Wie soll das konkret aussehen? Hast du auch dazu eine Idee?«

»Ich könnte mir vorstellen, dass du zu einer Wehrübung beim PIZ* des Flottenkommandos eingezogen wirst. Die kommandieren dich ab in den Stab des CTF** dort unten.«

»Woher hast du das?«, unterbrach ihn Jung. »Woher kennst du dich so gut aus?« Ihm waren die militärischen Abkürzungen und Anglizismen in unangenehmer Erinnerung. Das Gespräch mit Jungmann lag noch nicht allzu lange zurück.

»Vom Segeln mit den Marinern«, erwiderte Boll. »Ich krieg das beiläufig mit, das lässt sich nicht vermeiden. Aber bleiben wir bei der Sache. Ein solches Kommando wäre für deine Arbeit ideal und erforderte nicht viel militärischen Schnickschnack.«

»Und die Anforderung meiner ach so wichtigen Person kommt vom Flottenchef persönlich und wird über den Polizeipräsidenten in Kiel, den er natürlich von der Kieler Woche her gut kennt, und der überhaupt nichts dagegen hat, dem Flottenchef einen Gefallen zu tun – zumal es ja um eine gute Sache geht –, zu Holtgreve durchgereicht. Der funktioniert, wie er immer funktioniert. Damit ist die Sache durch, und ich bin in Dschibuti. Wie lange dauert eigentlich so eine Wehrübung?« Jungs Ironie war nicht zu überhören.

»Mach dich nicht lustig. Das kann durchgezogen werden, das versichere ich dir. Nichts daran ist illegal. Die Länge musst du mit Jungmann abklären. Wie viel Zeit wirst du brauchen? Ein, zwei Monate?«

---

* Presse- und Informationszentrum

** Commander Task Force

»Was wird aus meinem Fall bei Husum? Soll ich lieber nach einem Mädchen suchen, das sich in Luft aufgelöst hat, oder einen Seemann, der auf Nimmerwiedersehen im Meer versunken ist? Ganz zu schweigen von dem mörderischen Pseudoasylanten? Ich weiß nicht.«

Boll dämpfte seinen Enthusiasmus. Er merkte, dass er Jung zum Widerspruch reizte, anstatt ihn anzustecken.

»Das Mädchen hat Zeit. Hast du selbst gesagt. Der Seemann ist dringlicher.«

»Sein Fall scheint auch attraktiver.«

»Hoffentlich täuschst du dich nicht. Du kennst dich dort unten nicht aus. Aber Arbeit und Unbequemlichkeiten, die wirst du mehr haben, als dir lieb sein dürfte. Denk an dein Alter, mein Lieber!«

»Eben wolltest du mich überreden, jetzt machst du mir die Sache madig. Was denn nun?«

»Ach was, ich will nur nicht, dass du mir hinterher Vorwürfe machst. Also trinken wir auf dich und die Marine. Du machst das, nicht wahr?«

»Du hast mich fast überredet. Ich rufe Jungmann morgen an. Dann sehen wir weiter. Prost.«

Sie ließen sich die letzten Schlucke schmecken. Als Jung sich von seinem Kollegen verabschiedete, regnete es bereits seit geraumer Zeit. Er bedankte sich bei ihm für den Wein und versprach sich zu melden, wenn er mit Jungmann geredet hatte.

»Ich bin gespannt, was dabei herauskommt.« Bolls Neugier war echt. Aber es war reine Neugier, weiter nichts. Jung merkte ihm an, dass er sich nie und nimmer gewünscht hätte, mit ihm zu tauschen.

»Ich muss jetzt los. Ich lass von mir hören. Bis dann, Klaus.«

»Bis dann. Komm gut nach Hause, Tomi!«

Jung lenkte sein Auto rückwärts aus der Einfahrt und nahm den Weg über Bockholm und Ulstrup auf die Nordstraße und von da auf die Osttangente nach Flensburg. Der stärker werdende Regen machte das Fahren beschwerlich. Das Gedankenkarussell in seinem Kopf störte seine Konzentration. Die aufgewirbelte Gischt von der Straße verschmierte die Frontscheibe seines Autos. Er brauchte unbedingt neue Wischerblätter.

DER ANRUF

In der Nacht hatte der Regen nachgelassen und gegen Sonnenaufgang ganz aufgehört. Jetzt riss hier und da die Wolkendecke auf. Ein auffrischender Südwestwind trieb Wolkenfetzen vor sich her. Es bestand Hoffnung, dass sich in Kürze ein freundlicher Himmel durchgesetzt haben würde.

Jung fuhr von seinem Haus im Süden Flensburgs in die Innenstadt. Er erfreute sich jedes Mal wieder am Anblick der neu gestalteten Hafenspitze, die das Ende der weit ins Binnenland ragenden Flensburger Förde einfasste. Die Polizeiinspektion lag schräg gegenüber. Übersah man das neben dem Eingang angeschraubte Schild, so würde man in dem Polizeigebäude eher ein kleines, feines und vor allem teures Hotel alter Pracht vermuten. In Paris oder anderen französischen Städten findet man sie gelegentlich noch, ausgestattet mit alten Stilmöbeln und mit schweren Teppichen ausgelegt. Aber zu Flensburg hätte das nicht gepasst. So stellte sich die Frage, wozu das Gebäude früher gedient haben mochte. Es musste aus der Gründerzeit stammen, die Stilrichtung war nicht eindeutig zuzuordnen. Die Fassade war reich ornamentiert. Simse, Steinmetzarbeiten und schmiedeeiserne Geländer vor Balkonen und Austritten zierten die Vorderfront. Erst kürzlich hatte es einen neuen, strahlend weißen Außenanstrich erhalten. Es hob sich deswegen von der ebenfalls dekorativen Nachbarschaft ab.

Jung stellte sein Auto auf dem Parkstreifen im Innenhof der Polizeiinspektion ab. Er begrüßte den diensthabenden Polizisten in der Wachstube zum Treppenaufgang.

»Moin, Petersen. Alles ruhig?«

»Moin, moin, Herr Kriminalrat. Keine Vorkommnisse. Fast zu ruhig. Das verheißt nichts Gutes.«

»Haben Sie denn Anzeichen für Ihren Verdacht?«

»Eben nicht. Das ist es ja.«

Petersen erging sich manchmal in vagen Vermutungen, Andeutungen und Ahnungen. Oft behielt er recht. Jung nahm das kopfschüttelnd zur Kenntnis.

»Na denn, trotzdem schönen Tag.«

»Danke, ebenfalls, Herr Kriminalrat.«

Jung stieg das kühle, weiß getünchte Treppenhaus zu seinem Büro im ersten Stock hinauf. Es war in der Tat ungewöhnlich still. Selbst aus der Teppichetage über ihm, auf der die Bürosuite des Leitenden lag, drang kein Laut zu ihm. Holtgreve ließ seine Bürotür in der Regel offen. Er kommunizierte mit seinen Leuten gerne per Zuruf. Sie waren gezwungen, ebenfalls die Türen zu ihren Arbeitsräumen offen zu halten. Andernfalls setzten sie sich der Gefahr aus, den Unmut des Chefs auf sich zu ziehen oder aus der Kommunikationskette von oben nach unten ausgeschlossen zu werden.

Der Leitende war heute offensichtlich außer Haus. Es kam hin und wieder vor, dass er beim Polizeipräsidenten in Kiel Vieraugengespräche führte. In Jungs Vorstellung kamen diese Gespräche der Entgegennahme neuer Anweisungen und Direktiven gleich, die man nicht einem Papier anvertrauen und damit aktenkundig machen wollte.

Er betrat seinen Arbeitsraum, öffnete die Fenster und ließ die frische, vom langen Regen sauber gewaschene

Luft in den Raum. Der Blick auf die Förde belebte ihn, was man von der Atmosphäre in seinem Büro nicht behaupten konnte.

Im Gegensatz zur Teppichetage hatten auf seinem Flur die hölzernen Böden keine Teppichauflage. Über die Jahre waren die Holzdielen strapaziert worden. Das Mobiliar war zweckdienlich und ohne Geschmack, fast armselig. Jung hatte alles entfernt, was er nicht brauchte. Übrig geblieben waren sein Schreibtisch, ein Aktenschrank, ein Aktenbock und außer seinem Bürosessel ein einfacher Besucherstuhl.

Früher hatte Jung sich über die schäbige Ausstattung aufgeregt. Sie bildete einen grotesken Kontrast zu den geräumigen, hohen und stuckverzierten Zimmern. Jetzt ertappte er sich dabei, es gut zu finden, wie es war. Er wurde nicht abgelenkt und konnte sich konzentrieren. Und da er ohnehin nur einen Teil seiner Arbeitszeit hier verbrachte, hatte er auf jede persönliche Note verzichtet. Es hätte nicht zu ihm gepasst, Bilder von Frau und Kindern auf seinem Schreibtisch aufzustellen oder seine Diplome und Zeugnisse an die Wand zu nageln.

Er schloss die Tür und machte es sich an seinem Schreibtisch so gut es ging bequem. Die Telefonnummer des Marineoffiziers in Dschibuti hatte er irgendwo in seinen Schreibtischschubladen aufbewahrt. Auf der Suche danach fiel ihm das Foto des Afrikaners in die Hände, das er seiner Zeit aus der erkennungsdienstlichen Akte des Innenministeriums erhalten hatte.

Obwohl die Fotos in der Regel schlecht ausfielen und jeden wie einen Verbrecher aussehen ließen, der einmal vor die Linse des Erkennungsdienstes gezwungen worden war, sah der Somali ungewöhnlich freundlich in die

Kamera. Sein Gesichtsausdruck erweckte beim Betrachter spontane Sympathie. Jung konnte keine emotionale Verbindung herstellen zwischen dem Foto und den Taten, deren der Abgebildete bezichtigt wurde.

Unter dem Foto fand er den Zettel, auf den er die Nummer Jungmanns notiert hatte. Er lehnte sich in seinen Sessel zurück und überdachte noch einmal, was er vorhatte. Gestern, auf der Fahrt nach Hause, hatten ihn erste Zweifel befallen. Welchen Dienstgrad sollte er eigentlich bekommen? Er konnte als Gefreiter nicht in einem Einsatzstab für Presse und Information verantwortlich sein. Das schien ihm sonnenklar. Er hatte von dem Metier keine Ahnung. Allein die Vorstellung, er müsse eine Legende für sich erfinden und über die Zeit durchhalten, verursachte ihm Unbehagen. Aus diesem Blickwinkel kam ihm sein Vorhaben albern vor. Er befürchtete, sich zu blamieren, wenn er Jungmann seinen Vorschlag unterbreitete.

Auf der anderen Seite gab es genug Klugschwätzer auf der Medienbühne. Da würde er angenehm auffallen und Kompetenz ausstrahlen, wenn er sich zurückhielt. Keiner müsste erfahren, warum er schwieg oder nur wenig Worte machte. Er war da, um Informationen zu sammeln, die er später, wieder zurück in Deutschland, zu verarbeiten hatte. So könnte das dargestellt werden. Ihm wurde klar, wie perfekt die vorzugebende mit der beabsichtigten Arbeit übereinstimmte.

Jung schob seine Bedenken beiseite und wählte die Nummer in Dschibuti. Jungmann meldete sich sofort. »Fregattenkapitän Jungmann, guten Tag, Herr Jung.«

»Guten Tag, woher wissen Sie, dass ich es bin? Haben Sie Röntgenaugen?«, antwortete Jung überrascht.

»Nein, Ihren Namen und Ihre Telefonnummer kann ich auf meinem Display ablesen. Sie können auf Ihrem Apparat die Weitergabe Ihrer Daten unterdrücken, wenn Sie wollen. Wussten Sie das nicht?«

»Nein, das wusste ich nicht. Ich vermute allerdings, dass unsere Technik hinter Ihrer zurückhängt. Ich war davon angetan, als ich Sie damals in Ihrem Hauptquartier besuchte.«

»Na ja, meine Begeisterung hält sich in Grenzen. Aber deswegen rufen Sie mich nicht an, habe ich recht? Suchen Sie noch immer nach Ihrem Afrikaner?«

»Ja und nein, eigentlich erst in zweiter Linie.«

»Und in erster Linie?«

»Ich sprach kürzlich mit meinem ehemaligen Kollegen, Klaus Boll. Er ist ein Segelkamerad von Ihnen. Sie baten ihn um Hilfe bei einem Problem, das Sie haben. Ich kann Ihnen unter Umständen helfen.«

Jungmann verstummte. »Stand by short*», ließ er sich kurz danach vernehmen. Jung irritierte die englische Phrase. Er hörte im Hintergrund Schritte und das Schließen einer Tür.

»So, da bin ich wieder. Es stimmt, ich habe ein Problem. Wie wollen Sie mir dabei helfen?«

»Boll hat sich nicht näher darüber ausgelassen. Er deutete an, dass die Untersuchung der Staatsanwaltschaft einen Ihrer vermissten Soldaten betreffend nicht zu Ihrer Zufriedenheit ausgefallen ist. Ich könnte das mit Ihrer Hilfe und Mitarbeit zu ändern versuchen.«

Wieder herrschte für einen Moment Schweigen. »Das Problem ist, dass ich dem Untersuchungsergebnis nicht glaube.«

* Einen Moment

»Wie lautet das denn?«

»Unerkannt über Bord gegangen und ertrunken, aus Versehen, ohne dass es einer bemerkt hat. Mit anderen Worten: ein Unfall. Daran kann ich nicht glauben. Allein schon deswegen, weil wir seine Leiche trotz intensiver Suche nicht gefunden haben. Und wir haben Mittel dafür, glauben Sie mir. Ich will jetzt nicht ins Detail gehen. Wie könnte Ihre Hilfe aussehen?«

»Ich müsste zu einer Wehrübung bei der Marine eingezogen und nach Dschibuti abkommandiert werden, sagen wir als Vertreter des PIZ/Flottenkommandos. Das würde als Tarnung, hinter der ich ungestört arbeiten kann, gut passen. Meine soldatischen Fähigkeiten werden auch nicht überstrapaziert.«

»Haben Sie gedient?«

»Ja, beim Heer.«

»Das macht nichts. Hauptsache, Sie können grüßen und kennen unsere Dienstgradabzeichen. Wie ist Ihre PK?«

»Was für'n Ding?«

»Sie haben eine Personenkennziffer, die PK. Sie gilt Ihr Leben lang und steht in Ihrem Wehrpass.«

»Den kann ich finden.«

»Gut, Sie beschaffen mir Ihre PK so schnell es geht. Die Idee ist bestechend, müsste aber vom Flottenchef gut geheißen werden.«

Jung registrierte, wie schnell Jungmann auf sein Ansinnen einging. Boll schien die Lage richtig eingeschätzt zu haben.

»Damit das problemlos über die Bühne gehen kann, muss meine Anforderung direkt von Ihrem Chef über den Polizeipräsidenten in Kiel auf dem Schreibtisch meines Chefs hier in Flensburg landen«, beeilte sich Jung hinzuzufügen.

»Wenn ich den Flottenchef überzeugen kann, wird das keine Schwierigkeiten machen. Er ist der Einzige, der Ihre Einberufung anschieben und beschleunigen kann.«

»Ich muss auch eine künstliche Legende haben. Sie darf nur wenigen bekannt sein, wenn meine Ermittlungen Aussicht auf Erfolg haben sollen.« Jung ließ nicht locker.

»Ja, das sind aber Details, die wir später festmachen können. Erstmal müssen wir den Masterplan auf den Weg bringen. Teilen Sie mir möglichst schnell Ihre PK mit, das Weitere ergibt sich dann.«

Jung bestätigte ihm, dass er seine PK noch heute herausfinden und an ihn weiterleiten würde, und kam anschließend auf sein persönliches Anliegen zu sprechen. »Im Hinterkopf habe ich natürlich auch die Suche nach meinem Täter, wie Sie ganz richtig vermuten. Ich habe noch nicht aufgegeben. Wenn ich schon mal bei Ihnen bin, kann ich vielleicht doch etwas herausfinden, was mir hier nicht möglich ist. Und wenn es nur eine realistische Einschätzung der Lage ist.«

»Das Letzte ist sicherlich richtig. An Ihrer Stelle würde ich mir aber keine großen Hoffnungen machen. Kommen Sie her, und Sie werden mir recht geben. Wie lange wollen Sie bei uns bleiben? Was glauben Sie, ist ein realistischer Zeitansatz?«

»Das ist schwer zu sagen. Ich habe an zwei Monate gedacht. Wie lange waren die Kollegen aus Hannover bei Ihnen?«

»14 Tage. Dann wussten sie alles, was sie glaubten wissen zu müssen, um zu einem Abschluss zu kommen.«

»Na ja, wenn sie zu viert eingeflogen sind, kommt es ungefähr aufs Gleiche raus.«

»Es war nur einer, ein Oberinspektor weiß-nicht-mehr.«

Das Gespräch kam zum Erliegen. Jungmann beendete das Schweigen: »Machen wir für heute Schluss. Sie schicken mir Ihre PK und hören danach von mir, alles klar?«

»Alles klar, wir machen es wie besprochen. Bis dann.«

»Bis dann. Ich bedanke mich. Auf Wiederhören.«

Jungmann hatte das Gespräch beendet, bevor Jung seinen Dank erwidern konnte. Ihm fiel ein, dass er vergessen hatte, nach dem Dienstgrad zu fragen, den er bekommen musste, um im Stab aufgenommen werden zu können. Aber wenn es weiter so laufen würde, wie es sich bis hierhin ausgesprochen leicht entwickelt hatte, dann dürfte auch die Dienstgradfrage keine sein, wegen der er sich den Kopf zerbrechen musste.

DER EINBERUFUNGSBESCHEID

Jung hatte seine Personenkennziffer aus seinen Unterlagen herausgesucht und sie nach Dschibuti an Jungmann durchgegeben. Seine Frau hatte er über die überraschende Entwicklung noch nicht informiert. Er wollte damit warten, bis wirklich feststand, ob der ins Auge gefasste Plan konkrete Gestalt annehmen konnte. Bis jetzt waren nur Absichten, Wünsche, Bemühungen zu verzeichnen. Warum sollte er von etwas reden und Unruhe erzeugen, das unter Umständen gar nicht realisiert werden konnte?

Er hatte viel Zeit, genug Zeit, mit sich zurate zu gehen. Dabei stellte er fest, dass er nicht den Hauch einer Vorstellung von dem hatte, das anzugehen er sich vorbereitete. Er hatte vergessen, wie es war, eine Uniform zu tragen. Die Marine war ihm fremd, ein Niemandsland. In Afrika war er vorher noch nie gewesen. Ihm würden alle Hilfsmittel für seine Arbeit fehlen, die er hier in Anspruch nehmen konnte. Er erschrak, als ihm klar wurde, wie sehr er sich von dem Verständnis, der Unterstützung und der Mitarbeit der Menschen abhängig machte, in deren Hände er sich begeben sollte und unter deren Befehl er stehen würde. Und von denen würden nur einige wenige von seiner wahren Aufgabe wissen dürfen.

Seine Gedanken verursachten ein leichtes Ziehen in seiner Magengegend. Gleichzeitig gestand er sich ein, dass sein Vorhaben einen besonderen Reiz auf ihn ausübte. Es war eine Gelegenheit, sich zu beweisen, sich anders kennenzulernen. Ihm kam in den Sinn, dass ihm nicht unbedingt gefallen müsse, was er da festzustellen haben würde.

Er beruhigte sich bei dem Gedanken, dass nur problemlos läuft, was sich letztendlich als gut und richtig herausstellt. Und seine Aufgabe würde sein, es laufen zu lassen und keine Anstrengungen zu unternehmen, in irgendeine Richtung Druck auszuüben oder irgendetwas zu manipulieren.

So wartete er auf Jungmanns Rückruf, der ihn in ein afrikanisches Abenteuer schicken würde oder auf die Suche nach einem vor zehn Jahren spurlos verschwundenen Mädchen. Insgeheim räumte er ein, dass die Aufklärung dieses Mysteriums auch ein Abenteuer ganz besonderer Art darstellte. Er wartete, ohne etwas zu tun und ohne darüber Skrupel zu empfinden. Er langweilte sich widerstandslos.

*

Es war weiter ungewohnt ruhig in der Dienststelle. Holtgreve bekam er nicht zu Gesicht. Jung wusste nicht, wo der Leitende abgeblieben war. Auch Petersen, den er jeden Morgen in seiner Wachstube begrüßte, wusste nichts von dessen Verbleib. Das war ungewöhnlich und beunruhigend.

Ein paar Tage später rief Jungmann aus Dschibuti an.

»Das ging ja schnell«, zeigte sich Jung nach der gegenseitigen Begrüßung erstaunt. »Ist unser Plan gestorben oder nicht?«

»Der Flottenchef hat sich einverstanden erklärt. Es kann losgehen. Gratuliere.«

»Gut. Haben Sie ihm auch nahebringen können, dass meine Einberufung über das Innenministerium und den Polizeipräsidenten laufen muss?«

»Der Befehlshaber hat mir seine Unterstützung ausdrücklich zugesichert.«

»Wie sieht die konkret aus?«

»Er hat durchblicken lassen, dass er den Präsidenten des Kreiswehrersatzamtes – das ist der, der Ihre Einberufung ausstellt – und den Polizeipräsidenten persönlich in dieser Angelegenheit ansprechen und um beschleunigte Bearbeitung und Unterstützung bitten werde. Diese Kontakte aktiviert er nicht für irgendeine Lappalie, verstehen Sie?«

»Ich verstehe.«

»Sie sind somit in der Pflicht, sich entsprechend zu engagieren. Ihre Freiwilligkeit ist eine notwendige Voraussetzung und wird noch schriftlich von Ihnen eingeholt werden.«

»Das ist ja klar.«

»So klar ist das nicht. In Ihrem Alter können Sie nicht so ohne Weiteres zu einer Wehrübung eingezogen werden, schon gar nicht nach Dschibuti. Wussten Sie das nicht?«

»Das war mir nicht bekannt. Aber ich komme ja aus freien Stücken.«

»Das weiß aber lediglich ich und seit vorgestern auch mein Chef. In den Akten steht das nicht. Beamte arbeiten und entscheiden nach Aktenlage und auf Direktiven von oben. Die werden entsprechend ausfallen. Sie können sich darauf verlassen.«

»Wer wird noch von meiner wahren Mission wissen?«

»Das behalten wir einer noch ausstehenden Besprechung vor. Jetzt können Sie in den nächsten Tagen mit Ihrer Einberufung zu einer Wehrübung im Flottenkommando/Abteilung PIZ rechnen. Alles Weitere erfahren Sie dann. Wie fühlen Sie sich?«

»Jetzt, wo es ernst wird, ist mir etwas mulmig«, antwortete Jung wahrheitsgemäß.

»Das ist normal und verschwindet wieder.«

»Woher wissen Sie das?«

»Sie sind nicht der Einzige, glauben Sie mir.«

»Ich will Ihnen gern glauben. Werden wir uns im Flottenkommando sehen?«

»Nein. Es geht seinen normalen Gang. Später, wenn Sie hier unten sind, werden wir uns treffen.«

»Was heißt normal?«

»Normal heißt, Sie bekommen einen Bescheid, der Sie über Ihre Wehrübung und die damit zusammenhängenden rechtlichen und sozialen Folgen unterrichtet. Sie werden aufgefordert, sich zu einem bestimmten Termin im Flottenkommando zu melden. Gewöhnlich beginnt Ihre Übung mit der Vorstellung beim PersO, dem Personaloffizier. Der sagt Ihnen genau, was Sie tun müssen.«

»Okay, in diesem Fall warte ich mal ruhig ab«, seufzte Jung.

»Genau, das ist die richtige Einstellung. Ich wünsche Ihnen Mast- und Schotbruch. Halten Sie die Ohren steif.«

Der kumpelhafte Ton Jungmanns tat Jung gut und beruhigte ihn. Sie verabschiedeten sich voneinander und Jung lehnte sich in seinen Sitz zurück, verschränkte die Arme hinter dem Kopf und starrte gegen die Decke. Dann wandte er den Blick aus dem Fenster und sah auf die Hafenspitze und das vom Wind kabbelige Wasser der Förde.

Es war herbstlicher geworden. Der Wind hatte aus Westen aufgefrischt, die Temperaturen waren abgesunken und am Himmel wälzte sich eine graue Wolkendecke über die Stadt. Die auf Holzdalben über dem Wasser ruhende Terrasse des Restaurants Bellevue war geschlossen und die ersten welken Blätter segelten von den nebenan stehenden Ulmen auf den Freiplatz und auf die Förde. Wie würde eigentlich das Wetter in Dschibuti sein, rätselte Jung.

*

Er machte für heute Schluss, schloss die Bürotür hinter sich und stieg das Treppenhaus hinunter.

An der Wachstube empfing ihn Petersen mit der Bemerkung: »Noch immer nichts los. Zeit, sich zu erholen für das, was kommt, nicht wahr, Herr Kriminalrat?«

»So gut wie Sie möchte ich es auch mal haben, Petersen. Feste Arbeitszeiten, geregelte Freizeit, gesichertes Wochenende und Urlaub, wann Sie wollen.«

»Jeder, wie er es verdient, sag ich immer. Ich beklage mich nicht. Ich wünsche Ihnen einen schönen Feierabend. Bis morgen oder etwa nicht?«

»Danke, bis morgen, ja. Tschüss Petersen.«

Jung bestieg sein Auto und lenkte es raus auf Norderhofenden, am ZOB und dem Deutschen Haus vorbei auf die Husumer Straße, der er nicht lange folgen musste, um nach Hause zu kommen.

*

Abends saßen Svenja und er am Abendbrottisch. Ihre Tochter Cara war bei Schulfreunden, angeblich, um sich auf eine anstehende Geografieklausur vorzubereiten. Gewöhnlich entwickelte sich die Vorbereitung zu einem intensiven Internet-Chat mit fremden Jugendlichen, die unter der gleichen Fron zu leiden hatten.

Svenja hatte beim Himbeertoni – auf die Zuweisung dieses Spitznamens konnte Jung sich keinen Reim machen – allerlei Leckereien erstanden. Himbeertoni, ein Immigrant aus Ex-Jugoslawien, verkaufte auf dem Wochenmarkt griechische Spezialitäten. Heute gab es eingelegte Paprikaschoten, angemachte Zucchinischeiben, Schafskäse, Eselsalami, in Essig und Öl eingelegten Tintenfisch, scharfe, dicke Bohnen und vieles mehr. Dazu wurde frisches Bauernbrot und für Jung ein Pinot Grigio aus der Lombardei gereicht, den er ebenfalls anbot. Seine Frau trank seit der Geburt ihrer Tochter keine alkoholischen Getränke mehr.

»Ich habe Neuigkeiten, Svenja«, begann Jung das Gespräch. Seine Frau betrachtet gedankenverloren den Garten und den an die hölzerne Terrasse angrenzenden Teich. Sie beobachtete zwei junge Kater aus der Nachbarschaft, die neugierig und gespannt über die großen Steine in den Teich spähten und die unter ihnen vorbeischwimmenden Goldfische beäugten.

»Tom-Tom ist alt geworden. Jetzt lässt er schon diese Frechlinge von nebenan in unserem Teich fischen«, äußerte sie leichthin, als hätte sie ihm gar nicht zugehört. Tom-Tom war ihr Hauskater, der seit dem Einzug in das neue Heim bei ihnen lebte. Sie wandte sich ihrem Mann zu: »Was gibt's denn Neues, Tomi? Hat Holtgreve sich was ausgedacht?«

Holtgreve war häufiger ein Gesprächsthema zwischen

den beiden, manchmal zu ihrer Belustigung, manchmal zu ihrem Verdruss.

»Noch nicht, aber bald wird er es tun, so wie ich ihn kenne.«

»Du sprichst in Rätseln. Also, was ist los?«

»Ich werde zu einer Wehrübung bei der Marine einberufen, die mich nach Dschibuti führt.«

»Eine Wehrübung? Das ist ja abartig. Und Holtgreve weiß davon nichts?«

»Noch nicht. Aber er wird es nicht verhindern wollen. Der Polizeipräsident wird ihn anweisen, das Unternehmen zu genehmigen.«

»Dschibuti. Ist nicht dein Mörder dahin ausgereist? War das dein Plan? Das hast du ja gefickt eingeschädelt.« Ihr Humor konnte nicht verbergen, dass ihre Verblüffung sich in Ärger verwandelt hatte.

Jung erzählte, was bis jetzt passiert war. Er ließ nichts aus. Als er geendet hatte, entstand eine längere Pause.

»Kannst du das überhaupt, Tomas?«, fragte Svenja schließlich, als wenn sie noch immer nicht glauben wollte, was sie gehört hatte. »Worauf hast du dich da eingelassen? Wie lange soll das gehen?«

»Das sind drei Fragen auf einmal. Also von vorn. Erstens: Ich traue mir das zu. Zweitens: weiß ich nicht. Drittens: zwei Monate.« Jung sah seiner Frau gespannt in die ungläubigen Augen.

»Hast du vergessen, dass Cara nächsten Monat nach Japan fliegt?«, wechselte sie abrupt das Thema.

Jung zuckte innerlich zusammen. Das hatte er vergessen.

*

Seine Tochter hatte ihrer Begeisterung für Japan Taten folgen lassen und angefangen, Japanisch zu lernen. Irgendwann hatte sie darauf bestanden, für ein Jahr in Japan zur Schule zu gehen. Sie hatte alle Hebel in Bewegung gesetzt und sogar neben der Schule im Supermarkt gejobbt, um sich an den Kosten für den Aufenthalt beteiligen zu können. Jung war von ihrem Engagement angetan und gern bereit gewesen, die verbleibenden, nicht unerheblichen Mittel, dafür aufzubringen. Als er die Unterlagen der Gesellschaft, die ihren Aufenthalt in Japan organisierte, studiert hatte, erschrak er, war aber mehr amüsiert als verängstigt. Die Regeln an japanischen Schulen waren nicht nur fremd, sondern – gemessen an dem, was an deutschen Schulen als normal galt – geradezu exotisch. Die Schüler trugen Schuluniform. Gefärbte Haare, lackierte Fingernägel, Schminke, Handy, Zigaretten, Alkohol, Drogen waren verboten. Wer sich nicht daran hielt, wurde sofort, ohne Verfahren, von der Schule verwiesen. Unterricht wurde täglich von morgens bis nachmittags abgehalten, danach hatten die Schüler ihre Klassenräume selbst zu säubern. Arbeitsgemeinschaften mussten in der restlichen Zeit besucht werden. Auch wurde auf die Ernährungsgewohnheiten in Japan hingewiesen. Jung konnte sich nicht vorstellen, dass sie seiner Tochter gefallen könnten.

Es gab noch mehr Regeln. Er hatte Cara gefragt, ob sie alles gelesen und verstanden habe. Und sie hatte ihm geantwortet: Ja, genau das reize sie an Japan und bestärke nur ihren Willen, dort zur Schule zu gehen und richtig Japanisch zu lernen. Sie hatte ihn stark beeindruckt, das gestand Jung sich unumwunden ein. Und er war jetzt schon gespannt, wie sie nach diesem Jahr in Japan sein würde.

*

Nun stand ihre Abreise unmittelbar bevor, und er war aller Wahrscheinlichkeit nach bei ihrem Abschied nicht dabei.

»Svenja, so wie es aussieht, musst du Cara allein zum Flughafen bringen. Ich werde mich vorher von ihr verabschieden. So wie ich sie kenne, wird sie dafür Verständnis aufbringen«, antwortete Jung etwas schroff. Ihm kamen gleichzeitig Zweifel, ob er seiner Frau nicht zu viel zumutete und ob er nicht besser beraten gewesen wäre, etwas diplomatischer vorzugehen, vielleicht mit etwas mehr Gefühl und Herz. Aber das lag ihm nicht. Er war sich linkisch vorgekommen, wann immer er den Versuch dazu unternommen hatte. Gleichwohl musste er sich eingestehen, dass er selbst gern Empfänger von Herz und Gefühl war und Grobheiten ihn abstießen und verletzten.

Svenja zeigte sich kühl und abwesend. Sie schwieg. Jung fühlte sich schuldig und kam unter Druck, irgendetwas sagen oder tun zu müssen. Ihm fiel nichts Passendes ein.

»Dann dauert es ja nicht mehr lange, und ich habe eine sturmfreie Bude«, bemerkte sie schließlich. Die Ironie in ihrer Stimme war äußerst selten und deswegen besonders beunruhigend. »Schöne Aussichten. Clemens studiert mit Jessi in Freiburg und probiert schon mal das kleine Eheleben zu zweit aus. Hoffentlich wird's kein großes. Cara verschwindet in den Fernen Osten auf der Suche nach japanischer Kultur. Du gehst auf Mörder-Safari nach Afrika. Und ich bringe ADS-Teenies das Lesen und Schreiben bei. Das ist doch eine schöne Aufgabenverteilung, findest du nicht auch?«

»Das klingt aus deinem Mund so, wie es nicht ist«, erwiderte Jung lahm. Er fühlte deutlich, was sie bewegte, und gab ihr recht. Er schwieg.

»Gut, sehen wir den Dingen ins Auge«, brach Svenja das Schweigen. Ihr Oberkörper hatte sich gestrafft. »Du musst noch die Krankenversicherung für Cara auf Stand-by stellen. Sie ist während ihrer Zeit in Japan durch die Organisatoren versichert, übrigens auch haftpflichtversichert. Das Gleiche gilt für deine Krankenversicherung.«

»Wieso das? Woher weißt du das?«, unterbrach Jung sie erleichtert, weil das Gespräch sich normalisierte.

»Ich weiß das von einem meiner Schüler, dessen Vater das Gleiche durchgemacht hat. Du unterliegst während der Zeit bei der Marine der freien Heilfürsorge des Bundes, so heißt das wohl offiziell. In der Zeit brauchst du keine private Versicherung mehr.«

Das Gespräch war jetzt auf der Ebene angekommen, auf der konkrete Fragen geklärt, Aufgaben verteilt und Aktionspläne entworfen wurden. So klang der Abend mit der Bewältigung dessen aus, was relativ leicht zu meistern war, bis Cara anrief. Sie teilte ihren Eltern mit, dass sie die Nacht bei ihren Freunden verbringen und morgen früh von dort zur Schule gehen würde. Von da an unterhielten sie sich über Erziehungsfragen und kamen schließlich zu dem Ergebnis, dass sie Cara zutrauen konnten, die Verantwortung für sich zu übernehmen.

DER LEITENDE

Jung hatte gut und lange geschlafen. Er hatte keine Eile und frühstückte ausgiebig, mit Genuss und ohne sich Gedanken über einen pünktlichen Dienstbeginn zu machen. Svenja hatte Brötchen aus Padborg geholt, gleich hinter der Grenze zu Dänemark, die nur Minuten von ihnen entfernt lag. Sie beide liebten knusprige Italienske, eine Brötchensorte, die mit dänischer Butter, mild ost* und frisch gebrühtem Kaffee köstlich schmeckte.

Das Wetter hatte sich nicht geändert. Ein grauer Himmel wölbte sich über der Stadt. Als Jung sein Auto im Innenhof der Polizeiinspektion abgestellt hatte, fing es an zu regnen. Petersen begrüßte ihn am Aufgang zum Treppenhaus. »Moin, Herr Jung, Schluss mit der Ruhe. Der Alte ist da und macht Action.«

»Moin, Petersen. Sie haben es ja geahnt. Was ist denn los?«

»Er wartet auf Sie und hat mir aufgetragen, Sie sofort zu ihm zu schicken. Hat schon zwei Mal nach Ihnen gefragt.«

»Was wäre eigentlich gewesen, wenn ich gestern oder vorgestern nach ihm verlangt hätte?«, fragte Jung provokativ zurück.

»Nichts. Der Chef war einfach weg, alles klar?«

»Na denn, auf in die Höhle des Löwen.«

»Wird schon nicht so schlimm werden.«

»In diesem Fall glaube ich Ihnen aufs Wort, Petersen. Schönen Tag noch.«

* milder Käse

»Danke ebenfalls, Herr Jung. Viel Glück.«

Er stieg das Treppenhaus hoch in die Teppichetage. Alle Türen standen offen. Jung hatte das Gefühl, als hätte sein Chef schon seit Stunden auf der Lauer gelegen. Er rief Jung zu sich herein, sobald er seine Schritte im Flur vernahm. »Guten Tag, Jung, wie geht's? Haben Sie gut geschlafen?«

»Guten Tag, Herr Holtgreve.«

Jung war amüsiert, den Leitenden so leutselig vorzufinden, und gleichzeitig abgestoßen von dessen Verhalten. Er war zu spät im Dienst. Das war in der Regel für Holtgreve Anlass, ungehalten und streng zu sein. Dass er jetzt kleine Brötchen buk, bewies nur, dass er ein dringendes Problem hatte, von dem er glaubte, es nur mithilfe des Delinquenten aus der Welt zu schaffen. Holtgreves Verhalten widerte Jung an, als es ihm bewusst wurde. Gleichzeitig merkte er, dass es ihn auch beruhigte. Ein gewisses Überlegenheitsgefühl bemächtigte sich seiner. Er konnte sich aber nicht darüber freuen. Holtgreve gab eher Anlass zu Mitleid.

»Jung, ich habe da eine Sache, die ich mit Ihnen besprechen muss«, begann der Leitende, sogleich auf Jung einzureden. Er setzte sich in seinen Bürosessel und wies ihm mit einer einladenden Gebärde den Stuhl vor seinem Schreibtisch zu. »Wie Sie vielleicht schon gehört haben, hat Kiel ein Programm zur Fortbildung der Beamten des Höheren Dienstes ins Auge gefasst.« Natürlich hatte Jung noch nichts davon gehört. »Der Präsident hat mit mir in den letzten Tagen ausführlich darüber diskutiert«, fuhr der Leitende fort. »Wir beide haben sofort an Sie gedacht, als es darum ging, den Ersten auszusuchen, der in den Genuss des neuen Programms kommen sollte.«

Holtgreve machte eine Pause und sah Jung bedeutsam in die Augen. Jung schwieg. Er hatte der langen, wohlgesetzten und dennoch albernen Rede des Leitenden aufmerksam gelauscht. Dessen Stärken waren eher abgehackte Sätze im Telegrammstil, kurze Statements oder Fünf-Worte-Anweisungen. Jung genoss die Verlegenheit, in der sich Holtgreve offensichtlich befand. Er wollte ihn nicht vorzeitig daraus entlassen, indem er freundliches Interesse zeigte oder ihm entgegenkam.

»Sie werden sicherlich wissen wollen, warum wir gerade auf Sie kamen«, fuhr der Leitende fort.

Ja, das wollte Jung zu gern wissen. Er freute sich schon auf Holtgreves weitere Einlassungen. Deshalb schwieg er.

»Ich will es Ihnen sagen«, ergriff der Leitende wieder das Wort, sichtlich enttäuscht von Jungs Zurückhaltung. »Der Präsident war von Ihrer Arbeit an dem Giftmordfall auf Sylt und der Aufklärung des Verschwindens der beiden vermissten Frauen sehr angetan. Er meinte, Sie seien ein guter Vertreter unseres Dienstes, der es verdient habe, eine Auszeichnung zu erhalten. Ich habe mich seinem Urteil voll angeschlossen.«

Jung konnte nur schwer an sich halten, nicht lauthals loszulachen. Der Geist, der aus Holtgreves Rede zu ihm herüberschwappte, nahm ihm fast den Atem. Glaubte Holtgreve eigentlich selbst an das, was er da erzählte? Jung schwieg noch immer.

»Aber nun zur eigentlichen Sache«, nahm Holtgreve mit einiger Anstrengung seine Rede wieder auf. »Wir haben gemeinsam beschlossen, unsere Beamten im Umgang mit den Medien zu schulen. Deshalb haben wir vorgesehen, Sie, Jung, für einige Wochen in das Presse-

und Informationszentrum des Marineflottenkommandos zu geben. Sie werden den Vorzug haben, im Rahmen einer Wehrübung voll in den Betrieb dort integriert sein zu können, was den Lerneffekt natürlich enorm erhöht. Sie haben gedient, wenn ich mich recht erinnere.«

»Ja, aber beim Heer.«

»Das macht nichts, wie dem Präsidenten von höherer Stelle signalisiert wurde. Sie werden natürlich Offiziersstatus erhalten. Das wurde dem Präsidenten zugesichert und entspricht im Übrigen ja auch Ihrem Rang als Kriminalrat. Ihre Freiwilligkeit wird aber als unabdingbare Voraussetzung für diese Aktion benötigt. An Ihrer Stelle würde ich diese Auszeichnung nicht vorbeigehen lassen. Sie macht sich in Ihrer Personalakte sicherlich gut.«

Jetzt war die Katze aus dem Sack. Holtgreve kauerte hinter seinem Schreibtisch und musterte Jung gespannt. Dieser schwieg beharrlich.

»Ich muss darüber eine Nacht schlafen und mit meiner Frau sprechen. Das werden Sie verstehen«, ließ Jung sich nach einiger Zeit vernehmen und befreite den Leitenden vorerst von seinem ärgsten Leiden.

»Selbstverständlich, das ist ja klar. Ihre Frau muss das wissen. Nehmen Sie sich für heute frei und vergessen Sie nicht, ihr zu sagen, dass es für Ihre Karriere wichtig ist, ja?«

Seine Karriere war schon längst im Eimer, dachte Jung bitter. Er erhob sich von seinem Stuhl, auf den Holtgreve von seinem erhöhten Schreibtischsessel aus herabgesehen hatte, wie die Richter in alten Gerichtssälen.

Er ließ den Leitenden in einem ängstlichen Schwebezustand zurück. Jung konnte nicht verhehlen, dass ihn das freute. Er nahm das Angebot Holtgreves gern an und ging in sein Büro zurück, um seine Sachen zu packen

Der Aufenthalt in der Inspektion war kurz gewesen. Als er die Wachstube am Ausgang passierte, sprach Petersen ihn erstaunt an. »Herr Kriminalrat, schon fertig? Das ging aber schnell. Ist doch nichts Schlimmes passiert, oder?«

»Nein, Petersen, alles in Butter. Ich bin nicht gefeuert, nicht strafversetzt oder in Verschiss geraten.«

»Feuern kann er Sie sowieso nicht. Aber unangenehm kann er werden.«

»Ja, Petersen, da haben Sie recht. Aber seit einiger Zeit spüre ich kaum noch, wann er unangenehm und wann er angenehm ist.«

»Das ist großartig, dann haben Sie ihn sozusagen überwunden. Gratuliere, Herr Kriminalrat.«

»Danke, Petersen, so kann man das natürlich auch sehen. Schönen Tag noch. Tschüss.«

»Danke gleichfalls, Herr Jung, und tschüss.«

Auf seinem Weg nach Hause machte er einen Umweg über die Umgehung nach Harrislee und kaufte dort im ›Gänseblümchen‹ einen üppigen Strauß Blumen. Die Art, wie die Floristinnen die Blumengestecke zusammenstellten und arrangierten, war ausgesprochen kunstvoll. Er beobachtete sie fasziniert bei ihrer Arbeit und war wie jedes Mal von dem Ergebnis begeistert. Als er seiner Frau den Strauß überreichte, hielt sie sich die Rosen und Mimosen vors Gesicht und sog ihren berauschenden Duft in die Nase. Ihre Freude war aufrichtig. Sie stellte die Blumen entzückt in eine Vase, die sie sorgfältig unter vielen anderen auswählte.

»Du bist schon wieder da. Was ist los, Tomi? Hat der Blumenstrauß eine Bedeutung, die ich noch nicht kenne?«

»Nein, der Strauß ist nur für dich, aus purer Freude an der Sache. Holtgreve hat mir heute freigegeben.«

»Er hat was mit dir vor, nicht wahr?«

»Es ist passiert, worüber wir gestern gesprochen haben. Er hat sich schwer getan, eine lange Rede gehalten und jetzt sitzt er da und schmort in der Hölle. Ich habe mir Bedenkzeit ausgebeten, die er mir natürlich nicht verwehren konnte. Er hoffte ganz offensichtlich, mich auf der Stelle rumkriegen zu können.«

»Und jetzt freust du dich darüber, ihn schmoren zu lassen? Na, na, mein Lieber.«

»Ich weiß, ich bin ein schlechter Mensch. Ich befinde mich aber in guter Gesellschaft. Und nicht alle Männer bringen ihrer Frau unter der Woche Blumen mit.«

»Okay«, lachte sie. »Ich muss gleich arbeiten. Ich habe nichts zum Mittagessen vorbereitet. Du musst dir was einfallen lassen, wenn du Hunger kriegst.«

Sie begab sich in die Arbeitsräume, die im nördlichen Teil ihres Hauses untergebracht waren.

Jung stieg in den ersten Stock. In seinem Arbeitszimmer setzte er sich an den Schreibtisch und sah in den Garten und über die angrenzende Koppel auf den Baggersee in der Ferne. Der See war durch den Regen schlecht auszumachen. Der graue Himmel verhinderte Lichtreflexe auf der Wasseroberfläche. Jung betrachtete gern den See, wenn er vor sich hindöste oder seinen Gedanken nachhing. Jetzt fiel ihm auf, dass die Hecken geschnitten werden mussten. Er würde sich dafür eine Hilfe besorgen, da er es selbst nicht mehr vor seiner Abreise schaffen würde.

DIE EINBERUFUNG

Jung hatte am nächsten Tag dem Chef seine Bereitwilligkeit signalisiert, am neuen Fortbildungsprogramm teilzunehmen. Holtgreve wirkte erleichtert und Jung hatte das sichere Gefühl, dass der Polizeipräsident in Kiel seinen Statthalter in Flensburg nicht über die wahren Hintergründe seiner Wehrübung informiert hatte.

Jung erwartete jeden Tag seinen schriftlichen Einberufungsbescheid. Die Zeit wurde ihm lang und er überlegte, wie er sich auf seinen Einsatz vorbereiten konnte. Die Ermittlungsakten konnte er in Hannover nicht anfordern. Er hätte dann seine Zuständigkeit begründen und darüber hinaus erklären müssen, aus welchem Grund er sie zu lesen wünschte. Das ging nicht. Mit der Wahrheit konnte er nicht herausrücken. Die Kollegen in Hannover hätten in diesem Fall die Akten nicht aus der Hand gegeben, aus guten Gründen, wie Jung sich eingestehen musste. Im umgekehrten Fall hätte er das auch nicht getan.

Der Einzige, den er fragen konnte, war Jungmann selbst. Andere Kontaktpersonen zu dem Fall des verschwundenen Seemanns hatte er nicht. Selbst wenn es hier, im Flottenkommando, weitere gegeben hätte und sie ihm bekannt gemacht worden wären, würde er sie nicht dazu befragen können, ohne sein Inkognito aufzudecken.

Auch auf seine Rolle als Offizier vermochte er sich nur schlecht vorzubereiten. In der Handbibliothek der Polizeiinspektion entdeckte er eine Informationsbroschüre der Marine, die wohl für junge Männer und Frauen gedacht war, die Arbeit suchten oder eine Karriere als Soldat anstrebten. Hier entdeckte er eine Auflistung der verschiedenen Laufbahngruppen, deren Dienstgrade und Dienstgradabzeichen, in die er sich lange vertiefte. Zum Schluss konnte er unterscheiden zwischen Mannschaften, Unteroffizieren ohne Portepee, Unteroffizieren mit Portepee, und Offizieren. Dabei fiel ihm auf, dass für die Offiziere zwölf Dienstgrade zu vergeben waren – die vier Admiralsränge eingeschlossen –, für die anderen Laufbahnen aber nur wenige, für die Portepeeunteroffiziere beispielsweise nur fünf, für andere noch weniger.

Außerdem sah er sich die Schiffe, Boote, Flugzeuge und Hubschrauber der Marine im Internet an. Er hatte bisher nicht gewusst, dass es so viele davon gab. Er hatte im Kieler Hafen – Flensburg war schon lange kein Marinestützpunkt mehr – niemals mehr als ein, zwei größere Kriegsschiffe neben ein paar kleinen, eher unbedeutenden Hilfsschiffchen zusammen auf einem Haufen gesehen. Jetzt wusste er, dass es eine erkleckliche Anzahl großer und kleinerer Einheiten gab. Sie mussten sich wohl auf die Häfen an der Nordsee und den neuen Bundesländern verteilen. Und einige lagen auch sicherlich in der Reparaturwerft oder waren auf den Meeren unterwegs, zum Beispiel im Arabischen Meer, wie er ja selbst seit Kurzem wusste.

Am Vormittag des darauffolgenden Tages rief ihn Svenja im Dienst an und teilte ihm beiläufig mit, ein dicker Einschreibebrief vom Kreiswehrersatzamt Schleswig sei für ihn in der Post. Es handele sich wohl um seinen Einberufungsbescheid.

Jung erklomm die Teppichetage, informierte den Leitenden vom Eintreffen seiner Einberufung und bat um Dienstbefreiung, um seine persönlichen Sachen zu regeln. Sie wurde ihm natürlich gewährt und Holtgreve vergaß nicht, ihn nochmals an die günstige Beeinflussung seiner Karriere zu erinnern, die mit der Wahrnehmung dieser einmaligen Chance verbunden sei. So drückte er sich aus und ahnte doch nicht, wie recht er damit hatte.

»Ich weiß nicht, wann genau Sie sich der Aufgabe stellen müssen, Jung. Ich bin ab übermorgen im Urlaub. Falls wir uns nicht mehr sehen sollten, wünsche ich Ihnen jetzt schon alles Gute und viel Erfolg«, verabschiedete sich Holtgreve leutselig von ihm.

»Danke. Dulce et decorum est pro patria mori*«, erwiderte Jung schmunzelnd.

»Ja, da haben Sie ausnahmsweise recht«, bemerkte daraufhin der Leitende. Er hatte nichts verstanden. Die Ironie des Zitats war ihm völlig verborgen geblieben. Üblicherweise hätte er Jung aufgefordert, Klartext zu reden. Jetzt sah er sich gezwungen, ihn nicht zu verärgern, ihn auf den letzten Metern auf der Spur zu halten, damit er es sich nicht anders überlegte. Denn der Leitende war über Rechtsgrundsätze, Regeln und Formalitäten bestens informiert und wusste mit Sicherheit, dass erst Jungs schriftliche Einverständniserklärung die Einberufung besiegeln würde. Bis dahin musste Holtgreve für gutes Wetter sorgen und seine üblichen Grobheiten unterdrücken. Jung musste seinem Chef zubilligen, dass ihm das gut gelang.

Nachdem sie sich zum Abschied die Hand gegeben

* Süß und ehrenvoll ist's, fürs Vaterland zu sterben.

hatten, verließ Jung die Teppichetage, packte seine Siebensachen zusammen und schloss sein Büro ab. Die Wachstube war leer. Petersen war nicht zu sehen. Jung hätte zu gern erfahren, ob schon gerüchteweise zu ihm gedrungen war, was den Kriminalrat in der nächsten Zeit außer Haus führen würde. Jung hätte sich auch gern von ihm verabschiedet.

Der Herbst war fortgeschritten. Der Regen und die steifen Westwinde der letzten Tage hatten das Blattwerk an den Bäumen dezimiert. Als Jung die Husumer Straße entlang nach Hause fuhr, wehten Ahornblätter gegen die Windschutzscheibe und blieben an den Scheibenwischern hängen.

*

Zu Hause stellte er das Auto im Carport ab. Den Sommer über hatten sie ihre Autos im Freien geparkt, um die an den Balken des Carports nistenden Schwalben nicht zu stören. Denn die Katzen benutzten die Autodächer gern als Sprungbrett, um an die Nester zu gelangen. Auch wollte sich Familie Jung die Autos nicht von der regen Verdauungstätigkeit der kleinen Kunstsegler vollkleckern lassen. Jetzt waren die Schwalben längst auf ihrem Flug gen Süden und Jung würde ihnen bald nachfolgen. Ihm fiel ein, seine Frau darum zu bitten, in der Zeit seiner Abwesenheit ab und zu sein Auto zu benutzen, um die Batterie am Leben zu erhalten.

Er schloss die Haustür auf. Svenja war nicht da. Auf dem Treppenabsatz entdeckte er den dicken Einschreibebrief. Er öffnete ihn und las, er sei zu einer zweimonatigen Wehrübung einberufen und habe sich am kommenden Montag um 8 Uhr in Glücksburg/Meierwik beim Personaloffizier (PersO) zu melden. Sein Dienstgrad war mit ›Oberleutnant der Reserve‹ vorläufig angegeben. Ein Freifahrschein für die Bundesbahn war beigefügt. Meierwik ist quasi ein Vorort von Flensburg und hat überhaupt keine Bahnanbindung. Ein Retourschreiben, in dem er sein schriftliches Einverständnis erklären musste, war neben anderen Merkblättern über Arbeitnehmerrechte, Sozial- und Krankenversicherungen ebenfalls beigelegt. Die waren in erster Linie an Nichtbeamte adressiert. Für ihn als Beamten änderten sich nur der Arbeitsort, die Arbeitszeit, die Krankenversorgung und später die Arbeitskleidung. Ansonsten lief alles weiter wie bisher, auch sein Gehalt.

Den nächsten Tag verbrachte er damit, seine persönlichen Angelegenheiten zu regeln. Viel gab es da nicht zu tun. Ein paar Arztrechnungen beglich er vorzeitig und überprüfte, ob während seiner Abwesenheit noch Verpflichtungen auflaufen würden. Er stellte fest, dass mithilfe der elektronischen Medien alles leicht und zuverlässig zu regeln war, und in dieser Hinsicht seine Abwesenheit im Normalfall, also im Ausbleiben von Katastrophen, gar nicht auffallen würde. Das beruhigte ihn.

Koffer musste er auch nicht packen. Er nahm eine kleine Reisetasche mit, in der er Unterwäsche, eine Garnitur zivilen Outfits, seine Toilettensachen nebst Bademantel und Badelatschen und seinen Laptop verstaute. Ansonsten stellte er sich darauf ein, militärisch ausgestattet zu werden.

*

Seine Frau fuhr ihn am Montagmorgen nach Meierwik ins Flottenkommando. Es war der Beginn eines ruhigen Herbsttages. Der Frühnebel lag auf dem Land wie Watte. Es war nahezu windstill. Auf der Nordstraße sahen sie kaum 50 Meter weit. Während der kurzen Fahrt sprachen sie nicht miteinander, nicht nur, weil Svenja sich in dem dicken Nebel auf den Verkehr konzentrieren musste. Jung hatte sich schon zu Hause von ihr und seiner Tochter verabschiedet: ziemlich still und mit einer abschließenden, längeren Umarmung, die ihre Bedeutung auch aus der Tatsache bezog, dass es ziemlich selten vorkam, dass sie sich in die Arme nahmen.

Jung verabscheute öffentliche Abschiedsszenen, auch wenn sie wie im Film Casablanca legendär waren. Da rannen die vergossenen Tränen über die Kameralinse und tauchten die Szene in einen schlierigen Dunst, in dem selbst Humphrey Bogart noch für eine Anti-Aging-Kosmetik hätte werben können. Alles war irgendwie falsch. Wahre Gefühle, so meinte Jung, kamen gar nicht vor. Für die dargestellte Traurigkeit bestand seiner Meinung nach überhaupt kein Anlass. Die Beteiligten hatten eigentlich jeden Grund, erleichtert zu sein und sich zu freuen. Stattdessen versanken sie in Sentimentalitäten.

Vielleicht war Jungs Skepsis eine Lehre aus dem Zusammenleben mit seiner Großmutter. Sie hatte Casablanca nie gesehen. Der Film kam aus Amerika, und es ging da irgendwie um Nazis und um Juden. Das hatte ihr gereicht, ihn zu ignorieren. Stattdessen hörte sie lieber Serge Jaroff und seine Donkosaken. Sie löste sich nahezu auf, wenn sie die Ballade von den zwölf Räubern anstimmten – oder hieß es Legende von den zwölf

Räubern? Sie verbot sich jedes Geräusch und verdrehte die Augen, wenn Catarina Valente meinte: ›Ganz Paris träumt von der Liebe‹.

Das war die gleiche Frau, die am nächsten Tag den Rohrstock auf ihre Enkel niedersausen ließ. Der Anlass war nichtig und keinem der Geschwister oder ihm selbst bewusst und eindeutig zuzuordnen gewesen. Auch später waren Jung die Gründe für die Strafaktion nie klar geworden, selbst als er sich intensiv daran zu erinnern versuchte. Im geschwisterlichen Kollektiv hatten sie die Züchtigung über sich ergehen lassen. Wo waren eigentlich Vater und Mutter gewesen, fragte er sich später. Nur seine kleine Schwester – damals zwischen fünf bis sechs Jahre alt – wurde von der Großmutter verschont. Immerhin etwas.

*

Vor dem Rollgatter, das den Zutritt zur Kasernenanlage versperrte, hielten sie an. Sie stiegen aus und Jung nahm seine Reisetasche aus dem Kofferraum. Sie umarmten sich noch einmal kurz. Svenja wünschte ihm viel Glück und alles Gute. Dann setzte sie sich hinter das Steuer, wendete und verschwand im Nebel auf der von Wald gesäumten Zufahrtsstraße, die in einer weiten Rechtskurve auf die Fördestraße zwischen Glücksburg und Flensburg mündete.

*

Svenja war in Gedanken versunken und steuerte den Wagen mit dem sicheren, instinktiven Automatismus, der aus jahrelanger Praxis resultierte. Liebte sie ihren Mann eigentlich? Machte es ihr etwas aus, ihn in den Armen des Militärs zu wissen und nach Afrika entschwinden zu sehen? War es ihr egal, was er tat und was ihm widerfuhr? Nein, so klar war das alles nicht zu benennen. Sie mochte sich die Fragen gar nicht stellen, weil sie einfach zu nichts führten, was sie irgendwie weiterbrachte. Es war so, wie es war. Dabei war alles anders gewesen, als sie ihn vor langer Zeit – sie war gerade 22 Jahre alt geworden – kennengelernt hatte.

Er war groß und schlank gewesen, kein Athlet, aber gut gebaut, mit vollem, welligem Haar, hatte lebhafte Augen mit einem Hauch von Traurigkeit und ein markantes, ernstes Gesicht. Er hatte Abitur und ein abgeschlossenes Universitätsstudium hinter sich, war intelligent und gebildet. Sein Titel und seine – wie sie glaubte – potenzielle Zugehörigkeit zur Polizeiführung imponierten ihr. Für sie hatte er Anteil an einer Macht, der von Rechts wegen erlaubt war, sich gegen Widerstände durchzusetzen, und die links und rechts zur Seite schieben durfte, was gewöhnlichen Sterblichen verwehrt blieb. Tomas – der Name gefiel ihr besonders gut, schon ihr allererster Freund hatte so geheißen – hatte sie entdeckt und sich ihr zugewandt. Dabei war er zugänglich und offen gewesen, voller Energie und Enthusiasmus: Eigenschaften, die er auch für seinen Beruf aufbrachte. Sie hatte zwar nie ganz begriffen, woran er sie da verschwendete, aber seine Begeisterung und Unbekümmertheit, die an Naivität grenzten, hatten sie angesteckt und gefangen genommen. Sie wollte daran teilhaben, ihn unterstützen, ihm, wenn es nötig war, den Rücken freihalten. In seinem Kielwasser fühlte sie sich einfach gut aufgehoben. Er kam ihrer schmerzlichen Sehnsucht nach Aufmerksamkeit, Sicherheit, Bedeutung und Fortkommen entgegen. Für all das liebte sie ihn und dafür gab sie sich ihm hin.

Irgendwann, nachdem sie schon einige Zeit verheiratet waren und die ersten Enttäuschungen hinter ihnen lagen, fand sie den Mut, ihm ihr Schutzbedürfnis unzweideutig und rückhaltlos zu gestehen. Er reagierte erschrocken, fast panisch: »Ich will dein Mann sein und nicht dein Zuhälter.« Seitdem hatten sich ihre Vorstellungen über die Natur ihrer Ehe gewandelt.

Fortan kümmerte sie sich in erster Linie um sich selbst und um die gemeinsamen Kinder. Es war gut so, wie es jetzt war. Aber sie empfand immer deutlicher, dass ihr etwas fehlte, worauf sie nicht verzichten konnte und auch nicht wollte.

In der Innenstadt angekommen parkte Svenja ihr Auto in der Speicherlinie und machte sich auf den Weg zu einer Bekannten, die einen Secondhandladen betrieb. Ihr überließ sie öfter ausgemusterte Kleidung, die diese mit Erfolg verkaufte.

*

Jung legte der Wache seinen Einberufungsbescheid vor. Sie beschrieb ihm den Weg zum PersO und ließ ihn passieren. Seine Reisetasche in der Hand ging er die 100 Schritte bis zum Stabsgebäude, vorbei an den schlapp und leblos im Nebel an ihren Masten klebenden Flaggen der NATO und des Bundes. Das Stabsgebäude war mit rotem Backstein verblendet und stammte unübersehbar aus vorrepublikanischen Tagen, wenn auch alle

Ornamentik dieser Zeit mit ihr versunken war. Er stieß die Flügeltür am Eingang auf und sah geradeaus auf eine schwere Schiffsglocke, die an der Stirnwand des Treppenhauses in ihrer Halterung hing. In der geräumigen, im Dämmer liegenden Eingangshalle war links ein riesiges Seegemälde in Öl zu sehen, das den legendären, aber nutzlosen Sieg der kaiserlich-deutschen Marine über die englische Flotte verewigte. Daneben war unter Glas ein gesticktes Fahnentuch der Kaiserlichen Marine zu bewundern. An der Wand gegenüber hingen großformatige Fotografien moderner Kriegsschiffe. In der Halle, auf den Treppenabsätzen und Fluren standen Glasvitrinen, in denen Modelle von Schiffen ausgestellt waren, die seit der Gründung der Bundesmarine in Dienst gestellt worden waren.

Jung stieg in den ersten Stock, wandte sich in den linken Geschossflügel, fand die Tür zum Büro des PersOs und klopfte an.

»Herein«, schallte es laut durch die Tür.

Jung öffnete, wünschte einen guten Tag und überreichte seinen Einberufungsbescheid.

»Moin. Da sind Sie ja. Wir warten schon 'ne Weile«, begrüßte ihn der PersO. Er sah aus wie der zu klein geratene Bruder von Hans Albers. Jung hätte ihn eher auf einer Hamburger-Hafen-Barkasse vermutet als im Stab der Marineführung. Seine Hände waren groß wie Suppenteller, und die hornigen Schwielen drückten sich Jung ins Fleisch, als er ihm seine Hand zu einem schmerzhaften Händedruck reichte.

»Sie müssen ja 'n mächtig wichtiger Mann sein«, fuhr der PersO mit fragendem Unterton in der Stimme fort.

»Wieso denn das?« Jung schaute ihn verdutzt an.

»Wenn ich mir Ihr Programm für die nächsten drei Tage ansehe, mein lieber Herr Gesangsverein. Andere schippern dafür zwei Wochen durch die Marine.«

»Liegt nicht an mir. Ich bin eher langsam und langweilig.«

Der PersO musterte Jung eingehend. Dann sagte er sinnend: »Humor, was? Wer'n Se da brauchen, wo Se hinkommen.« Er lachte. Jung hörte aus dem Lachen eine Mischung aus Süffisanz, Anteilnahme und Mitleid heraus. Seine Beunruhigung wuchs.

»Aber nun mal Butter bei die Fische«, wurde der PersO wieder ernst. »Sie sollen sich sofort beim Chef melden, den Gang wieder nach vorn, gleich die erste Tür an Backbordseite: A 1, Kapitän zur See Goll. In der Zwischenzeit bereite ich schon mal den Papierkram vor. Sie kriegen von mir Ihren Truppenausweis – dafür brauche ich noch Passbildchen von Ihnen, haben Sie ja sicherlich gelesen –, Ihre Kommandierung, Konferenzbescheinigung, Bekleidungsnachweis und den NATO-Marschbefehl. Außerdem müssen Sie mir noch den PEBA ausfüllen.«

»Passbilder hab ich mit.« Jung überreichte ihm die Bilder, die er in der Innentasche seiner Jacke schon parat hatte. Ansonsten hörte er einfach weg. Er kannte die überfallartige Anhäufung unbekannter Vokabeln aus der Vergangenheit und ließ die erneute Welle an sich vorbeischwappen.

Der A 1 entpuppte sich als ein großer, schlanker Bilderbuchoffizier, wie ihn Hollywood für die Rolle des älteren, gut erhaltenen Seeoffiziers gecastet haben könnte. Dessen bewegte, gefährliche Vergangenheit hatte markante Züge und eine deutliche Narbe in sein vom Wetter gegerbtes Gesicht gegraben. Für frühe Witwen und unheilbare Romantikerinnen war er sicherlich unwiderstehlich. Als er sich zur Begrüßung erhob und hinter seinem Schreibtisch hervortrat, stand er kerzengerade vor Jung und lächelte ihn an. Der akkurate Knoten seines Binders saß wie gemalt, exakt in der Mitte eines fleckenlos weißen, gestärkten Hemdkragens. Die dunkelblaue Uniform war bis auf eine goldene Schwinge auf der linken Brust gänzlich schmucklos. Vier goldene Litzen waren an den Ärmeln seines Jacketts aufgenäht. Sie legten sich wie Kolbenringe um seine Unterarme. Die Uniform passte ihm, als wäre er in ihr geboren worden und als würde er sie auch an seinem Todestag noch tragen: sauber, glatt, fleckenlos und mit scharfer Bügelfalte.

Jung war mit dem Goldglanz und der tadellosen Uniform von früheren Anlässen her vertraut und nur noch mäßig beeindruckt. Fast hätte er darüber gelacht, wie sehr die Wirklichkeit dem verbreiteten Klischee eines deutschen Marineoffiziers entsprach.

Er lächelte höflich zurück und wünschte einen guten Morgen. Der Offizier machte eine knappe Geste mit der rechten Hand in Richtung Zimmerecke schräg hinter Jung. Erst jetzt bemerkte Jung die Anwesenheit eines weiteren Marinemannes, der an einem Kaffeeautomaten hantierte.

»Darf ich Ihnen Oberstabsbootsmann Schumann vorstellen? Er wird Ihnen während Ihrer Wehrübung zur Verfügung stehen und Sie in allem unterstützen, was Sie für Ihre Mission brauchen.«

Jung sah die beiden an und verstummte für kurze Zeit, bevor er auf den Bootsmann zuging und auch ihn begrüßte.

Schumann war groß, mindestens so groß wie sein Chef, der A 1, aber fleischiger und massiger, nicht dick. Seine Uniform war weiter geschnitten und lässiger, kurz vor der Schlampigkeit. Auch wies sie lange nicht so viel Gold auf, wenngleich die Anzahl von goldenen Winkeln und Rauten auf seinem Ärmel beachtlich war. Er wirkte gemütlich. Seine zwei Gesichtshälften waren auffallend unterschiedlich. Das rechte Auge war weit geöffnet und aufmerksam auf sein Gegenüber gerichtet. Das linke aber, etwas herabhängend, blinzelte aus einem fast geschlossenen Lid hervor. Zusammen mit einem freundlichen, leicht grinsenden Zug um den Mund entstand augenblicklich der Eindruck einer augenzwinkernden Komplizenschaft mit seinem Gegenüber. Jung sollte später feststellen, dass das freundliche Grinsen in Schumanns Gesicht eingelassen war und von ihm, was auch immer ihm widerfuhr, nicht beliebig an- oder abgestellt werden konnte.

»Sie brauchen nicht zu erschrecken«, ließ sich der A 1 vernehmen. »Er und ich sind vom Flottenchef in Ihre Mission eingeweiht worden. Wir sind neben ihm und dem Chef des Stabes hier die einzigen Mitwisser. Der Oberstaber ist unser Bester. Er wird Ihnen eine große Hilfe sein.«

»Die werde ich brauchen, danke«, erwiderte Jung artig.

»Das haben wir uns auch gedacht. Das soll natürlich nicht heißen, dass die Kameraden vom Heer immer unsere Hilfe bräuchten. Wir wollen da auf keinen Fall missverstanden werden.«

Schumann hüstelte auffällig im Hintergrund und grinste vor sich hin. Dann gab er seinem Chef einen Wink, dass der Kaffee fertig sei.

»Mögen Sie eine Tasse Kaffee? Dabei können wir alles Weitere besprechen.« Der A 1 lud ihn mit einer freundlichen Geste ein, sich einen Platz in der weiter hinten im Zimmer plazierten Sitzgruppe zu suchen. Sie setzten sich und er winkte Schumann mit dem Kaffee heran. Der gesellte sich zu ihnen, als sei er der eigentliche Gastgeber. Die Büroeinrichtung samt Sitzgruppe war schlicht, zweckdienlich und sauber.

»Zuerst einmal zum Wichtigsten: Wir werden Sie beim Stab CTF 150 OEF ...«

»Operation Enduring Freedom«, warf Schumann leise ein.

»Richtig, Operation Enduring Freedom, als Berichterstatter für das Flottenkommando einführen. Damit bleibt Ihre Arbeit marineintern und hat von Anfang an nichts mit Öffentlichkeit und Medien zu tun. Das würde die Kameraden dort unten nur irritieren. Wäre für Ihre Arbeit nur hinderlich, nicht wahr?«

»Können Sie mir das näher erklären?«, unterbrach ihn Jung.

»Gern. Sehen Sie, unsere Erfahrungen mit den Medienvertretern – ich will mal lieber sagen, mit den meisten Medienvertretern, die sich da unten die Klinke in die Hand geben – sind so, dass wir nach ihrer Abreise nicht recht wissen, ob sie überhaupt bei uns gewesen sind. Die Diskrepanz zwischen dem, was uns da unten bewegt, und dem, was sie ihrem Publikum mitteilen, ist schon bemerkenswert. Glauben Sie mir, ich drücke mich sehr zurückhaltend aus. Das hat dazu geführt, dass die Kameraden im Einsatz vorsichtiger im Umgang mit den Medien geworden sind. Und das wäre doch für Ihre Arbeit Gift, hab ich recht?«

»Wenn sie mich zu den Medien rechnen, muss ich Ihnen recht geben.«

Der A 1 nickte beifällig. »Auf der anderen Seite nehmen unsere Leute gern mal die Gelegenheit wahr, sich an ihren direkten Vorgesetzten vorbei mitzuteilen. Wenn sie eine Chance wittern, ihre Erfahrungen, Erlebnisse und natürlich auch Anliegen an höchster Stelle vorgebracht zu sehen, machen sie das. Sie müssen ja nicht Namen und Dienstgrade nennen, nicht wahr?«

»Muss ich nicht, das ist nicht meine Aufgabe.«

»Sehen Sie, das haben wir uns auch gedacht. Eigentlich sollen Sie genau das machen, wozu wir Sie runterschicken. Die kleine Besonderheit dabei ist, dass nur wenige Ihre wahre Mission kennen. Sie müssen dafür sorgen, dass das so bleibt. Und wir arrangieren günstige Voraussetzungen dafür, okay?«

»Danke schön. Wer kennt denn meine Mission noch außer denen, die Sie mir schon genannt haben?«

»Hier, im Flottenkommando, sind es nur die vier bereits Erwähnten. Dort unten ist es der CTF, der C, der Kommandant und der IO der Fregatte, auf dem der Stab eingeschifft ist, sowie der Kommandeur MLBE.«

Jung sah Hilfe suchend zu Schumann. Der grinste. Nach kurzem Blickkontakt mit seinem Chef fuhr dieser fort: »Das sind der Commander Task Force, der Chef seines Stabes, der Kommandant der Fregatte und sein erster Offizier sowie der Kommandeur der Marine-Logistik-Basis im Einsatzgebiet«, erläuterte er.

»Genau, die vier noch dazu«, fasste der A 1 zusammen.

»Fünf, Herr Kap'tän. Im Ganzen neun«, bemerkte Schumann trocken.

»Richtig. Zusammen neun. Okay.«

»Gut. Und wie geht es jetzt weiter?«, fragte Jung.

»Schumi hat Ihren schedule* für die nächsten Tage vorbereitet«, fuhr der A 1 fort. »Sie wissen schon: Einkleidung Standard, BGA und Drei-Farb-TD, Sicherheitsbelehrung, Impf- und Gesundheitsstatus, ABC-Dichtigkeitsprüfung, G-Akte, et cetera pp. Ah ja, Schwimmwestenausbildung und Borddiensttauglichkeit nach BA 90/5 stehen für Sie auch noch an. Sie und der Oberstaber steigen auf dem Flaggschiff ein. Wussten Sie das schon? Übrigens dasselbe Schiff, von dem unser Seemann verschwunden ist. Am Donnerstag nehmen Sie in Köln unseren Flieger nach Dschibuti.«

Jung erschrak über den Wust an Wörtern. Er erfasste eigentlich nur, dass er auf ein Kriegsschiff musste. Das ging ihm so nahe, dass er glaubte, es nicht zeigen zu dürfen, und so unterdrückte er jede Reaktion, an der man sein Erschrecken hätte ablesen können. Im Übrigen schwebte das Gesagte an ihm mehr oder weniger vorbei, es war einfach zu viel. Er zwang sich dazu, auf Schumann zu vertrauen und erst einmal abzuwarten.

»Wo werde ich schlafen?«, erkundigte sich Jung nach dem Nächstliegenden, das ihm gerade in den Sinn kam.

»Nach Dienstschluss können Sie wieder nach Hause. Wenn Sie das nicht wollen, werde ich Ihnen ein Zimmer im Unterkunftstrakt besorgen. Ich gehe aber davon aus, dass Sie lieber in Ihrem Bett schlafen wollen. Aus eigener Erfahrung würde ich Ihnen dazu raten. Sie werden es schnell vermissen.«

»Das klingt wenig ermutigend. Worauf muss ich mich denn gefasst machen?«, fragte Jung zaghaft.

* Stundenplan

»Na ja, ein Kriegsschiff ist kein Musikdampfer. Sie werden sich eine Kammer mit einem Kameraden teilen müssen. Aber eine eigene Koje werden Sie schon haben, das kann ich Ihnen zu Ihrer Beruhigung versichern.«

Jung fing an, seinen Entschluss zu bereuen. Schumann beobachtete ihn freundlich grinsend. Was fand er daran so lustig?

»Morgen früh um 8.30 Uhr local* haben Sie einen Termin beim Flottenchef. Das wollte ich Ihnen noch sagen, bevor ich es vergesse«, ergänzte der A 1.

»Ich hab den Termin auf meinem Plan, Herr Kap'tän«, warf Schumann ein. Jung registrierte zum ersten Mal bewusst die Stimme seines Adlatus. Sie wirkte ungeheuer beruhigend auf ihn. Er sah Schumann erneut freundlich grinsen, bevor der seine Kaffeetasse zum Mund führte und trank. Jung tat es ihm nach und nahm einen kräftigen Schluck. Der Kaffee war verstörend stark und verursachte ihm Herzklopfen und Magengrimmen.

»Haben Sie Fragen? Jetzt können Sie die noch loswerden.« Der A 1 sah Jung aufmunternd an.

Jung blickte zu Schumann hinüber und glaubte, aus dessen Gesichtsausdruck die Empfehlung zu lesen, auf Fragen lieber zu verzichten.

»Na ja, Sie haben ja unseren Oberstaber«, fuhr der A 1 fort. »Wenn es irgendetwas gibt, was Sie wissen müssen, dann weiß er es. Also, halten wir uns nicht lange auf. Ihr Programm ist dicht gepackt. Womit fangt ihr an, Schumi?«

»Wir fahren jetzt raus nach Harrislee in die Kleiderkammer. Wir sind für 9.30 Uhr angemeldet. Nach dem Mittagessen sind wir bei den Sanis unten in Mürwik:

* Ortszeit

Impfen – Basis und Typhus –, Zahnstatus und BA 90/5. Danach ist für heute Schluss, Herr Kap'tän«, erwiderte Schumann.

»Also, dann mal los, Herr Oberleutnant. Augen auf und durch. Wird schon schiefgehen.«

Jung vermochte den Humor des Kap'täns nicht zu teilen. Ihm schwirrte der Kopf. Er wollte an die frische Luft.

Draußen hatte sich der Nebel gelichtet. Letzte Fetzen drifteten in geringer Höhe mit einem leichten Zug in Richtung Förde. Bald würde die Sonne sie aus einem herbstlichen Himmel erwärmen. In der Nacht war es schon empfindlich kalt gewesen.

»Wie darf ich Sie anreden? Oberstabsbootsmann Schumann klingt unhandlich«, fragte Jung seinen Begleiter.

»Nennen Sie mich einfach Schumi, so nennen mich alle, und alle kennen mich unter diesem Namen.«

»Okay, ich heiße Tomas. Nennen Sie mich Tomi, dann passt das.«

»Gern, aber wundern Sie sich nicht, wenn ich Sie bei Gelegenheit auch mit Ihrem Dienstgrad anspreche, Tomi. Das lässt sich bei uns oft nicht vermeiden. Nicht immer sind Vertraulichkeiten passend und erwünscht. Aber Sie werden das schon noch spitzkriegen, da bin ich mir ziemlich sicher.«

»Ich bin schon jetzt froh, Sie bei mir zu haben. Vieles, was ich eben gehört habe, verstehe ich gar nicht.«

»Das legt sich, glauben Sie mir. Fragen Sie mich, dafür bin ich da.«

»Prima!«, rief Jung aus. »Was zum Beispiel heißt Triple Romeo?« Jung war dieser Terminus seit seinem ersten Besuch im Flottenkommando nicht mehr aus dem Gedächtnis gewichen. Schumi lachte.

»Das weiß auch so mancher alte Mariner nicht. Der long title ist: Refueling – Replenishment – Recreation.«

»Aha. Abkürzungen und Anglizismen sind bei euch verbreitet, stimmt's?«

»Stimmt. Für lange Ansprachen ist keine Zeit. Amis und Limies verstehen kein Deutsch und sind ungeduldig. Außerdem bestimmen sie die Musik. Wir tanzen nur dazu.«

»Was sind denn Limies?«

»Limy ist der Neckname für Brite.«

»Ich sehe schon. Ich muss noch viel lernen«, seufzte Jung. »Was machen wir jetzt?«

»Ich schlage vor, wir beehren noch einmal den PersO, bevor wir in die Kleiderkammer zum Klamottenempfang fahren. Wichtig sind der Truppenausweis und der PEBA, der Personalerfassungsbogen-Ausland.«

»Was ist daran so wichtig?«

»Vor allem Ihre Bankverbindung. Sie bekommen ja Wehrsold und Auslandsverwendungszuschlag, AVZ. Außerdem brauchen wir noch eine Adresse, die wir im Fall, dass Ihnen etwas zustößt, benachrichtigen sollen.«

»Ah, Geld bekomme ich auch? Das ist ja mal eine gute Nachricht. Kommt es öfter vor, dass ihr jemanden benachrichtigen müsst?« Aus Jungs Stimme war ein gewisser Galgenhumor herauszuhören.

»Ja schon, aber machen Sie sich nicht so viele Gedanken. Wir legen jetzt mal los.«

Sie erledigten den Papierkram beim PersO und Schumann besorgte ein Auto aus dem Fuhrparkservice, das sie zur Kleiderkammer brachte. Der Rest des Vormittags ging vorüber mit der Anprobe unzähliger Kleidungsstücke, von erster Geige über BGA (Bord- und Gefechtsanzug) und Drei-Farb-TD (Tropenflecktarn) bis zum Ausgehanzug – weiß mit weißen Schuhen. Die Einkleider gaben sich viel Mühe, dass auch wirklich alles passte. Das dauerte, und Jungs Geduld wurde auf eine harte Probe gestellt. Schließlich bekam er als krönenden Abschluss einen Tropenhut verpasst, der ihn undeutlich an die Kopfbedeckung der Askaris aus kaiserlichen Zeiten erinnerte. Schumann stand dabei und grinste. Sie packten das Zeug in Seesäcke und Kampftaschen und verließen die Kleiderkammer.

Jung war erschöpft. Er wäre lieber nach Hause gefahren. Nach einer längeren Mittagspause kutschierte ihn Schumann stattdessen ins Sanitätszentrum der Marine nach Mürwik. Das Ergebnis ihres Besuchs – er war gesund, fit und erfüllte alle Anforderungen, die der Dienst an Bord eines deutschen Marineschiffes verlangt – versöhnte ihn mit den Anstrengungen des Tages.

Schumann lieferte Jung danach zu Hause ab. Morgen würde er ihn an gleicher Stelle wieder abholen und ihn zu seinem ersten Termin beim Flottenchef bringen. Svenja war erstaunt, ihren Mann so schnell wiederzusehen. Es schien fast, als sei sie darüber erschrocken.

DIE EINSCHIFFUNG

Am nächsten Morgen holte Schumann ihn zu seinem zweiten Wehrübungstag zu Hause ab. Jung hatte sich auf Schumis Anweisung hin in die Ausgehuniform geworfen. Er fühlte sich, als hätte er nach langer Zeit seinen besten Anzug angezogen, um zu einer Beerdigung oder einer ähnlichen Veranstaltung zu gehen. Als er sich aber die Uniformmütze auf den Kopf schob und sich im Spiegel betrachtete, überkam ihn ein befremdliches Gefühl. Er kam sich linkisch vor, albern, so, als ob er einen Maskenball besuchen sollte, was er hasste. Er überredete sich, stillzuhalten, und beruhigte sich mit dem Gedanken, dass er sich in Kürze unter Menschen bewegen würde, die alle so gekleidet waren. Er würde nicht weiter auffallen.

Sie begrüßten sich und Jung machte Schumann mit Svenja bekannt. Schumann lobte Jungs militärisches Outfit. Sein Lob baute Jung etwas auf, nachdem seine Frau ihn eher verächtlich gemustert hatte.

»Wie finden Sie Ihren Mann, Frau Jung? Sieht doch gut aus, meinen Sie nicht?«

»Na ja, wenn Sie mich schon so direkt fragen, ich meine mal … gewöhnungsbedürftig«, erwiderte sie, sichtlich damit ringend, nicht unhöflich oder gar beleidigend zu werden.

»Nur gut, dass Sie Ihren Mann nicht in Tropenflecktarn sehen. Ich mag mir gar nicht ausmalen, was Sie in diesem Fall sagen würden«, grinste Schumann sie an.

Sie verabschiedeten sich nur flüchtig. Heute Abend würde Jung schon wieder zu Hause sein.

Der herbstliche Frühnebel hatte sich an diesem Morgen erneut eingestellt. Schumann verstaute die Seesäcke und Kampftaschen im Laderaum eines Ford Kombis und lenkte den Wagen durch den Nebel über die Umgehung auf die Osttangente. Am Ende bog er ab in die Osterallee, fuhr sie runter bis zum Twedter Plack und schlug dann rechts ein auf die Fördestraße. Der folgten sie bis nach Meierwik. Heute passierte Jung das Rollgatter und die Schranke des Flottenkommandos ohne Kontrolle.

»Der Flottenchef ist ein guter Mann, Tomi. Wird dir gefallen«, bemerkte Schumi, als er das Auto auf dem Parkareal hinter dem Stabsgebäude abgestellt hatte. Jung fiel auf, dass Schumann ihn jetzt endlich duzte.

»Ich bin gespannt, was er von mir will.«

»Ich bring dich zu ihm und hol dich in einer halben Stunde wieder ab. Vergiss nicht, beim Betreten des Gebäudes die Mütze abzunehmen, Tomi.«

»Sonst noch was, das ich wissen muss, Schumi?«

»Den Befehlshaber kurz grüßen durch Anlegen der rechten Hand an die Schläfe. Dann sagst du: ›Herr Admiral, melde mich wie befohlen.‹ Der Rest geht von allein. Alles halb so wild. Der frisst dich nicht auf.«

Jung hatte auch gar nicht daran gezweifelt. Er fragte sich, was wohl der Anlass für Schumis Beschwichtigung gewesen sein könnte. Er schwieg und sie machten sich auf den Weg in den ersten Stock. Schumi überließ ihn der Vorzimmerdame des Befehlshabers. Sie meldete Jungs Erscheinen dem Admiral. Anschließend winkte sie ihn in dessen Arbeitszimmer.

Das Zimmer war geräumig, aber nicht groß. Für die Bedeutung eines Flottenchefs sehr zurückhaltend. Zu diesem Eindruck trug auch die auffällige Schmucklosigkeit des Raumes bei. Sie bestand im Wesentlichen aus dem Foto des amtierenden Bundespräsidenten und den links und rechts hinter dem Schreibtisch aufgestockten Flaggen des Bundes und der NATO. Dem Raum fehlten gänzlich die steife, heroische Würde und das pompöse Gepränge amerikanischer Admiralbüros. Bilder davon hatte Jung hin und wieder in Nachrichtenmagazinen und Zeitschriften gesehen. Auf ihn hatten sie bis zur Albernheit übertrieben gewirkt. Hier war das Mobiliar zweckmäßig und schlicht wie das, was er schon gestern beim A 1 gesehen hatte.

Er grüßte den Admiral, wie Schumann ihm geraten hatte und war dabei erstaunt, wie gut ihm das gelang. Der Befehlshaber erhob sich, kam hinter seinem Schreibtisch hervor und begrüßte Jung mit Handschlag.

Er war ein untersetzter, älterer Herr mit Bauch, nicht groß, nicht klein, der freundlich aus müden Augen blickte. Seine Gesichtshaut war faltig und schlaff. Seine graublonden, schütteren Haare standen ihm etwas strubbelig vom Kopf ab. Ein Friseurbesuch wäre schon seit Längerem nötig gewesen. Er wirkte überarbeitet. Seine Jacke hatte er abgelegt, sein Hemd war verknittert und spannte über seinem Bauch. Auf der rechten Brusttasche war ein schlichtes Schild angesteckt, auf dessen schwarzem Grund sein Name in Weiß eingraviert war. Ein Miniaturwappen links neben der Gravur schmückte das Namensschildchen. Darüber hinaus zierte ihn gar nichts mehr. Nur ein sehr breiter und zwei schmale Goldringe auf den Ärmeln seines über die Stuhllehne gehängten Jacketts erinnerten Jung daran, mit wem er es zu tun hatte. Die Ausstrahlung des Flottenchefs hatte wenig gemein mit der seines Offiziers, dem A 1.

»Schön, dass Sie da sind, Herr Oberleutnant. Haben Sie sich schon an Ihre neue Kluft gewöhnt?«, eröffnete der Admiral jovial das Gespräch und lächelte.

»Das braucht noch etwas Zeit. Ich habe heute Morgen zum allerersten Mal in meinem Leben eine Marineuniform angezogen.«

»Ja, ich hörte davon. Sie waren beim Heer, nicht wahr?«

»Das ist schon lange her. Die Division, aus der ich entlassen wurde, gibt es nicht mehr.«

»Ja, die Zeiten ändern sich rasant.«

Der Flottenchef bot Jung einen Stuhl am Besprechungstisch an und nahm ihm gegenüber Platz. »Sie werden sich sicherlich fragen, warum ich Sie zu mir gebeten habe«, begann der Admiral. »Lassen Sie mich gleich zur Sache kommen. Ich hole etwas aus. Bitte verlieren Sie nicht die Geduld.« Er strich sich über die müden Augen und fuhr fort: »Mein Offizier in Dschibuti hat mich nicht lange überreden müssen, Ihrer Mission zuzustimmen. Ich vertraue ihm. Wenn er Zweifel an dem Untersuchungsergebnis Ihrer Kollegen hat, dann aus triftigen Gründen. Im Wesentlichen haben mich zwei Überlegungen zum Zustimmen bewegt. Erstens: Wir tragen für die Soldaten, denen wir befehlen, in dieses Land zu fahren, die Verantwortung. Wir müssen deswegen alles wissen, was uns hilft, dieser Verantwortung gerecht zu werden. Wenn einer unserer Männer freiwillig oder unfreiwillig über Bord geht, haben wir vielleicht etwas falsch gemacht und haben etwas zu lernen. Dazu müssen wir genau wissen, was passiert ist. Erst dann können wir Schritte einleiten, die einen solchen Vorfall in Zukunft unwahrscheinlicher machen. Haben Sie mich verstanden?«, fragte er müde.

»Oh ja, das leuchtet mir ein, Herr Admiral«, stimmte ihm Jung wahrheitsgemäß zu.

»Zweitens: Wir befehligen ein hochempfindliches und gefährliches Waffensystem in einer ungemein komplexen und komplizierten Gegend dieser Welt. Sehr schnell und ungewollt kann es da zu Vorfällen kommen, die blitzschnell eskalieren, außer Kontrolle geraten und enormen Schaden anrichten würden. Um das zu verhindern, müssen wir uns auf unsere Leute verlassen können. Wir müssen sie so gut kennen, dass wir genau wissen, was wir ihnen zumuten können und was nicht. Und wenn einer Selbstmordabsichten hegt oder an einer Krankheit leidet, sollten wir das auch wissen, um ihn nach Hause holen zu können. In diesem Fall wissen wir gar nichts, außer, dass Grenz verschwunden ist. Das beunruhigt mich. Ich möchte wissen, was da wirklich passiert ist.«

Der Admiral machte eine Pause und sah Jung bedeutungsvoll an. Auf Jung lasteten die Worte des Befehlshabers wie schwere Steine. Er fühlte sich unbehaglich. Wusste sein Gegenüber davon, dass er in Dschibuti auch auf der Suche nach einem Mörder sein würde?

»Dazu kommt, dass wir die Öffentlichkeit im Nacken haben«, fuhr der Admiral fort. »Um sich gegen deren Zudringlichkeiten und Unterstellungen zu wehren, brauchen wir alle Fakten, und zwar als Erste, verstehen Sie?«

»Ja, sicher. Das wollte ich Sie gerne fragen: Warum sind die Medien noch nicht auf diesen Vorfall aufmerksam geworden? Spektakulär genug ist er doch, oder nicht?«

»Das habe ich mich auch gefragt. Von meinem zuständigen Abteilungsleiter weiß ich, dass der Seemann keine nahen Verwandten mehr hatte, die an die Öffentlichkeit hätten treten können. Für den Fall der Fälle hatte er die Adresse seiner Verlobten angegeben. Wir haben mit ihr gesprochen und sie sagte uns, sie habe sich schon vor Monaten entlobt und wolle auf keinen Fall in die Machenschaften ihres Ex hineingezogen werden. Ich zitiere diese Worte, weil sie uns befremdlich vorkamen. Sein Tod, oder besser sein Verschwinden, blieb deswegen ein offenes Geheimnis unter meinen Soldaten.«

»Und dabei ist es offensichtlich geblieben«, warf Jung ein.

»Das wundert mich auch. Meistens lässt sich ein solches Ereignis nicht lange unter der Decke halten. Die Leute, auch Soldaten, reden gern und viel. Aber in diesen Fall, nichts. Schon bemerkenswert.«

Der Admiral strich sich mit der Hand über die Stirn, als wolle er einen schlechten Gedanken beiseiteschieben. Dabei fiel sein Blick auf seine Armbanduhr.

»Es tut mir leid. Ich habe gleich Kleine Lage und muss jetzt los. Sie haben verstanden, worum es mir geht?«

»Ja, ich glaube schon, Herr Admiral. Ich werde mein Bestes tun.«

»Danke. Schön, dass Sie bei uns sind. Ich erwarte Ihren Bericht. Alles Gute und viel Erfolg.« Er gab Jung die Hand, wünschte einen guten Tag und eilte, im Vorbeigehen sein Jackett ergreifend, ins Vorzimmer. Jung blieb einfach stehen.

»Der Wagen wartet unten, Herr Admiral«, hörte er die Vorzimmerdame sagen. Eine Tür fiel ins Schloss und er war allein. Die Chefsekretärin rief ihn zu sich und geleitete ihn auf den Flur. Schumann wartete schon auf ihn.

»Wie war's, Tomi? Netter Mann, nicht wahr?«

»Nach dem ersten Eindruck würde ich ihn gern gegen meinen anderen Chef austauschen. Nach den gestrigen Checks bei den Sanis frage ich mich allerdings, ob er borddienstverwendungsfähig ist.«

Schumi lachte. »Ich kannte einen Befehlshaber, der flog gern und oft im Tornado. Das war ein Kampfjet bei den Marinefliegern. Die Piloten müssen viel höhere Anforderungen an ihre Physis erfüllen als wir Seeleute. Da stellten wir uns alle auch diese Frage. Und er war damals schon kurz vor der Pensionierung.«

»Genießen die hohen Ränge vielleicht Sonderkonditionen?«, fragte Jung.

»Auf keinen Fall, ausgeschlossen«, grinste Schumann schelmisch. Sie verließen das Stabsgebäude durch den Showroom vor dem Einlass. Draußen empfing sie wie gestern eine sich langsam gegen den Nebel behauptende Sonne. Jung genoss die ersten wärmenden Strahlen auf seinem Gesicht.

»Mütze auf, Herr Oberleutnant, und alles zuerst grüßen, was mehr Gold auf dem Ärmel hat«, ermahnte ihn Schumann.

»Die Grußregeln muss ich noch lernen. Aber nicht jetzt. Was liegt denn heute an, Schumi?«

»Wir fahren nach Neustadt zur Schwimmwestenausbildung. Kleines Bad im Pool. Wird dir Spaß machen.« Schumann grinste auffällig in Jungs Richtung. Sie machten sich auf den Weg zu ihrem Auto und begannen den mehrstündigen Trip zur Schiffssicherungslehrgruppe in Neustadt.

Den Nachmittag würde Jung nie vergessen. Nach einer langen, ausführlichen Einweisung in die Handhabung der Schwimmweste sprang er in recht warmes Wasser mit künstlich erzeugtem, leichtem Seegang. Bei dem Versuch, den Kälteschutzanzug aus der Weste zu lösen und anzulegen, ertrank er fast. Er strampelte so heftig mit den Beinen, dass er sich den rechten Wadenmuskel zerrte. Die Schrittgurte zerquetschten ihm fast die Hoden. Hinterher fragte er sich, was ihm passiert wäre, wenn er in einem Wintersturm auf der Nordsee bei eiskaltem Wasser und haushohen Wellen über Bord gespült worden wäre und das Glück gehabt hätte, diese Rettungsweste angelegt zu haben? Scheiße. Im Übrigen war sie auch noch verteufelt schwer.

Nach diesem Erlebnis schwor er sich, alles zu tun, um niemals in Seenot zu geraten. Er war kurz davor, die ganze Aktion Dschibuti aus Krankheitsgründen abzublasen. Nur Schumanns freundliches Grinsen hielt ihn davon ab.

»Du warst ein wenig panisch. Du solltest das öfter machen, dann legt sich das«, beschwichtigte er ihn. »Außerdem waren die Gurte nicht vorschriftsmäßig gezurrt. Da hat der Bademeister nicht aufgepasst. Hab ich ihm auch gesagt. Nimm's nicht so tragisch. Beim nächsten Mal klappt's besser, glaube mir.«

Schumanns Kommentar machte Jung noch wütender. Er hatte Mühe, seine Wut unter Kontrolle zu halten.

Den nächsten Vormittag verbrachten sie mit dem Anpassen der ABC-Schutzmasken und der Dichtigkeitsprüfung im ABC-Reizraum. Jungs Wade schmerzte und machte ihm zusätzlich zu den Belehrungen und den ohnehin beklemmenden und beängstigenden Masken-Übungen zu schaffen. Er war froh, als es endlich vorbei und Mittag war.

Sie hatten nicht viel Zeit für eine Mittagspause. Ein Fahrer des Fuhrparkservice stand bereit, um sie nach Köln-Wahn zu bringen. Sie hatten eine Menge Gepäck zu transportieren und fuhren deswegen in einem alten Ford Transit. Nach acht Stunden Fahrt mit Staus vor dem Elbtunnel, bei Bremen und zwischen Dortmund und Hagen kamen sie übermüdet und hörgeschädigt am militärischen Teil des Flughafens Köln-Bonn an. Die Abgabe ihrer Seesäcke und Kampftaschen beim Check-in beendete Jungs dritten Wehrübungstag. Der Fahrer fuhr sie anschließend ins nahe Hotel ›Zur Quelle‹ und überließ sie dort ihrem Schicksal.

Beim Abendbrot stöhnte Jung über die ausgestandenen Strapazen.

»Du hättest heute Nacht auch mit dem Bus fahren können, Tomi. Der sammelt alle ein, die morgen den Luftwaffen-Airbus nach Dschibuti nehmen. Er liefert alle Mann morgen gegen 6 Uhr vor dem Check-in ab. Bis zum Abflug hättest du ein schönes Nickerchen im Freien machen können«, höhnte Schumann.

Jung winkte ab und verabschiedete sich ins Bett. Er schlief unruhig. Dennoch hatte er, bis er in der Frühe geweckt wurde, nicht eine Minute wach gelegen.

Um 8 Uhr standen sie vor der militärischen Abfertigung und vor verschlossenen Türen. Auf den Treppenstufen lümmelten sich Seeleute zwischen ihren Seesäcken und suchten Schlaf. Sie hatten sich in ihre dicken, blauen Parkas eingegraben und die Kapuzen über die Ohren gezogen. Es war neblig trüb und empfindlich kalt.

Um 8.15 Uhr schloss ein Luftwaffensoldat die Türen endlich auf.

»Sieht auch nicht gerade taufrisch aus, der Kamerad von der fliegenden Truppe«, bemerkte Schumann. Sie betraten den Empfangsraum hinter den müde auf die Beine gekommenen Marinern.

»Herr Oberleutnant, melde die einzuschiffenden Soldaten nach Dschibuti vollzählig beim Check-in.«

Jung wandte sich verdutzt einem Bootsmann zu, der sich vor ihm aufgebaut hatte und militärisch grüßte. Ihm fiel nichts Besseres ein, als zurückzugrüßen und ›danke‹ zu sagen. Dann schwieg er verlegen.

»Weitermachen, Bootsmann!«, rief ihm Schumann zu.

»Wenn die einen Offizier sehen, melden sie«, belehrte Schumann Jung. »Melden macht frei, musst du wissen. Du antwortest einfach: ›Danke, weitermachen.‹ Damit hat es sich.«

Sie erledigten in der nächsten halben Stunde den Papierkram am Ausreiseschalter. Ein Marinesoldat vermisste seinen Reisepass und hielt den ganzen Abfertigungsbetrieb auf.

»Hein Seemann hat wieder gepennt. Wir können uns auf eine längere Pause einstellen«, kommentierte Schumi den Vorfall.

»Wie meinst du das?«, fragte Jung.

»Man wird sich jetzt bemühen, ihm einen Ersatzpass zu besorgen. Und das kann dauern.«

Schumann wandte sich um und steuerte auf ein Büro

im hinteren Teil des Warteraums zu. Er sprach kurz mit einem jungen Oberleutnant, der an seinem Schreibtisch saß, Zeitung las und Kaffee trank. Dann gesellte er sich wieder zu Jung. »Lass uns zurück ins Hotel gehen. Der Jungspund da drin ruft mich auf dem Handy an, wenn es losgeht. Wir können noch gemütlich weiterfrühstücken.«

Im Frühstücksraum grüßten sie am Nebentisch einen Luftwaffenoberst im Dienstanzug und zwei Hauptleute in grauer Fliegerkombi. Das gebrauchte Frühstücksgeschirr hatten sie beiseitegestellt und spielten mit sichtlichem Vergnügen Karten. Sie kommentierten launig ihre Spielzüge und lachten männlich-fröhlich.

Jung und Schumann hatten ihr zweites Frühstück beendet, als ein junger Obergefreiter den Raum betrat und auf den Obersten zusteuerte. »Herr Oberst, darf ich kurz stören? Der Flight Capt'n für den Flug nach Dschibuti schickt mich.«

Die Spieler ließen sich erst mal nicht stören und beendeten die gerade laufende Partie. Dann wandte sich der Oberst dem Soldaten zu. »Okay, Soldat, lass mal hören. Was gibt's denn?«

»Der Flight Capt'n lässt ausrichten, dass sich der Abflug verzögert.«

»Weiß er auch um wie lange?«

»Er schätzt um eine Stunde. Genaues kann er noch nicht sagen. Er gibt Bescheid, wenn es losgehen kann.«

»So, so. Er gibt Bescheid. Schön zu wissen. Okay, mein Junge. Bestelle ihm, ich warte hier.«

»Zu Befehl, Herr Oberst.«

Der Soldat machte kehrt und verließ den Frühstücksraum. Der Oberst schüttelte den Kopf und wandte sich kommentarlos wieder seinen Spielkameraden und dem Spiel zu.

Schumann blinzelte Jung zu und flüsterte: »Wenn die gehen, müssen wir auch gehen, ganz egal, ob mein Oberleutnant anruft oder nicht. Beruhigt mich.«

»Warst du beunruhigt? Wieso?«, fragte Jung erstaunt.

»Die Herren Offiziere vergessen schon gern mal die ein oder andere Kleinigkeit, Tomi.«

Sie vertrieben sich die Zeit mit der Lektüre der ausgelegten Tageszeitungen. Am Nebentisch wurde die Spiellaune immer besser, bis der Soldat von vorhin wieder den Raum betrat. Das Ritual wiederholte sich.

»Der Flight Capt'n lässt ausrichten, dass er jetzt starten kann, Herr Oberst.«

»Bestellen Sie ihm, dass ich noch aufgehalten werde. Er kann mich in einer Stunde hier abholen lassen. Dann kann's losgehen. Haben Sie verstanden?«, beschied der Oberst den Soldaten.

»In einer Stunde abholen, dann kann's losgehen. Zu Befehl, Herr Oberst.«

Der Soldat grüßte und verließ den Raum. Die Spieler feixten sich gegenseitig an, ließen sich aber zu keiner weiteren Bemerkung hinreißen.

Jung sah Schumann fragend an. »Wann werden wir denn in Dschibuti sein, Schumi? Wenn das so weitergeht, sitzen wir heute Abend noch hier.«

»Das halbe Leben des Soldaten besteht aus Warten«, zitierte Schumann eine alte Soldatenweisheit. »Daran wirst du dich gewöhnen müssen.«

»Das sind ja schöne Aussichten.«

*

Tatsächlich startete der Airbus gegen Mittag. Nach einem Zwischenstopp in Piacenza, wo der Oberst und seine Spielkameraden die Maschine verließen, setzte das Flugzeug erst spät in der Dunkelheit in Dschibuti zur Landung an. Jung erkannte von seinem Sitz aus die Runway-Befeuerung und dicht daneben ein hell erleuchtetes Viereck, das eine ausgedehnte Zeltstadt beherbergte. Es war von Wällen und Wachtürmen eingefasst und das Glacis war in das gleißende Licht riesiger Flutlichtbatterien getaucht.

Als sie das Flugzeug über die Gangway verlassen hatten und den kurzen Fußweg zur Abfertigungshalle einschlugen, spürten sie eine dichte, satte, irgendwie angenehme Wärme. Ein ferner Geruch nach kokelndem Müll und ein säuerliches Hautgout mischte sich unter die weiche Nachtluft.

Die Halle hätte auch auf dem Flugplatz Rendsburg/Hohn stehen können. Sie wäre da genauso leer gewesen, aber sicherlich sauberer. Jung wollte eine Toilette aufsuchen, konnte sich aber nicht überwinden, über Kotreste, Urinpfützen und durchnässte Papierberge zu der türlosen Lochlatrine vorzustoßen. Er drängte ins Freie. Das gestaltete sich schwierig. Das Stempeln und Notieren der Einreisedaten in ihren Pässen nahm viel Zeit in Anspruch, was hier vielleicht normal war, aber an Jungs Nerven zerrte und seine Blase überdehnte. Jung kam unter Druck. Er sah sich Hilfe suchend unter seinen mitreisenden Marinern um. Keiner schien ähnliche Probleme zu haben.

»Wann kommen wir denn in die Nähe eines brauchbaren Klos, Schumi?«, wandte er sich schließlich an seinen Babysitter.

»Das dauert noch. Ich hörte gerade vom Schirrmeister, dass unser Schiff auf Reede liegt. Wir werden also mit der Barkasse übersetzen müssen. Auch sollten wir erst mal zum Hafen kommen. Schlag dich irgendwo in die Büsche, wenn wir draußen sind.«

Jung verkniff sich einen Kommentar und alles andere auch. Draußen verhandelte der Schirrmeister mit einigen Busfahrern, schmächtigen Gestalten in eingerissenen, hellen Hemden, Plastiksandalen und halblangen, weiten Hosen, deren Farben Jung in der dämmrigen Beleuchtung des Vorplatzes nicht ausmachen konnte. Ihre Köpfe schmückten grell bunte, zu turbanähnlichen Knoten gebundene Tücher, deren lange Enden über Schultern und Rücken fielen.

Schließlich konnten sie das Terminal Dschibuti International verlassen und standen auf dem Vorplatz. An der Zufahrt und den Parkplätzen wuchsen Palmen und Oleanderbüsche. Hier erleichterte sich Jung und war froh, dass niemand davon Notiz zu nehmen schien. Aber nur kurze Zeit später hatte er Gesellschaft von einigen Marinern, für die er offensichtlich als Vorreiter gedient hatte.

Ihr Gepäck wurde auf Lastwagen verstaut und der Schirrmeister dirigierte sie zu den klapprigen Bussen. Die waren für rund ein Dutzend Passagiere ausgelegt, hatten keine Türen und nicht mehr alle Scheiben in den Fenstern. Die Soldaten nahmen auf Gurtsitzen Platz, die mit gehäkelten, farbenprächtigen Decken bedeckt waren. Jung fühlte sich jetzt aufgeräumt. Die in der holprigen Fahrt hin und her schaukelnden Troddeln an den Scheibengardinen amüsierten ihn. Sie stimmten ihn neugierig auf das, was vor ihm lag.

Der Busfahrer behauptete sich gegen den Lärm seines Gefährts mit lauten Zurufen an seine Begleitung. Er wies seine Passagiere mit weit ausholenden Gesten auf dies und das hin, das gerade an ihnen vorbeiglitt. Keiner von ihnen verstand ihn. Er redete in einer undefinierbaren Sprache. Es hätte Finnisch sein können, kam Jung in den Sinn.

In der Dunkelheit konnte er nicht viel erkennen. Die Straßen waren schwach und auch nur hin und wieder beleuchtet. Der Geruch, der ihm schon auf dem Flugfeld in die Nase gestiegen war, intensivierte sich. Sie passierten Mini-Marchés, Bars oder Trinkhallen, eher Holzhütten, deren Licht durch die Türen auf die Straße fiel und Plastikstühle und Werbeschilder für Coca-Cola oder Sprite beleuchtete. Gäste sah er selten. Überhaupt waren nur wenige Menschen auf den Straßen. Einige Frauen fielen ihm auf. Sie hatten leuchtend bunte Tücher um ihre Körper drapiert, die sie vom Scheitel bis zur Sohle einhüllten.

Schließlich passierten sie auch einige größere Steinhäuser, deren Funktionen Jung in der Dunkelheit nicht ausmachen konnte. Vor der bewachten Hafeneinfahrt sah er auf der linken Seite in eine unbefestigte, schmuddelige Gasse. Große Pfützen standen auf der Fahrbahn. Es musste vor Kurzem heftig geregnet haben. Die Straße führte zu einer leicht beschädigten Moschee. Deren Minarett wurde aus unsichtbaren Lichtquellen angestrahlt. Eine grüne Zwiebel krönte den Gebetsraum.

Die Wachen zur Hafeneinfahrt trugen Pistolen an den Gürteln, den Bus ließ man aber anstandslos passieren. Links ging es ab zu einem in der Ferne gewaltig aufragenden, beleuchteten Containerterminal mit riesigen Portalkränen. Sie fuhren aber geradeaus, an niedrigen Lagerhäusern vorbei. Einige Schuppen beschirmten dünengroße Getreideberge.

Am Ende eines lang gestreckten Piers hielten sie an. Ihr Gepäck war schon vor ihnen angekommen und stapelte sich vor einem großen Poller, an dem eine kleine Barkasse festgemacht hatte. Sie dümpelte in mehreren Metern Tiefe auf dem bewegten, schwarzen Hafenwasser und war in der herrschenden Dunkelheit vom Kai aus schlecht auszumachen. Seeleute waren dabei, das Gepäck von oben über die Pierkante zu werfen. Sie begleiteten jedes Stück mit einem lauten ›Warschau*‹. Es schien ihnen Spaß zu machen, ihre Stimmbänder ordentlich zu strapazieren. Unten in der Barkasse fing die Besatzung das Gepäck mit ebenso lauten Zurufen auf.

Schließlich stiegen sie eine Leiter zur Barkasse hinunter. Das Boot war erst auf dem letzten Meter deutlich zu sehen. Jung trat geschickt auf das freie Dollbord, als es gerade von der bewegten See bis vor seine Füße gehoben wurde. Kräftige Hände packten ihn und schoben ihn unter die Persenning zu den anderen Marinern. Als alle an Bord waren, standen sie in dem kleinen Boot wie Spargel in der Dose. Auf den Sitzbänken und dem Maschinenkasten in der Mitte stapelten sich Schwimmwesten. Jung zuckte zusammen und seine rechte Wade schmerzte plötzlich.

Dann röhrte die Maschine auf und unter dem Heck gurgelte es laut. Der Bootsführer lenkte das kleine Gefährt um die Molenspitze herum auf das offene Meer. Die See wurde jetzt ruppiger. Sie hielten sich aneinander fest und klammerten sich an das Gestänge der Spritzwasserpersenning. Die Nacht war pechschwarz. Ab und zu schlug

* Marinejargon, Achtung, Vorsicht

ihnen Gischt ins Gesicht. Jung sah außer seinen unmittelbaren Nachbarn nichts, bis er in einiger Entfernung einen einsamen Leuchtpunkt ausmachte. Sie hielten auf ihn zu, und nach wenigen Minuten tauchten undeutlich die Befeuerung und die Silhouette eines ankernden Kriegsschiffes in der Dunkelheit auf. Die Bordwand wurde mittschiffs von einem grellen Scheinwerfer beleuchtet.

Sie näherten sich dem Schiff von achtern und übergaben eine Leine auf das Manöverdeck. Decksleute sicherten die Leine. Zuerst wurde das Gepäck mit ähnlichem Stimmaufwand wie schon im Hafen an Bord geworfen. Das Boot hüpfte wie ein Korken auf und ab. Die Soldaten, darunter auch Schumi, ließen sich dennoch nicht davon abhalten, dem Gepäck hinterher, behände über die Reling an Bord zu turnen.

Jung konnte sich nicht entschließen, es ihnen nachzutun. Seine Wade hielt ihn davon ab. Schließlich blieben er und ein junger Gefreiter mit der Figur eines Couch-Potatos an Bord der Barkasse zurück. Das Boot verholte nach mittschiffs in den Scheinwerferkegel und machte an Leinen achtern und vorn fest.

In dem kräftigen Seegang schlug die Barkasse jetzt öfter gefährlich mit dem Bugspriet gegen die Bordwand der Fregatte. Sie hatten Mühe, sich auf den Beinen zu halten. Jung sah die Bordwand hinauf in das gleißende Licht des Scheinwerfers. Die Wand kam ihm vor wie die Eiger Nordwand. Seine Wade zuckte schmerzhaft.

»Mensch, Bootsführer, lass mein Schiff heil. Wo hast du deinen Führerschein gemacht? Wohl bei den Hottentotten, was?«, kam es laut von oben.

Der Bootsführer fluchte leise vor sich hin, enthielt sich aber eines Kommentars.

»Lege das Ruder nach Steuerbord und nimm etwas Fahrt auf. Halte mit dem Bugspriet von der Bordwand ab, verstanden?«

Er tat, wie ihm befohlen, und verlor die Jakobsleiter. Die Achter- und Vorleine kamen dicht.

»Wir fieren dich jetzt achteraus, bis du wieder vor der Leiter stehst, alles klar?«, schallte es von oben.

»Alles klar!«, rief der Bootsführer.

Der Couch-Potato machte sich bereit, über die Jakobsleiter aufzuentern.

»Seemann, leg die Schwimmweste an«, kam es diesmal noch lauter von oben.

»Steck dir deine Scheißweste in den Arsch«, schrie er zurück. Ängstliche Verzweiflung verzerrte seine Stimme.

»Hier spricht dein erster Offizier, Soldat. Leg die Schwimmweste an. Das ist ein Befehl. Morgen melden Sie sich bei Ihrem Hauptabschnittsleiter. Verstanden?«

Minuten vergingen, in denen sie in dem auf und ab hüpfenden Boot die Schwimmwesten anlegten. Der dicke Seemann grummelte wütend vor sich hin. Jungs Wade schmerzte. Er musste sich breitbeinig an den Maschinenkasten lehnen, um die Balance zu halten und die Weste anzulegen. Dabei verlor er seine Mütze.

»Macht ihr da unten Flitterwochen oder was? Vielleicht geht's ein bisschen flotter, die Herrschaften«, kam es wieder von oben.

Jung war als Erster klar zum Aufentern. Seine Mütze hatte er vergessen. Er wartete, bis die Barkasse auf einem Wellenkamm kurz zur Ruhe kam, griff die seitlichen Haltetaue und setzte seinen rechten Fuß auf die erstbeste Sprosse der Jakobsleiter. Als die Barkasse unter ihm wegsackte, schoss ein beißender Schmerz durch seine Wade.

Krampfhaft und mit zusammengebissenen Zähnen klammerte er sich fest und zog das linke Bein nach. Dann hangelte er sich Schritt für Schritt die Leiter hoch. Sie schien kein Ende nehmen zu wollen. Schließlich packten ihn kräftige Hände und zogen ihn an Oberdeck. Erleichterung erfasste ihn. Vor ihm stand ein kompakter Kerl. Mehr konnte er nicht ausmachen, als er aus der blendenden Helle des Scheinwerfers in das Halbdunkel des Schiffsdecks getreten war.

»Ah, der Herr Oberleutnant. Haben Sie sich das Bein da unten gequetscht? Sie humpeln ja.«

»Eine alte Verletzung. Tut weh. Melde mich an Bord«, erwiderte Jung.

»Willkommen an Bord. Ich bin der Erste Offizier. Guten Abend. Wundern Sie sich nicht, dass wir auf das Anlegen der Westen bestehen. Wir haben erst letztens einen guten Mann verloren. Legen Sie die Weste jetzt ab.«

Hinter ihnen tauchte Schumann aus dem Dunkel auf.

»Ich werde Sie jetzt unter Deck bringen und dem CTF melden. Herr Oberstabsbootsmann, kümmern Sie sich bitte um das Gepäck«, wandte er sich Schumann zu. »Der Oberleutnant kommt zum MET* auf Kammer elfhasieben. Schnappen Sie sich einen Elfer aus der stehenden Wache. Der zeigt Ihnen, wo das ist.«

»Danke, Herr Kap'tän. Aber ich kenn mich auf den 123ern** aus.«

Der Offizier fixierte Schumann einen Moment und fuhr fort: »Okay, dann nehmen Sie ihn nur fürs Gepäck, Oberstaber.«

»Danke, Herr Kap'tän. Wird gemacht.«

---

* Meteorologe

** Fregattentyp

Jung übergab seine Schwimmweste einem Decksmatrosen und humpelte hinter dem IO her. Sie durchquerten eine Schleuse, deren schwere Stahlschotten sich unter Zischen öffneten, und betraten das Schiffsinnere. Es wurde unangenehm kühl. Nur ein paar Stufen höher führte ihn der IO einen kurzen Gang entlang zu einem Schiebeschott, das er mit einem kurzen, kräftigen Ruck öffnete.

Der Raum war bis unter die niedrige Decke vollständig zugestellt mit Schränken, Monitoren, Borden, Karten, Clipboards, Tafeln, Stahlhelmen, Schwimmwesten und Schutzmasken. In der Mitte stand ein langer, schmaler Stahltisch, an dem ein halbes Dutzend Soldaten an ihren Laptops hantierte oder sich leise unterhielt. An der Stirnseite saß ein Admiral und blätterte in einem Stapel Fernschreiben.

»Herr Admiral, melde Oberleutnant Jung an Bord«, meldete der IO.

»Na endlich, da ist er ja. Guten Abend, Herr Oberleutnant. Willkommen an Bord. Hatten Sie einen guten Flug?«

»Guten Abend, Herr Admiral. Melde mich wie befohlen.« Etwas Besseres fiel Jung nicht ein. Er war schrecklich müde und seine Wade schmerzte.

»Warum kommen Sie mitten in der Nacht? Wir hatten Sie am Nachmittag erwartet.«

»Der Abflug hat sich verzögert, Herr Admiral«, erwiderte Jung lahm.

»Schade. Wir hätten Sie sonst mit dem Hubschrauber an Bord gebracht. Aber im Dunkeln geht das in dieser Ecke der Welt leider nicht.«

Jung war kurz davor, in ein verzweifeltes Kichern auszubrechen.

»Der Oberleutnant ist verletzt. Er humpelt«, schaltete sich der IO ein.

»Was, verletzt? Wo?«

»Meine rechte Wade schmerzt höllisch, Herr Admiral«, antwortete Jung.

»Gehen Sie gleich runter ins Revier. Wir haben einen sehr geschickten San-Maaten. Ist im Zivilberuf Masseur. Der wird das richten, das können Sie mir glauben.« Der Admiral grinste süffisant. »Sie kommen morgen zum Briefing. Bei dieser Gelegenheit werden Sie dem Stab vorgestellt. Aber jetzt kümmern Sie sich erst mal um Ihr Bein. Gute Nacht.«

Sie verließen den Raum und der Erste Offizier schob das Blechschott hinter ihnen zu.

»Ich bin hundemüde und möchte nur ins Bett, Herr Kap'tän«, wandte sich Jung dem IO zu.

»Bei uns heißt das Koje. Keinen Mittelwächter mehr?«, fragte der ihn.

Jung hätte ihn am liebsten angebrüllt, endlich Klartext mit ihm zu reden und sich verständlich auszudrücken. Aber er entgegnete nur resigniert: »Nein.«

Der IO musterte ihn einen Moment und sagte dann leise: »Okay, ich bring Sie runter in Ihre Kammer.«

Er öffnete neben sich ein schweres Stahlschott, das einen Treppenschacht freigab. Für Jungs Wade war der Abstieg in das nächste Deck eine Tortur. Bei dem Versuch, auf dem steilen und engen Niedergang sein Bein zu schonen, stieß er sich den Kopf an einem vorstehenden Stahlträger. Vor ihm musste dieses Missgeschick schon vielen anderen passiert sein, denn der Träger war mit Schaumstoffmatten entschärft worden.

Unten führte ihn der IO einen engen Gang entlang

nach vorn und öffnete nach kurzem Anklopfen die Tür zu elfhasieben. Die Kammer war mit Jungs Seesäcken und Kampftaschen zugestellt. Es war bedrückend eng, sein Mitbewohner aber nicht da.

»Ihr Kammerkamel ist ausgeflogen. Gut für Sie. Da können Sie sich gemütlich einrichten«, bemerkte der IO. »Sie haben Glück. Der Oberstaber hat dafür gesorgt, dass Ihre Koje schon gebaut ist. Wie ich sehe, haben Sie die untere.«

Jung sah gar nichts außer der bedrückenden Enge.

»Morgen nach dem Frühstück kommen Sie erst mal zu mir. Den Gang entlang ein paar Schritte nach vorn auf der rechten Seite schräg gegenüber vom OBR.« Jung hätte aufjaulen mögen wie ein geprügelter Hund. »Danach gehen wir zusammen zum Briefing, okay? Also, nochmals herzlich willkommen an Bord und gute Nacht.«

Jung blieb allein zurück und begutachtete seine Koje. Er breitete eine Wolldecke, die er in einem Gepäcknetz über dem Fußende entdeckt hatte und die aussah wie eine Pferdedecke, über das weiße Bettzeug aus und legte sich so, wie er war, darauf. Seine rechte Wade pochte, aber er fühlte sich unendlich erleichtert. Aus unsichtbaren Schächten rauschte Kühle in die Kammer. Jung fröstelte leicht. Dann zog er die Vorhänge vor die Koje und löschte die Leselampe über seinem Kopf. Er atmete tief aus.

DAS SCHIFF I

Jung wurde von einem schrillen Pfeifen aus der Bordsprechanlage geweckt. Dann kam in breitem Sächsisch hinterher:

»Der Tag ist lang,
doch Seemann, sei nicht bang,
nur folge nicht der Weiber Locken
und komm jetzt endlich in die Socken.
Reise, Reise aufstehen.«

Die ungewöhnliche Poesie des Weckrufs machte Jung wach. Er konnte sich undeutlich daran erinnern, nachts das Trampeln schwerer Seestiefel im nahen Treppenschacht vernommen zu haben. Sonst hatte er geschlafen wie ein Nilpferd. Von seinem Kammergenossen hatte er nichts gehört. Als er sich erhob, war die Koje des METs schon wieder leer und gebaut. Er kam sich dreckig vor. Seine Wade piesackte ihn, aber im Vergleich zu gestern fühlte er sich fast gesund. Er vermisste Schumann.

Nachdem er an dem Blechwaschbecken Morgentoilette gemacht und die Wäsche gewechselt hatte, staute er seine Sachen in den leeren Spind und in die freien Unterschränke und Kojenkästen, was davon hineinpasste. Den Rest ließ er in den Seesäcken. Die Kammer war danach wenigstens teilweise begehbar.

Das Schiff lag ruhig. Jung hatte das Gefühl, in einen Bunker eingeschlossen zu sein, mit Kunstlicht und rauschender Klimaanlage. Ein leichtes Vibrieren fiel ihm auf.

Er trat in den Gang hinaus. Es war niemand zu sehen, aber es roch nach Bohnenkaffee und frischgebackenen Brötchen. Er fühlte sich nicht wohl. Dick isolierte Rohre führten an der Decke und den Wänden des Gangs entlang. Schwarz-gelbe Leuchtbänder markierten vorspringende Kanten und Ecken. Unter der Decke hingen Leuchtröhren, daneben armdicke Kabelstränge in Lagern aus Lochblech. Feuerlöscher, Kabeltrommeln, Schlauchrollen, Geräteschränke und Klappmülleimer engten den ohnehin schmalen Flur zusätzlich ein. Er las die über den Türen angeschraubten Schildchen: ›XI/H/7‹ stand über seiner Kammer. Etwas weiter, den Gang hinunter, entzifferte er rechts ›WC Herren‹ und schräg gegenüber ›O-Messe‹.

Er öffnete die Tür zur Messe und betrat einen geräumigen, holzvertäfelten Raum, in dessen Mitte ein lang gestreckter Tisch zum Frühstück gedeckt war. Er war erleichtert, zwei Offiziere zu sehen, die schon Platz genommen hatten. Sie löffelten aus Müslischalen Haferflocken mit Milch.

»Da ist ja unser Neuzugang, guten Morgen. Ich bin Ihr Kammerkamel, der Stabsmeteorologe, auch kurz MET oder Große Wolke genannt. Willkommen an Bord«, begrüßte ihn einer der beiden. Er trug BGA, eine Art Blaumann mit Achselklappen. Drei volle und ein halber Goldbalken zierten seine Schultern. Jung erwiderte den Gruß und stellte sich vor.

»Ich hätte Sie gestern am Flughafen abgeholt, wenn Sie bei Tageslicht gelandet wären«, bemerkte der andere. Er war in eine sandfarbene Fliegerkombi gekleidet und trug drei Goldbalken auf den Schultern.

»Warum geht das nicht im Dunkeln?«

»Haben Sie neben der Runway das Camp gesehen?«

»Das konnte man gar nicht übersehen.«

»Das ist Camp Lemonier. Gehört den Amis. Die wollen nicht, dass wir da nachts rumfliegen.«

»Ah ja, und deswegen läuft nichts. Ich verstehe.«

»Genau, so ist es.« Der Pilot machte eine kurze Pause. »Kaffee, Herr Oberleutnant? Müsli und Milch finden Sie da drüben auf der Anrichte. Als Highlight gibt es heute Rührei. Sagen Sie der Ordonnanz Bescheid. Sie bringt es Ihnen an den Tisch.«

»Ja, danke. Ich nehme Kaffee. Das reicht mir vorerst.«

»Hat ganz schön geschaukelt gestern Nacht, was?«, fuhr der MET in der Unterhaltung fort. »Nachmittags hatten wir eine Gewitterfront mit ordentlich Wind und Regen. Deswegen konnten wir auch nicht an die Pier. Unser Liegeplatz befindet sich im Außenhafen. Da stand zu viel Seegang. Hätte uns vielleicht die Bordwand und die Stelling demoliert.«

»Ja, gestern Nacht waren Regenpfützen auf den Straßen«, bemerkte Jung lahm.

Der MET stand auf und ging zur Anrichte, um sich noch Müsli zu holen. Er war um die 1,80 groß, schätzte Jung, schlank, aber kompakt gebaut und breitschultrig. Er bewegte sich, als wäre eine unsichtbare Stütze in seinen Rücken eingezogen. Sie hielt ihn zwar betont aufrecht, ließ ihn aber unbeweglich erscheinen.

»Ist jetzt vorbei. Wird in den nächsten Tagen sehr ruhig und warm werden. Gut zum Eingewöhnen.«

»Und gut zum Fliegen, wenn du nicht wieder meteorolügst, Martin«, warf der Pilot ein. Sie lachten beide.

Während sie sich unterhielten, gesellten sich nach

und nach immer mehr Offiziere dazu, bis der Tisch voll besetzt war. Sie begrüßten sich und stellten sich gegenseitig vor.

Als Jung sein Frühstück beendet hatte, machte er sich auf die Suche nach dem IO. Er fragte einen Leutnant nach ihm, der hinter ihm die Messe verlassen hatte.

»Den Gang nach vorn, gleich rechts hinter dem Quergang zu den Duschen. Da bewohnt er seine Luxussuite«, beschied er Jung freundlich lachend. Jung fand die Kammertür offen. In der geräumigen und dennoch überfüllt wirkenden Kammer saß der IO an einem Tisch vor seinem Laptop. Jung klopfte gegen das Türblatt.

»Ah, da sind Sie ja. Schließen Sie bitte die Tür hinter sich. Guten Morgen. Was macht das Bein?«

Jung erwiderte den Gruß, schloss die Tür und setzte sich, auf den einladenden Wink hin, zu ihm an den Tisch.

»Meinem Bein geht es besser. Ich habe gut geschlafen.«

»Ich habe für Sie einen Termin beim San-Maaten gemacht.«

»Danke, Herr Kap'tän.«

»Gern. Wir gehen gleich zur Lage«, fuhr der IO fort. »Der C* wird Sie dem versammelten Stab vorstellen. Ich soll Sie fragen, wie er Ihre zivile Tätigkeit beschreiben soll. Sie sind Reservist. Das weiß hier jeder. Man will aber auch wissen, was der Mann so tut. Und Kriminalbeamter können wir schlecht sagen, nicht wahr?« Der IO sah ihn eindringlich an.

»Das wäre in der Tat nicht gut. Ich habe mir schon Gedanken darüber gemacht.« Jung schwieg für einen Moment.

---

* Chef des Stabes

»Und?«

»Ich bin Referent im Kieler Innenministerium und zuständig für Rationalisierung und Verschlankung von Arbeitsabläufen in der Verwaltung. Ich kenne mich im Innenministerium etwas aus.«

»Klingt gut. Ich sag's dem C.« Er musterte Jung kritisch. »Übrigens, der Tagesdienstanzug für uns ist Kakilang. Ziehen Sie sich vor der Lage um.« Der IO stand auf, ergriff die Papiere von seinem Tisch und wandte sich zur Tür. »Noch etwas.« Er drehte sich zu Jung um. »Die Lage wird auf Englisch gehalten. Wir haben im Stab Ausländer. Die verstehen kein Deutsch. Nach dem Briefing treffen wir uns wieder bei mir. Wir haben noch einiges zu bereden.«

*

Jung zog sich rasch um. Er hatte in der Kleiderkammer nur kakifarbene Kleidung empfangen und machte sich keine Gedanken über lang oder kurz. Dann stieg er das enge Treppenhaus hoch ins nächsthöhere Deck. Eine Türwache öffnete ihm das Schiebeschott zum OTC-Briefing-Raum, den Jung aus der vergangenen Nacht kannte. Heute ließ er sich nicht davon abhalten, den Soldaten nach der Bedeutung von OTC zu fragen. In diesem Augenblick trat der IO zu ihnen und antwortete stellvertretend: »Operational and Tactical Command, Herr Jung. Halten Sie sich nicht mit dem Zeug auf. Es dauert nicht lange, und Sie haben das intus wie Ihren Ministerialjargon, glauben Sie mir.« Er griente ihn an.

Der Raum war voll. Jung fand einen Stehplatz. Der IO flüsterte dem C gerade etwas ins Ohr, als der Admiral auch schon in der Tür erschien.

Gestern Nacht war er zu müde gewesen. Heute erinnerte sein Anblick Jung an den Flottenchef. Rein äußerlich hatten sie bis auf den Bierbauch nichts gemein. Aber beide umgab eine Aura von nervöser Konzentration, Erschöpfung und Verdruss, die lawinenartig anfallende Arbeit und hohe Verantwortlichkeiten erzeugen. Diese Eigenschaften zeigen sich in der Vernachlässigung von Äußerlichkeiten und zwingen ihre Umgebung zu konzentrierter Ernsthaftigkeit.

»Ladies and Gentlemen, the Commander Task Force«, verkündete der C laut. Die Gespräche verstummten und die, die einen Sitz hatten, standen auf.

»Admiral, staff complete and to your order«, meldete ihm der C.

»Good morning, Ladies and Gentlemen«, begrüßte der CTF seinen Stab.

»Good morning, Sir«, kam es aus rund zwei Dutzend Kehlen zurück.

»Please, take your seat«, befahl der Admiral.

»First of all I have the pleasure to introduce a new member of staff, Oberleutnant zur See Tomas Jung«, fuhr der C fort. »He will do a special report for the flag officer concerning our operations and logistics. I call all of you for a close cooperation and a full support to help his work to a success. This would be a great benefit for ourselves as well. As a civilian he is an expert at the government in Kiel to push the administration straight to the points. Is that a correct description of what you are doing there, Mr. Jung?«

Jung erschrak und bekam gerade noch heraus: »That's right, Sir.«

»Okay. Welcome to the staff, Mr. Jung. Let's start with the weather. MET, you have it.«

Ein Bildschirm wurde aus der Decke geklappt und der MET präsentierte Karten und Übersichten. An Jung ging dieser Vortrag vollständig vorbei. Abgesehen davon, dass das englische Vokabular ihm nicht geläufig war, hätte er auch auf Deutsch nicht viel mehr verstanden. Bis jetzt war er der Meinung gewesen, Bofort sei eine schwedische Schnellfeuerkanone. Wie er später vom MET erfuhr, ist Beaufort ein für Seefahrer geläufiges Maß für die Windstärke. Er schaltete in der Folgezeit ab und versuchte nicht mehr krampfhaft zu verstehen, wovon die Rede war.

Jung wurde erst wieder wach, als der N 2 – zuständig für Fremdlage und Aufklärung – über Unruhen in Südsomalia berichtete und dabei einen Jussuf Barre erwähnte, der dort in Scharmützel verwickelt sei. Dazu zeigte er auf dem Bildschirm die Fotografie eines Farbigen, den Jung nur allzu gut kannte. Jung war freudig überrascht und gleichzeitig sehr enttäuscht, sein Ziel so weit weg und für ihn unerreichbar zu finden.

Schließlich blieb ihm noch die Aufforderung des SMO* im Gedächtnis hängen: Die Soldaten sollten von ihren Offizieren noch einmal eindringlich darüber belehrt werden, dass die Bordell- und Amüsierszene in Dschibuti zu 80 Prozent AIDS-durchseucht sei.

Der Admiral hatte die ganze Zeit über geschwiegen. Jetzt übergab der C das Wort an ihn. Der Admiral bat den C, den IO, den N 4 – zuständig für Versorgung und Nachschub – und Jung zu einer Lagenachbesprechung in den Offizierbesprechungsraum auf dem H-Deck. Damit war das Briefing beendet.

Der Besprechungsraum entpuppte sich als der OBR, schräg gegenüber der Kammer des IO. Er roch nach kal-

* Staff Medical Officers

tem Zigarettenrauch. Der Admiral schien darüber verärgert. Jung wunderte sich, wie schnell die Offiziere seine veränderte Stimmung aufnahmen. Der ansonsten joviale Umgangston verwandelte sich in gespannte Korrektheit.

»N 4, die versprochenen Marketenderwaren sind Ihrem Briefingbeitrag zufolge wieder nicht geliefert worden«, kam der Admiral direkt zur Sache. »Seit Wochen fordere ich die Anlieferung von Kantinenwaren aus Deutschland. Was haben Sie dazu zu sagen?«

»Herr Admiral, ich habe die Waren schon drei Mal mit höchster Priorität beim Einsatzführungskommando angefordert. Bis jetzt ohne Erfolg.«

»Sie haben drei Logreq* alfa** abgesetzt ohne Reaktion? Habe ich das richtig verstanden?«

»Das ist korrekt, Herr Admiral.«

»Was denken sich diese Sesselfurzer in Potsdam eigentlich?«, rief er aufbrausend. »Die versauen mir die Stimmung in der Truppe.«

»Herr Admiral, ich möchte zu bedenken geben, dass wir durch den überraschenden Abgang des Kantinenführers auf dem Flaggschiff zusätzlich gehandicapt sind«, schaltete sich jetzt der IO ein. »Der Mann hat diese Sachen zu seiner Zeit auf dem Obergefreitendienstweg immer genial hinbekommen.«

»IO, das darf doch kein Grund sein, dass ich jetzt tatenlos zusehe, wie mir die Leute sauer werden«, erwiderte der Mann immer noch erregt.

»Ich schlage vor, dass wir im Daily SitRep*** an das Ein-

---

* logistic request
** höchste Vorrangstufe
*** Daily Situation Report

satzführungskommando die Sache thematisieren und ihr Nachdruck verleihen«, empfahl der C.

»Okay, Klaus. Machen wir das. N 4, Sie liefern mir einen Feeder, hart und kurz, bitte. Ich schreib auch noch was dazu«, schloss der CTF die Diskussion.

»N 4, wir brauchen Sie dann nicht mehr. Machen Sie sich an die Arbeit«, verabschiedete der C den Offizier.

Nachdem der den Raum verlassen hatte, wandte sich der Admiral Jung zu. »Was macht das Bein, Herr Jung?«

»Geht schon besser. Der IO hat mir einen Termin beim San-Maaten besorgt.«

»Gut. Aber nun zur Sache. Ich möchte, dass Sie an den Musterungen aller Hauptabschnitte teilnehmen und dort vorgestellt werden. Das hat so zu erfolgen, dass keine Unruhe entsteht, wenn Sie sich in den Abschnitten umsehen und Fragen stellen. IO, Sie sorgen dafür.«

»Hab ich notiert, Herr Admiral.«

»Dann hab ich noch eine Frage: Wer hat Ihnen eigentlich Ihren Dienstgrad verpasst? Das ist doch 'ne Lachnummer, wenn Sie in Ihrem Alter als Oberleutnant hier herummarschieren. Welche Gehaltsgruppe haben Sie als Beamter?«

»A 13, Herr Admiral«, erwiderte Jung verdutzt. Ihm war nicht klar, was den Admiral bewegte.

»Das wäre also Korvette. Warum hat er die drei Streifen nicht, Klaus?«

»Das entzieht sich meiner Kenntnis, Gottfried«, antwortete der C. »Ich gebe aber zu bedenken, dass die Leute vom PIZ sowieso für Exoten gehalten werden. Insofern ist das ganz normal. Alles andere würde nur auffallen.«

»Okay, so kann man das natürlich auch sehen.« Über das Gesicht des Admirals huschte ein Schmunzeln. Damit war die Unterredung beendet. Sie standen auf und verließen den OBR.

Der IO nahm Jung in den Schlepptau zu seiner Kammer und bat ihn, nachdem er die Tür geschlossen hatte, am Tisch Platz zu nehmen. »Sie haben gerade gehört, wie wichtig für uns der Kantinenführer, der KaFü, hier gewesen ist«, begann er. »Er ist der Soldat, dessen Verschwinden Sie aufklären sollen. Er ist einfach weg. Dafür sollte er eigentlich bestraft werden.«

»Bestraft? Wie meinen Sie das?«, fragte Jung erstaunt nach.

»Macht sich einfach aus dem Staub. Ich sage dazu Fahnenflucht.« Der IO klang verärgert.

»Kannten Sie den Mann schon länger?«, versuchte Jung das Gespräch auf eine sachliche Ebene zu bringen.

»Nein. Mein Kommando hier läuft erst seit Kurzem. Mein Vorgänger hielt große Stücke auf ihn. Ich kann das aus meiner Sicht nur bestätigen. Auch die Truppe schätzte seine Arbeit.«

»War er beliebt?«

»Beliebt? Das ist nicht das richtige Wort«, antwortete der IO. Seine Tonlage hatte sich wieder normalisiert. »Er war sehr diszipliniert, trieb viel Sport und hing nicht mit den Kameraden herum, um Bier zu trinken und Sprüche zu klopfen oder auf dem Computer zu spielen. Er war eher ein Einzelgänger.«

»Würden Sie ihm einen Selbstmord zutrauen?«

»Völliger Quatsch. Auch einen Unfall schließe ich aus. Dafür war er einfach zu gut.«

»Könnte ihn einer über Bord gestoßen haben?«, setzte Jung nach.

»Äußerst unwahrscheinlich. Er war, wie ich schon sagte, bei den Leuten anerkannt. Er hatte keine erkennbaren Feinde. Alle schätzten, was er für die Truppe leistete. Und jemanden über Bord gehen zu lassen, ohne dass ein Unbeteiligter etwas davon merkt, ist fast unmöglich. Auf den Brückennocken stehen Ausgucks.«

»Auch nachts?«

»Gerade nachts. Außerdem wird das Schiff bei Einbruch der Dunkelheit verriegelt. Das Betreten des Oberdecks ist dann verboten. Alle Außenschotten werden im Leitstand überwacht und gesteuert. Sie können nicht geöffnet oder geschlossen werden, ohne dass das dort registriert wird.«

»Er könnte sich tagsüber an Oberdeck versteckt, und dort bis Einbruch der Nacht gewartet haben«, warf Jung ein.

»Erstens war es nachweislich nicht so. Und zweitens ist das reine Theorie. Wir haben rund 220 Leute an Bord. Da ist man nie ganz allein. Auf den Brückennocken stehen, wie gesagt, Tag und Nacht Wachen. Außerdem haben wir Videokameras, die das Vorschiff und das Flugdeck überwachen. Sie können von der Brücke aus geschwenkt werden. Man kann also nie sicher sein, dass man nicht von der Brücke aus beobachtet wird.«

»Was glauben Sie, ist mit dem KaFü passiert?«, bohrte Jung weiter.

»Ich weiß es einfach nicht. Das macht mich ja so wütend. Anfangs hatte ich die Idee, dass er noch an Bord sein könnte und sich aus Versehen selbst eingeschlossen hatte, zum Beispiel in der Kühllast. Ich habe das ganze Schiff auf den Kopf stellen lassen. Nichts.«

»Natürlich auch keine Leiche, das ist ja klar.«

»Natürlich nicht.«

»Ja, das ist schon sehr mysteriös«, stellte Jung nachdenklich fest. »Nehmen wir einfach mal an, er ist doch irgendwie unerkannt, ob freiwillig oder unfreiwillig, außenbords gegangen. Was würde ihm dann passieren? Hätte er überhaupt eine Chance zu überleben? Könnte ihn zum Beispiel ein Boot aufgepickt haben?«

In diesem Moment sprang die Bordsprechanlage an: »IO zum Kommandanten auf die Kammer.«

»Herr Jung, wir müssen Schluss machen.« Der Offizier blickte auf seine Armbanduhr. »Ihr Termin im Revier steht auch gleich an. Wir sehen uns später. Ich komme auf Sie zu, okay?«

»Okay, bis später.«

Sie verließen die IO-Kammer und Jung machte sich auf die Suche nach dem Revier. Dort würde er den San-Maaten treffen. Das Schiff war jetzt so lebendig wie eine städtische Fußgängerzone am Vormittag. Jung fragte sich zum San-Revier durch. Es lag im Z-Deck. Er hatte den Weg dorthin schnell gefunden.

Der Maat entpuppte sich als ein mittelgroßer Bodybuilder-Typ in weißen Hosen und Schuhen. Die kurzen Ärmel seines ebenfalls weißen T-Shirts spannten über beeindruckende Bizepse. Jung überfielen Zweifel, ob er ihnen seine Wade gefahrlos anvertrauen könne.

»Guten Morgen, Herr Oberleutnant«, begrüßte der Maat ihn freundlich. Er hatte eine Stimme, die Jung bei geschlossenen Augen eher einem weiblichen Teenager zugeordnet hätte. »Der IO hat Sie mir ausdrücklich ans Herz gelegt.«

»Ich liege aber lieber auf ihrem Untersuchungstisch.«

»Klar doch. Zeigen Sie mal her.«

Jung zog seine Schuhe und Socken aus und entblößte die rechte Wade. In den nächsten 20 Minuten wäre er liebend gern an die Decke gefahren und hätte vor Schmerz das ganze Schiff zusammengeschrien. An eine Unterhaltung war nicht zu denken. Als der Maat schließlich seine Hände von ihm ließ, war Jung schweißgebadet. Er entspannte sich aber rasch und war erleichtert. Dann wagte er, in Socken und Schuhen, die ersten Schritte. Jung hätte seinen Masseur küssen können. Seine Wade fühlte sich geschmeidig und belastbar an, ein Gefühl, das seinen ganzen Körper erfasste.

»Danke. Fühlt sich großartig an.«

»Gern, Herr Oberleutnant. Immer schön bewegen, nicht aufs Sofa legen. Das mag der Muskel nicht.«

»Ich sitze viel. Was mach ich nun?«

»Sie können im Kraftraum, in der Vorpiek, an den Geräten trainieren. Ich bin auch oft da.«

»Wie der KaFü, nicht wahr?«

»Der war oft da. Guter Mann. Schade um ihn.«

»Schade? Was ist mit ihm?«

»Er ist verschollen. Niemand weiß was Genaues.«

»Wie kann denn das passieren?«

»Wenn ich das wüsste. Aber sein Vertreter ist ja auch nicht schlecht, nur zu teuer.«

»Sein Vertreter? Wer ist das?«, wollte Jung wissen.

»Sein Gehilfe. Sie arbeiteten schon lange zusammen. Er ist nur Obergefreiter, hat aber schon alle Tricks drauf, die man da so braucht.«

»Tricks? Welche Tricks?«

»Na ja, die müssen eben gut im Organisieren von Sachen sein, die das Bordleben versüßen. Und nicht zu teuer, sonst geht Hein Seemann zu schnell die Kohle aus und er kriegt Ärger mit Zuhause.«

Jung schwieg nachdenklich.

»Sie sind Reservist, Herr Oberleutnant, nicht wahr?«, nahm der Maat das Gespräch wieder auf.

»Sieht man mir das an der Nasenspitze an?«

»Nicht an der Nase, aber sonst. Sie sind kein gelernter Offizier. Der wüsste das.«

»Danke für den Hinweis. Ich werde mich bemühen, bald alles zu wissen, glauben Sie mir.«

»Klar doch. Ich sehe Sie morgen wieder, um die gleiche Zeit, okay?«

»Okay, ich werde pünktlich …«

»Aah Tika, aah Tika, aah die Kantine hat geöffnet.« Sie wurden von dem lauten Ruf aus der Bordsprechanlage unterbrochen. Jung wendete sich noch einmal dem Maaten zu: »Das passt gut. Wo finde ich denn die Kantine?«

»Den Gang runter nach vorn, bis es nicht mehr weitergeht. Rechts können Sie die Kantine gar nicht übersehen. Außerdem stehen jetzt jede Menge Kameraden davor. Später ist es besser.«

»Wie lange ist die Kantine geöffnet?«

»Eine halbe Stunde. Heute Nachmittag, nach Rein Schiff, noch einmal.«

»Also bis morgen.«

Jung lief in Richtung Vorschiff. Auf Höhe des Leitstandes quakte es aus der Bordsprechanlage: »Oberleutnant Jung zum IO auf die Kammer.«

Jung fand den Weg jetzt ohne Hilfe. Er schloss die Tür hinter sich und setzte sich zum IO an den Tisch.

»Wir sind vorhin unterbrochen worden. Übrigens, war der Maat erfolgreich?«, begann der IO.

»Ja, sehr gut. Ich fühle mich rundum besser.«

»Na prima. Also, wo waren wir stehen geblieben?«

»Hatte Ihr Mann Überlebenschancen, wenn er von Bord gesprungen sein sollte, zum Beispiel durch ein fremdes Boot, das ihn aufnahm?«, erinnerte ihn Jung.

»Richtig. Nein, das ist ganz und gar auszuschließen. Jedes Gefährt im Umkreis von zig Meilen wird von uns aufgefasst, dazu sind wir hier. Und an dem besagten Tag war kein fremdes Objekt in unserer Nähe.«

Jung überlegte kurz: »Kann Oberstabsbootsmann Schumann zu uns stoßen? Ich hätte ihn gern dabei. Er kann mir helfen, die Details zu verstehen, deren Bedeutung mir nicht gleich klar ist.«

»Nichts dagegen. Ich lass ihn ausrufen.« Der IO informierte die Brücke und gab einen entsprechenden Befehl. Dann fuhr er fort: »Zu der Zeit hatten wir dazu noch einen besonderen Auftrag, der die gesamte Taskforce vor Al Mukalla konzentrierte. Da hätten wir sogar einen Haifisch gefunden, wenn einer da gewesen wäre.«

»Gibt es hier Haifische?«

»Im offenen Gewässer des Golfs von Aden nicht. Jedenfalls haben wir noch keine gesehen. Aber um die Korallenbänke im Golf von Tadjoura, Bab el-Mandeb und im südlichen Roten Meer gibt es sie, ja.«

Es klopfte an die Kammertür. Schumann betrat den Raum. »Melde mich wie befohlen in die Kammer.«

»Setzen Sie sich zu uns, Oberstaber. Herr Jung will Sie dabeihaben. Es geht um den verschollenen Soldaten«, wies ihn der IO ein. »Ich berichte gerade, womit wir beschäftigt waren, als der KaFü verloren ging.«

»Ihr Schiff stand vor Al Mukalla, nicht wahr, Herr Kap'tän?«

»Genau. Sie haben sich schon umgehört, wie ich sehe.«

»Ist mir in der Messe zugetragen worden, Herr Kap'tän.«

»Hätte ich mir denken können. Aber gut.« Der IO hielt einen Moment inne und fuhr dann fort. »Die Taskforce hatte den Auftrag, den Schiffsverkehr vor dem jemenitischen Hafen verschärft unter die Lupe zu nehmen. Der rege Schmuggel zwischen Al Mukalla im Jemen und Bosaso in Somalia sollte aufgeklärt werden. Dazu hatten wir das Seegebiet in kleine Quadranten aufgeteilt. Jedes unserer Schiffe hatte in seinem Quadranten jede Bewegung festzuhalten, unter, auf und über dem Wasser. Wir fuhren in kurzen Schlägen den Quadranten ab. Immer hin und her. Schrecklich eintönig und ermüdend.« Der IO schwieg nachdenklich.

»Bleiben wir bei der Hypothese, er sei über Bord gegangen, egal ob freiwillig oder unfreiwillig, und keiner hat ihn aufgenommen«, spann Jung den Faden weiter. »Was passiert in diesem Fall mit ihm?«

»Das Wasser war zu diesem Zeitpunkt 30 Grad warm. Da überlebt er bei guter Konstitution einige Zeit. Und in dieser Zeit hätten wir ihn entdeckt, das kann ich Ihnen versichern.«

»Und wenn nicht?«

»Dann ist er tot.«

»Ja, natürlich. Aber wo ist er? Sie haben ihn doch später gesucht, nicht wahr?«

»Das stimmt. Vielleicht haben wir ihn überlaufen. Bei den kurzen Schlägen, die wir machten, ist das durchaus möglich.«

»Wie muss ich mir das vorstellen?«

»Er wird in den Schrauben zerhackt. Aber Teile von ihm hätten wir auch dann noch finden müssen.«

»Wann haben Sie die Suche denn aufnehmen können?«

»Am nächsten Morgen nach der Frühmusterung. Da wurde seine Abwesenheit entdeckt.«

»Die Frühmusterung findet jeden Tag statt, nicht wahr?«

»Ja. Er wurde aber noch beim Essen am Abend davor gesehen. Danach nicht mehr.«

»Also ist er in der Nacht vor der Musterung verschwunden.«

»Ja. Wir haben zuerst das Schiff nach ihm abgesucht. Gleichzeitig haben wir die Suche auf See aufgenommen, eine mögliche Abdrift durch Wind, Wellen und Strömung berechnet, einen entsprechenden Kurs abgesteckt und auch die Helis zur Suche eingesetzt. Natürlich haben wir auch die anderen Schiffe an der Suche beteiligt.«

»Offensichtlich ohne Ergebnis«, schloss Jung ab.

»Das stimmt nicht ganz.« In der Stimme des IO schwang Stolz mit.

»Wie?«, rief Jung überrascht.

»Wir haben zwei Leichen aufgebracht. Zwei somalische Fischer, soweit wir feststellen konnten. Sie sehen also, dass wir im Wasser Treibende durchaus aufspüren können.«

»Was meinen Sie mit ›soweit wir feststellen konnten‹? Haben Sie die nicht an Bord genommen und an Land überstellt?«

»Nein, was glauben Sie denn? Wir brachten unser Speedboot aus und stellten fest, dass die Leichen Fischer waren. Dann haben wir sie gelassen, wo sie waren.«

»Das entspricht aber nicht dem Internationalen Seerecht, nicht wahr?« Jung konnte sich nicht bremsen und bereute seine Worte, bevor er geendet hatte.

»Mag sein. Aber Sie kennen nicht die Schwierigkeiten, in die wir kommen, wenn wir den Behörden im Jemen, in Dschibuti oder sonstwo eine nicht identifizierte Leiche übergeben. Von Somalia will ich gar nicht reden. Da gibt es keine Behörden. Die legen die ganze Armada für unabsehbare Zeit an die Kette. Selbst diplomatische Verwicklungen müssen Sie einkalkulieren. Nee, nee, da lassen wir mal lieber die Pfoten von.«

»Okay. Sie fanden also nichts von ihm?«

»Richtig. Wir haben zwei Tage im Seegebiet gesucht und sind anschließend nach Dschibuti abgelaufen.«

Die Bordsprechanlage unterbrach den IO: »Backen und Banken für Frei- und Dauerwächter.«

Der Offizier wandte sich unwillig dem Lautsprecher an der Wand zu und schüttelte den Kopf. Schumann hatte die ganze Zeit über geschwiegen. Er sah auf seine Uhr und meldete sich jetzt zu Wort. »Herr Kap'tän, darf ich kurz unterbrechen? Es ist Essenszeit. Die Kameraden fangen ohne mich nicht an. Ich will sie nicht warten lassen. Darf ich die Kammer verlassen?«

»Ja, es ist schon wieder so weit. Natürlich, gehen Sie. Wir setzen das Gespräch nach der Mittagspause fort. Ich komme auf Sie zu, okay?«

»Alles klar, nach der Mittagspause, Herr Kap'tän. Ich wünsche guten Appetit.«

»Gleichfalls, danke.« Schumann verließ die Kammer mit der Meldung »Aus der Kammer.«

Jung war irritiert. Es passte irgendwie nicht. Er rätselte auch, warum Schumanns Kameraden nicht ohne ihn anfingen? War nicht eher zu erwarten, dass er, als Gast auf ihrem Schiff, nicht ohne sie anfing? Er befragte den IO.

»Ihr Begleiter hat einen höchst seltenen Dienstgrad in seiner Laufbahngruppe. Er ist da eine Art Generalfeldmarschall. Entsprechend wird ihm Respekt gezollt. Er ist automatisch Messeältester und gibt den Ton an. Verstanden?«

»Das wusste ich nicht.«

»Jetzt wissen Sie es. Gehen wir essen. Heute ist Salattag. Gibt nur gesundes Zeug, von wegen Vermeidung von Hüftgold. Aber damit haben Sie ja keine Probleme, wie ich sehe.«

Hüftgold, welch hübscher Ausdruck für Fettpolster, dachte Jung und ging mit dem IO die paar Schritte in die O-Messe. Vor der Tür zur Messe stand ein Obergefreiter mit einer Offiziersmütze in der Hand.

»Ihre Mütze, Herr Oberleutnant. Der Decksmeister hat sie sichergestellt.«

Jung hatte die Mütze völlig vergessen. Er fühlte sich überrumpelt und erwiderte kurz: »Danke.«

Er hatte Hunger.

DAS SCHIFF II

Nach dem Mittagessen war es still im Schiff geworden. Jung hatte keine Lust, sich zur Ruhe zu begeben, nicht nur, weil er an die Ermahnung des Sanitäts-Maaten dachte. Ihm fehlten die frische Luft, der Himmel und die ungestörte Aussicht auf einen entfernten Horizont. Wie gelangte er überhaupt an Oberdeck?

Er versuchte sich daran zu erinnern, auf welchem Weg er gestern Nacht ins Schiffsinnere gekommen war. Er stieg erst einmal den Treppenschacht ins nächsthöhere Deck hinauf und öffnete das Schiebeschott zum OTC-Briefing-Raum. Dass nur zwei Soldaten anwesend waren, ließ den bisher stets überfüllten Raum öde erscheinen. Sein Blick fiel auf einen weiblichen Offizier. Sie war sehr klein und zierlich und hatte japanische Züge. Das verblüffte Jung zusätzlich.

»Can I help you?«, wandte sie sich an ihn.

»Thank you. Where is the way out, please?«

Sie lachte herzlich und sah ihn freundlich an. Dann erklärte sie ihm den kurzen Weg an Oberdeck.

»Thanks a lot, Ma'm«, bedankte sich Jung.

»You are welcome. Next time you need a way out, please contact your priest.« Sie lachte Jung noch einmal amüsiert an.

Keine schlechte Idee, sagte er sich.

Als er das Außenschott der Schleuse nach draußen öffnete, schlug ihm brütende Hitze entgegen. Fast blieb ihm der Atem stehen. Das Deck und die stählernen Aufbauten schienen unter der gleißenden Sonne zu schmelzen. Seine Augen schmerzten in der ungewohnten Helligkeit. Er kniff sie zusammen und sah sich auf der Suche nach Schatten um. Er fand ihn unter der in ihren Davids hängenden Barkasse und atmete tief durch.

Ein leichter Windhauch brachte etwas Kühlung. Das Schiff glitt mit geringster Fahrt durchs Wasser. Es schien fast stillzustehen. Ab und zu hörte Jung ein spielerisches Plätschern von der Wasseroberfläche her. Die riesige Radarantenne auf dem hinteren Aufbau drehte sich gleichmäßig und in geheimnisvoller Lautlosigkeit. Die im Mast gesetzten Stander und Wimpel schlappten träge in ihren Leinen. Einzig das Brausen aus den großen Lüftereinlässen störte die ansonsten vollkommene Ruhe. Das Meer glitzerte unter einem wolkenlos-fahlen Himmel wie flüssiges Silber. Eine scharf gegen den Himmel abgesetzte Dunstschicht lag über dem Horizont und verbarg eine klare Kimm. Weit und breit war kein Lebewesen zu sehen.

Jung begann in seinem Kaki-Zeug zu schwitzen. Dennoch genoss er das Meeres-Panorama. Er war allein an Oberdeck, soweit er das überblicken konnte. Langsam schlenderte er das Deck entlang nach achtern. Als es nicht mehr weiterging, sah er achteraus unter sich das Flugdeck, auf dem ein Jogger seine einsamen Runden drehte.

Er war mittelgroß, nicht auffällig muskulös, aber drahtig und durchtrainiert. Außer Sportschuhen trug er nur eine knappe Laufhose. Seine Haut war tief gebräunt und schweißnass. Auf seinem Gesicht las Jung die Anstrengung, aber auch den unbedingten Willen ab, das zu tun, was er tat, und die Überzeugung von der Richtigkeit dessen, was er sich abverlangte. Jung beobachtete ihn fasziniert.

Es dauerte nicht lange, dann beendete der einsame Jogger sein Training und stieg eine Stahlleiter vom Flugdeck zu Jung hinauf. »Ein neues Gesicht. Sie müssen Herr Jung sein, nicht wahr?«, ergriff der Mann, noch etwas kurzatmig, als Erster das Wort. »Ich bin der Kommandant. Bis jetzt hatte ich noch keine Gelegenheit, Sie zu begrüßen. Ich hole das hiermit nach. Herzlich willkommen an Bord.«

Er reichte Jung die Hand. Sie war feucht von seinem Schweiß. Entgegen seiner Gewohnheit stieß Jung das nicht ab. Er stellte sich vor und drückte dem Kommandanten seine Bewunderung aus.

»Ich brauche das, sonst versauere ich an Bord. Das Laufen gibt mir ein gutes Gefühl. Wollen Sie nicht mitmachen?«

»Ich habe eine kaputte Wade. Der San-Maat ist schon dran und bewirkt Wunder. Es wird wohl noch einige Zeit dauern, bevor ich daran denken kann.«

»Melden Sie sich, wenn es soweit ist. Wie geht es sonst? Der IO hat mit Ihnen gesprochen. Er berichtete mir heute früh davon.«

»Ich bin dabei, mir einen ersten Eindruck zu verschaffen. Er ist mir eine große Hilfe.«

»Ist ein guter Mann und sehr rührig, das stimmt. Was halten Sie von der Sache?«

»Es ist noch zu früh, etwas Brauchbares zu sagen. Ich muss den Vermissten erst richtig kennenlernen. Ich muss ihm nahe kommen, wenn Sie so wollen. Man muss auch mit der Möglichkeit rechnen, dass der Kollege vor mir recht hatte.« Jung maß die glitzernde See, auf der sich das Schiff wie auf einem endlosen Silbertablett bewegte.

»Ich war über ein Jahr lang sein Kommandant, habe ihn aber nicht wirklich kennengelernt. Er war gut, ohne Zweifel, aber er war etwas unnahbar. Er ließ sich nicht gern in die Karten gucken, so würde ich das ausdrücken. Ich hatte das zu respektieren. Im Übrigen ist der IO sein Disziplinarvorgesetzter. Er führte den Mann. Und da kam es nie zu Klagen.«

»Gibt es eigentlich eine Personalakte von ihm? Die würde mich interessieren.«

»Es gibt sie. Sie liegt beim Kommandeur MLBE. Sie können sie einsehen.«

»Fregattenkapitän Jungmann, nicht wahr?«

»Sie kennen ihn?«

»Flüchtig, er half mir schon bei anderer Gelegenheit.« Jung wollte nichts weiter preisgeben und in ein Gespräch verwickelt werden, in dem er unweigerlich sein Doppelinteresse hätte aufdecken müssen.

»Der IO erwartet uns. Wir wollen weitermachen. Sie entschuldigen mich?«

»Sicher, wir sprechen uns später noch. Viel Erfolg.«

Der Kommandant trabte nach vorn an die Schleuse und hielt Jung das Schott auf. Die Kälte im Inneren war ebenso unvermittelt zu spüren, wie die Hitze draußen. Jung fröstelte sofort.

Im Treppenschacht stieg der Kommandant nach oben in den Turm, Jung nach unten ins H-Deck. Allmählich kannte er sich aus. Seine Kammer fand er ohne Probleme. Sie war leer. Von seinem Kammergenossen war immer noch nichts zu sehen. Er war nicht traurig darüber, legte sich auf seine Koje und wartete auf die Durchsage aus der Bordsprechanlage, die ihn in die Kammer des IO befehlen sollte. Er vertrieb sich die Zeit mit einem Buch:

›Normalerweise würden wir sagen, dass Sisyphos' Aufgabe schwierig und unangenehm ist. Es geschieht aber nichts als das Hinaufrollen des Steins und das Betrachten des Hinunterrollens, Augenblick für Augenblick. Wie Sisyphos tun wir einfach in jedem Moment das, was wir tun. Doch wir fügen unserem Tun Urteile, Vorstellungen hinzu. Die Hölle liegt nicht im Hinaufrollen des Steins, sondern im Nachdenken darüber, im Bilden der Vorstellungen von Hoffnungen und Enttäuschungen, in der Frage, ob wir den Stein endlich für immer nach oben schaffen können.‹

Jung verstand nicht gleich, was er gelesen hatte. Nur der Begriff ›Hölle des Nachdenkens‹ berührte ihn zutiefst. Er legte das Buch aus der Hand und schloss die Augen.

Die Bordsprechanlage ließ ihn aufschrecken.

»Oberleutnant Jung und Oberstabsbootsmann Schumann zum IO auf die Kammer.«

Jung kletterte mühsam aus der Koje. Er strich sich mit der Hand durchs Haar, rückte seine Kaki-Hose zurecht und trat auf den Gang. Schumi war schon da, als Jung an die offen stehende Kammertür klopfte. Nachdem der IO die Tür geschlossen hatte, setzten sie sich an den Tisch.

»Eigentlich ist von meiner Seite schon alles gesagt, was den KaFü anbelangt«, eröffnete der IO die Gesprächsrunde. »Haben Sie noch Fragen?«

»Sie sagten ja, Sie haben das Schiff nach dem Mann durchsuchen lassen. Wie muss ich mir das vorstellen?«, reagierte Jung als Erster.

»Ich habe die ganze Besatzung, die stehende Wache ausgenommen, das Schiff durchsuchen lassen. Wir haben alles umgekrempelt, Abteilung für Abteilung. Kein Stein ist auf dem anderen geblieben, jeder Tampen aufgenommen worden, das können Sie mir glauben.«

»Ihr Schiff ist groß und ziemlich verbaut, wenn ich mir die Bemerkung gestatten darf. Kann man da wirklich alles kontrollieren?« Jung war die Frage peinlich und er schaute den IO entschuldigend an.

»Einem Laien nehm ich die Frage nicht übel«, erwiderte der IO verächtlich. »Meine Männer müssen jeden Winkel kennen. Schon allein aus Sicherheitsgründen. Stellen Sie sich mal vor, wir haben einen Wassereinbruch oder Feuer im Schiff. Wenn wir da nicht auch den hintersten Winkel des Speigatts kennen, bekomme ich unweigerlich Probleme.«

Jung sah Schumann an. Der hielt die Augen gesenkt und äußerte sich nicht. Jung ließ es dabei bewenden.

»Ich traf in der Mittagspause den Kommandanten. Er teilte mir mit, dass ich die Personalakte des KaFüs beim Kommandeur MLBE einsehen könne. Wie können wir das arrangieren?«

»Wir machen erst in zwei Wochen wieder in Dschibuti fest. Wenn es vorher sein muss, fliegt Sie der Heli dahin. Wenn ich mich recht erinnere, ist der in den nächsten Tagen sowieso dahin befohlen. Sie können mitfliegen.«

»Das würde ich gern machen. Kann der Oberstaber mit?«

»Selbstverständlich, kein Problem. Ich lasse Sie auf die Pax*-Liste setzen.«

»Geben Sie Fregattenkapitän Jungmann Bescheid?«

»Ich schick ihm ein Fernschreiben. Sie kennen ihn?«

Jung verfluchte seine Unbedachtheit, die ihn schon das zweite Mal in Erklärungsnot brachte. Er ignorierte

* Passagier

die Frage des IO einfach und fuhr ungerührt fort. »Ich habe Sie das schon einmal gefragt: Was denken Sie über das Verschwinden des KaFüs? Er muss doch irgendwo abgeblieben sein.«

»Mensch, Sie bringen mich zur Verzweiflung. Ich weiß es nicht. Ich habe keine Idee. Dafür sind Sie doch jetzt da.« Der IO war lauter geworden. Seine Erregung wirkte echt.

»Sie haben recht. Entschuldigen Sie. Schumi, fällt dir noch etwas ein?«, wandte sich Jung an seinen Begleiter.

»Im Moment nicht, Herr Oberleutnant. Nein, ich habe keine Punkte mehr.«

»Gut, dann vielen Dank für Ihre Hilfe, Herr Kap'tän.«

»Wir sehen uns spätestens beim Abendbrot. Ich würde es schätzen, wenn wir bald mehr wüssten«, beendete der IO das Gespräch.

*

Jung und Schumann traten auf den Gang hinaus. Schumi hatte sich ›aus der Kammer‹ gemeldet. Jung konnte sich daran nicht gewöhnen.

»Schumi, ich habe Durst. Wie wär's mit Kaffee?«

»Zu Befehl, Herr Oberleutnant. Darf ich dich in die PUO*-Messe einladen?«

»Gern. Wo ist die?«

Sie stiegen runter in das Z-Deck und gingen den Gang nach achtern in Richtung Revier. Schräg gegenüber der Krankenstation las Jung über einer Tür die Aufschrift PUO-Messe. Schumi öffnete und sie traten ein.

---

* Portepeeunteroffizier

Der Unterschied zur O-Messe stach deutlich ins Auge, obwohl die Grundausstattung, Holztäfelung und Bestuhlung die gleiche war. Jung hatte den Eindruck, das Vereinsheim eines Fußballklubs zu betreten: überall Pokale, Plaketten, Urkunden, Wappen, Wimpel, Seemannsknoten, gerahmte Fotos und selbstverständlich ein stattlicher Tresen mit Zapfanlage, Kühlschränken, Spüle und Spirituosenschrank. An den Wänden hingen kardanisch aufgehängte, elektrisch angetriebene Petroleumlampen. Der Raum wirkte urgemütlich.

Sie ließen sich auf die Barhocker vor dem Tresen fallen. Schumi grüßte ein paar Bootsleute, die an den langen Tischen hockten und aus Bechern Kaffee tranken. Jung grüßte sie ebenfalls mit einem kurzen Kopfnicken.

»Ich habe einen Gast mitgebracht. Mach uns bitte zwei Kaffees«, wandte Schumi sich an die Ordonnanz hinter dem Tresen.

»Ist das dein Boss, Oberstaber?«, rief ihm ein junger Bootsmann von einem der langen Tische zu. Er ließ einen aufsässigen Unterton hören.

»Bootsmann, dies ist mein Gast. Ich möchte, dass er sich bei uns wohlfühlt. Hast du das verstanden?«

»Alles klar, Oberstaber.« Er nahm seinen Becher und trank. Jung ignorierte das Geplänkel. »Schumi, was hältst du von dem, was wir bisher gehört haben?«

»Der Mann war nicht dumm«, antwortete Schumann leise. »Er war ein guter KaFü. Er war ein guter Seemann. Warum hätte er sich umbringen sollen? Wer anders hätte ein Interesse daran haben können, ihn umzulegen? Die Chance, das unentdeckt zu tun, war schlecht bis unmöglich, das hat der IO aus meiner Sicht richtig dargestellt.

Das ergibt so keinen Sinn. Dahinter steckt irgendwas anderes.«

»Und was?«

»Weiß der Henker.« Ihr Kaffee wurde serviert und sie tranken einen ersten Schluck. Er schmeckte ausgezeichnet.

»Ist ein Offizier da, schon wird getuschelt. Soll euch wohl keiner in die Karten gucken, was?«, ließ sich der Bootsmann erneut vernehmen.

»Bootsmann, wenn du keine Ruhe gibst, schmeiß ich dich eigenhändig aus der Messe. Ich rate dir, es nicht darauf ankommen zu lassen«, wurde Schumann jetzt lauter.

»Tolle Kameradschaft. Hältst dich für was Besseres, was? Davon hatten wir schon mal einen. Jetzt ist er weg. War nicht Kamerad.«

»Zwei-Decksmeister, wenn du nicht die Klappe hältst, fliegst du raus. Geht das jetzt in deinen weichen Keks?«, mischte sich ein älterer Hauptbootsmann am Nebentisch ein.

»Schon gut, Antriebsmeister, reg dich nicht auf. Ich sag ja nur: war nicht Kamerad.«

Jung legte Schumann seine Hand auf den Unterarm. »Komm, lass uns gehen. Wir können uns hier nicht ungestört unterhalten.«

Schumannn musterte ihn entschuldigend, widersprach ihm aber nicht.

»Er klang betrunken«, bemerkte Jung draußen.

»Der Alkoholkonsum an Bord ist auf zwei Flaschen Bier am Tag beschränkt, jedenfalls solange sich die Wellen drehen. Davon wird man nicht besoffen, schon gar nicht Hein Seemann«, erwiderte Schumann.

»Vielleicht hat er schlecht geschlafen.«

»Unsinn. Der hat nur nicht genug zu tun. Labert wie ein Waschweib. Solche Typen kannst du in der Pfeife rauchen«, schimpfte Schumann ärgerlich.

Sie stiegen das Treppenhaus zum H-Deck hoch.

»Soll ich dir die Brücke zeigen, Tomi? Ist interessant. Du hast 'ne schöne Aussicht da oben.«

»Das nächste Mal. Ich verziehe mich in meine Kammer und mache mir ein paar Notizen.«

»Wenn du mich brauchst, erreichst du mich in der Kammer des Wachtmeisters. Da können wir unter vier Augen reden.«

»Bist du allein auf deiner Kammer?«

»Der Wachtmeister hat seine Kammer für mich frei gemacht und ist solange zum Decksmeister gezogen.«

»Hat das mit deinem Dienstgrad zu tun?«

»Kameradschaft unter alten Fahrensleuten, so musst du das sehen.« Schumann tippte mit der Hand leichthin gegen seine Schläfe und verschwand im Treppenhaus.

Jung suchte seine Kammer auf. Bis er den Laptop auf der Klappe des schmalen Einbausekretärs geöffnet hatte, schwirrte das Wort Kameradschaft in seinem Kopf herum. Er hatte es heute schon so oft gehört. Welche Bedeutung hatte Kameradschaft unter Marinern? Der verschwundene KaFü hatte offensichtlich nicht dazugehört, jedenfalls nicht unumstritten. Wie musste er sich ein Besatzungsmitglied vorstellen, das nicht Kamerad war, aber von den Kameraden anerkannte Arbeit leistete? Welchen Dienstgrad hatte er eigentlich gehabt?

Jung dachte in diesem Zusammenhang an den Bootsmann in der Messe. Wie konnte man so reden, ohne betrunken zu sein? Schumis Erklärung befriedigte ihn nicht. Jung ließ sich nicht davon abbringen: Ein erheblicher Kontrollverlust war schon nötig, um so ungefiltert den fauligen Bodensatz vorhandener Ressentiments ans Tageslicht zu lassen.

Dann notierte er sich:

Guter und anerkannter Arbeiter (auch von Offizieren)
Diszipliniert
Sportler
Kein Säufer
Einzelgänger
Kein Kamerad (was Besseres?)
Keine nahe Verwandtschaft
Entlobt wegen seiner Machenschaften (?)

Fragen:
Dienstgrad?
Alter?
Herkunft?
Schulbildung, Zeugnisse, Beurteilungen?
Sonstige Hobbys?
Machenschaften?

Dafür, dass er noch nicht einmal einen ganzen Tag an Bord war, fand Jung die Ausbeute erstaunlich. Er merkte, dass er müde war, und machte Anstalten, sich in die Koje zu legen.

Es klopfte an der Tür. Der MET betrat die Kammer und sah sich um. »Wenn wir zu zweit sind, wird's eng. Ich schlage vor, wir bringen die Seesäcke in die Kofferlast. Dann haben wir etwas mehr Platz, okay?«

»Wenn Sie mir sagen, wo das ist?«

Sie nahmen die Säcke und schleppten sie den gegenüberliegenden Quergang entlang in einen an der Backbordaußenwand liegenden niedrigen Verschlag. Hier waren schon verschiedene andere Gegenstände eingelagert, vom Super-Samsonite über ein Surfboard bis zum Beachvolleyball.

»Wie fühlen Sie sich an Bord?«, fragte der MET, als sie zurück in der Kammer waren.

»Ich bin müde.«

»Das macht die Luftveränderung. Wenn Sie sich akklimatisiert haben, werden Sie es genießen.«

»Ich fand es heute an Oberdeck sehr heiß. Ich hätte mich da nicht lange aufhalten mögen.«

»Das Schiff heizt sich in der Sonne auf. Wir haben jetzt Spätherbst. Nichts im Vergleich zum Sommer. Warten Sie ab und es wird Ihnen gefallen.«

Jung war sich da nicht so sicher. Er mochte den Herbst mit Sturm und Regen und mit ruhigen Perioden, in denen eine tief stehende Sonne der feuchten Luft eine melancholische Aura verlieh. Er ging in dieser Jahreszeit gern spazieren, in bequemen Schuhen und eingehüllt in seine Lieblingsjacke.

Der MET kramte in dem Bücherbord des offenen Sekretärs. »Ich bin auch gleich wieder weg. Brauche nur ein paar Unterlagen.«

Jung sah ihm nachdenklich zu. »Darf ich Sie mal etwas fragen?«, wandte er sich schließlich an ihn.

»Nur zu.«

»Gibt es hier eigentlich Meeresströmungen?«

»Hier, im Golf von Aden? Wenn Sie da an Ströme wie den Agulhas-, den Humboldt- oder Golfstrom denken, nein, das gibt es hier nicht.«

»Aber es gibt etwas, nicht wahr?« Jung witterte, dass der MET gern die Gelegenheit ergreifen würde, ihm sein Wissen vorzuführen.

»Das Übliche: windinduzierte, vorübergehende Driftströme. Dazu muss es aber lange und kräftig blasen. In dieser Jahreszeit so gut wie gar nicht.«

»Danke.«

»Warum fragen Sie?«

»Ich überlegte vorhin, als ich an Oberdeck stand, wohin eine Flaschenpost treiben würde, wenn ich sie über Bord würfe.«

»Wahrscheinlich würde sie von dem regen Schiffsverkehr kaputt gefahren werden. Oder einem der vielen Fischer ins Netz gehen.«

»Ich lege mich jetzt hin. Ich bin hundemüde.« Jung zog seine schwarzen Halbschuhe aus und hoffte, dass seine Socken von der Mittagshitze nicht mehr qualmten. Der MET sah ihn irritiert an, sagte aber nichts mehr und verließ den Raum.

DER MILITÄRPFARRER

Nach dem Abendessen wechselte Jung in die Bar der O-Messe, die von dem Essbereich durch ein schweres Stahlschott abgetrennt war. Im Schiff herrschte Rauchverbot. Hier durfte geraucht werden. Normalerweise hätte ihm das gereicht, sich dort nicht aufzuhalten. Aber außer ihm war nur noch eine Person anwesend. Die rauchte nicht und trug eine Uniform ohne Rangabzeichen. Ein schlichtes Kreuz war auf den Achselklappen seines Bordanzugs aufgenäht.

»Guten Abend, Herr Jung. Ich war heute Morgen beim Briefing. Sie haben mich sicherlich nicht gesehen. Ich bin der Militärpfarrer. Wollen Sie sich zu mir setzen?«, sprach er Jung an.

»Danke, gern. Darf ich Sie zu einem Glas Bier einladen?«

»Darf es auch ein Glas Rotwein sein? Der ist gut. Kann ich Ihnen empfehlen.«

»Hört sich gut an, das nehme ich auch.« Sie setzten sich auf die Barhocker und Jung bestellte bei der Ordonnanz hinter dem Tresen. »Ich hörte, dass der Alkoholkonsum auf zwei Flaschen Bier pro Tag beschränkt ist. Gilt das auch für Rotwein?«

»Zwei Flaschen? Natürlich nicht.« Der Pfarrer lachte. »Von den Offizieren erwartet man übrigens, dass sie immer ›klar zum‹ sind. Viele von ihnen trinken gar keinen Alkohol, solange das Schiff in See steht.« Der Rotwein kam und sie prosteten sich zu.

»Nicht schlecht. Ich vermute, ein Trollinger«, bemerkte Jung.

»Stimmt. Ist nicht schwer herauszuschmecken, nicht wahr.« Der Pfarrer nahm noch einen kräftigen Schluck.

»Sind Alkohol oder Drogen ein Problem an Bord, Herr Pfarrer?«, wollte Jung wissen.

»Ich würde sagen, nicht mehr als an Land auch.« Das klang nicht sehr überzeugend. »Der Borddienst ist natürlich was Spezielles. Die Betreuung der Soldaten hat einen hohen Stellenwert. Deshalb bin ich ja hier.«

»Haben Sie viel damit zu tun? Ich meine mit Alkoholmissbrauch?«

»Hin und wieder. Aber das ist nicht das Hauptproblem. Es gibt anderes, das mir Sorgen macht.«

»Erzählen Sie.«

»Aber bitte nicht für Ihren Bericht an den Befehlshaber.«

»Wie Sie wollen«, beteuerte Jung. »Obwohl ich mich frage, was die Wahrheit eigentlich schaden kann, gerade im Ohr des Flottenchefs?«

»Prinzipiell stimme ich Ihnen zu. Aber es gibt viele Wahrheiten. Und es ist nicht immer nützlich, eine Wahrheit an die falsche Stelle zu tragen.«

Jung drehte nachdenklich sein Glas in der Hand und trank daraus. »An die falsche Stelle? Wo wäre denn die richtige?«

»Bei mir.«

»Und warum?«

»Weil der Flottenchef da gar nichts machen kann, selbst wenn er wollte.«

»Warum ist er dann Chef?«

»Gute Frage. Ich glaube, Chefs haben weniger Möglichkeiten, als man ihnen allgemein zumisst.«

»Und warum braucht man sie dann?« Jung stellte sich bewusst naiv, um den Priester zum Reden zu verleiten.

»Ohne sie würde der Verein auseinanderstieben wie ein Haufen aufgescheuchter Hühner.« Dabei ließ der Mann es bewenden. Sie schwiegen und hingen ihren Gedanken über Führungskräfte nach. Jung wollte seinen Gesprächspartner aus der Reserve locken und meinte schließlich: »Die Chefs bedienen also eine Illusion?«

»Ja, ich glaube schon. Und ihre Leistung besteht darin, dass das nicht auffällt.«

Jung wunderte sich über die Antwort und zog erstaunt die Augenbrauen hoch. »Und wie schaffen sie das?«

»Sie glauben selbst an die Illusion und werden gut bezahlt.«

»Und fallen irgendwann auf die Schnauze.« Jung ließ nicht locker in dem Bemühen, den Gesprächspartner zu provozieren.

»Eben nicht, jedenfalls meistens nicht. Das macht ja ihre Klasse aus. Sie müssen die Mittel beherrschen, die nötig sind, es nicht so weit kommen zu lassen.«

»Und wenn doch?« Jung bemerkte, dass der Mann Gefallen an der Diskussion fand und sich darüber freute, einen aufmerksamen Zuhörer in ihm gefunden zu haben.

»Dann schlägt die größte Stunde. Ihre Führungskräfte müssen den Trümmerhaufen so entsorgen, dass sie dabei wie Phönix aus der Asche steigen.«

»Schwieriger Job.«

»Manchmal. Aber meistens finden sie schon einen Mitschuldigen, mit dem sie sich die Verantwortung teilen können. Und wenn's nur das Wetter ist, das mal wieder nicht richtig funktioniert hat.«

»Das nennt man dann gutes Führungsverhalten, nicht wahr?«

»So ungefähr.«

»Für einen Gottesmann sind Sie ganz schön zynisch«, schloss Jung ihren Diskurs ab.

»Als Gottesmann bin ich Realist. Das bin ich meinem Gott schuldig. Auch deshalb liebt er mich, in unverbrüchlicher Treue. Daran glaube ich.«

Es entstand eine Pause. Sie sahen sich nachdenklich an.

»Sie erwähnten vorhin Probleme, die Ihnen Sorge bereiten«, nahm Jung das Gespräch wieder auf.

»Ich hoffe doch nicht, dass Sie mich heute Abend, hier an der Bar, für Ihren Bericht interviewen.« Der Pfarrer legte offensichtlich großen Wert darauf, in keinem wichtigen Dokument zitiert zu werden.

»Keine Angst. Ich bin zum ersten Mal auf einem Kriegsschiff. Für mich ist alles neu und fremd. Deswegen frage ich«, beschwichtigte ihn Jung. Ihm war bewusst, dass er zugleich log und die Wahrheit sagte. Das beruhigte ihn etwas.

»Mir geht es manchmal heute noch so«, erwiderte der Pfarrer.

»Was mich interessieren würde: Ich höre immer von Kameradschaft und Kameraden, Nichtkamerad, was Besseres und ähnlichen Begriffen. Wie wichtig ist das auf einem Schiff? Haben Sie mal darüber nachgedacht?«

»Ja. Es ist sehr wichtig.«

»Und warum? Wie muss ich mir das vorstellen?«

»Kameradschaft entsteht zwischen Menschen, die sich einer gemeinsamen Bedrohung ausgesetzt sehen, einer gemeinsamen Aufgabe verpflichtet sind, ein gemeinsames Schicksal erleiden, gemeinsame Lebensbedingungen teilen usw. Sie spüren, dass sie nur gemeinsam damit klarkommen können. Jeder trägt zur Bewältigung den Anteil bei, den er am besten kann oder der ihm übertragen worden ist.«

»Also müssten alle Kameraden sein«, warf Jung ein.

»Eigentlich schon.«

»Die Bibel spricht da wohl von Brüdern und Schwestern. Das ist Ihr Metier.«

»Genau. Nur bei Gott braucht der Mensch nichts zu leisten. Er ist Mensch von Gottes Gnade. Das reicht.«

»Sehr tröstlich«, warf Jung ein. »Und warum klappt das im Allgemeinen nicht? Und warum sollte das ausgerechnet auf einem Schiff funktionieren?«

»Wir sind leider aus dem Paradies verbannt. Auf einem Schiff ist die gemeinsame Aufgabe und Bedrohung augenscheinlicher und besser zu greifen. Jedenfalls war es bislang so. Im Krieg ist sie am deutlichsten. Deswegen entstehen da auch die engsten Kameradschaften, sogar unter Feinden.«

»Ah ja, und ein Nichtkamerad ist einer, der da nicht mitmacht.«

»Das oder einer, der mitmacht und dennoch erkennen lässt, dass es für ihn noch was Wichtigeres gibt.«

»Wie zeigt er das?«

»Er beteiligt sich zum Beispiel nicht unentwegt an den eingeschliffenen Kameradschaftsritualen.«

»Kein dauerndes Händeschütteln und keine gemütlichen Abende unter Kameraden in der Messe, also ein unsicherer Kandidat für die gemeinsame Sache?«

»So kann man das ausdrücken. Ja. Ziemlich zutreffend.«

»Oder er kann nichts. In diesem Fall ist er nur eine Last.«

»Stimmt auch.«

Jung drehte den Stiel seines Glases zwischen den Fingern und schwieg.

»Sie machen sich aber tiefschürfende Gedanken. Gehört das zu Ihrem Bericht?«, nahm der Pfarrer den Faden wieder auf.

»Nein, nein. Es kam mir nur so in den Sinn, als ich heute in der PUO-Messe eingeladen war.« Jung erzählte von seinem Erlebnis beim Kaffeetrinken mit Schumann.

»Das passt genau zu dem, was mir Sorge macht«, antwortete der Pfarrer. »Ich erwähnte es vorhin schon und bat Sie, es nicht in Ihrem Bericht breitzutreten.«

»Ja, richtig. Gehört auch nicht dazu. Also erzählen Sie.«

»Die Bordgemeinschaft zerbröselt. Die Soldaten sind verunsichert, fühlen sich alleingelassen. Nur ihr Computer scheint ihnen zu helfen. Sie hocken auf der Kammer, glotzen gebannt auf den Monitor, Earphones verstopfen ihre Ohren, sie sind gar nicht mehr da, nicht ansprechbar. Es ist wie eine Sucht.«

»Missbrauch? Man kann alles missbrauchen, auch Kameradschaft.«

»Klar, natürlich. Aber irgendwie ist es anders als früher, gefährlicher, bedrohlicher.«

»Man kann das auch ganz anders sehen: Mit Ihren Computerkranken können keine Kriege geführt, geschweige denn gewonnen werden.«

»Amerika beweist das Gegenteil, oder?«

»Stimmt auch wieder, aber nur der erste Teil. Lassen wir das. Und Sie als Gottesmann, was machen Sie nun? Entschuldigen Sie meine Unverblümtheit.«

»Gar nichts. Ich bin da. Zu mir kommen immer mehr, die sich früher nie an mich gewandt hätten. Insofern hat die Entwicklung auch eine gute Seite.«

»Sie meinen eine, die Ihnen gefällt.«

»Die mir gefällt, ja.«

»Noch ein Glas Rotwein?«

»Diesmal auf meine Rechnung. Haben Sie schon Ihren Einstand gegeben?« Der Pfarrer bestellte den Wein und maß Jung fragend.

»Wo mach ich das?«, fragte Jung zurück.

»Da drüben, hinter dem Tresen, hängt eine Liste aus. Da tragen Sie sich einfach ein.« Der Pfarrer zeigte auf ein weißes Blatt Papier an der Wand.

Jung trat hinter den Tresen und trug sich unter der Nummer 21 für ein Fass Bier in die Liste ein. In der Sparte ›Grund‹ las er fünfmal: deswegen; sechsmal: Geburtstag; dreimal: verlorene Wette; dreimal: new baby on board; zweimal: Ausstand; einmal: Beförderung; einmal: Einstand – er selbst.

»Bei zwei Bier pro Tag reicht das Bier bis nächstes Ostern. Wenn ich noch die Nichttrinker dazurechne, bis zum nächsten Weihnachtsfest«, spöttelte Jung.

»Eher bis zum diesjährigen Osterfest. Sie vergessen die Leute von der Presse, den Medien, den Landkommandos, den Botschaften, den befreundeten Schiffen und so weiter«, gab der Gottesmann zu bedenken. »Sie lieben deutsches Bier über alles, jedenfalls drängt sich einem dieser Verdacht auf. Wenn das Schiff am Pier liegt, kommen sie an Bord und haben gewöhnlich großen Durst.«

»Ah ja, das vergaß ich«, schmunzelte Jung. Er unterhielt sich gut, wurde aber langsam müde. Wenig später zog er sich in seine Kammer zurück und verkroch sich in seine Koje.

DER WACHOFFIZIER

Jung stieg den Niedergang hinauf zur Brücke. Das Schott zur Schleuse davor ließ sich nur schwer öffnen. Der künstlich erzeugte Überdruck im Schiffsinneren drückte auf das Schott. Ein zischendes, lautes Pfeifen begleitete das Öffnen und Schließen. Jung fragte sich, wie es um die Ruhe des Kommandanten und des Admirals bestellt sein musste, die gleich hinter der Brücke, nur ein halbes Deck tiefer, ihre Kammern hatten. Vielleicht tröstete sie der Blick auf das Meer, ein Luxus, den nur sie genießen konnten. Sonst gab es keine weiteren Bullaugen auf dem Schiff.

Im Vorraum war eine schmale Pantry eingerüstet. Es roch nach frisch gebrühtem Kaffee. In den Borden standen Becher mit bunten Logos und Aufdrucken: *Facing the future; IO; Snoopy was here; Ohne dich ist alles Scheiße; I just call to say, I love you; Thank you for your Arschtritt.* Jung fand den eigenartigen Humor sympathisch.

Auf der Brücke herrschte gespannte Aufmerksamkeit. Jung betrat den großzügigsten Raum, den er bis jetzt auf dem Schiff kennengelernt hatte. Auch die große Zahl der Wachgänger änderte daran nichts. Er zählte neben dem Wachoffizier* sieben weitere Soldaten. Auf den Nocken standen noch einmal zwei Ausgucke. Am Kartentisch, im Hintergrund der Brücke, unterhielt sich der MET leise mit dem NO**. Zwei Nav-Gasten*** beugten sich über den

---

*WO
** Navigationsoffizier
*** Navigationsgasten

beleuchteten Kartentisch und griffen Distanzen mit dem Stechzirkel ab. Ansonsten war es still. Der WO lehnte an der Steuerkonsole und sah konzentriert durch sein Glas nach Backbordseite.

Jung hatte das Gefühl zu stören. Er wollte schon kehrtmachen und die Brücke verlassen, als der WO, ein junger Oberleutnant, das Glas absetzte und zu Jung hinüberschaute. »Ruhig heute. Letzter COI* war vorgestern. Waren Sie schon mal hier oben?« Er klemmte das Glas zwischen den Handlauf und die große Frontscheibe des Brückenhauses. »Wenn Sie wollen, gibt Ihnen der Nav-Meister ein Briefing.«

»Danke. Ich will die Wache nicht stören«, erwiderte Jung.

Der WO ließ seinen Blick über die leer gefegte See vor dem Schiff schweifen. »Kommen Sie. Ich zeig Ihnen mal was.«

Jung trat zwischen der Steuer- und der Radarkonsole hindurch vor das große Panoramafenster neben den WO. Der deutete mit dem Arm schräg voraus über das Vorschiff und Jung bemerkte, wie ein Schwarm Tümmler den Kurs des Schiffes kreuzte. Sie waren ungeheuer schnell. Ihre Rücken durchbrachen rhythmisch die Wasseroberfläche. Dazwischen sah man ihre dunklen Körper in geringer Tiefe wie Torpedos durchs Wasser schießen.

»Faszinierend«, bemerkte Jung.

»Nehmen Sie das Glas. Sie spielen gern.«

Die See war nur leicht gekräuselt, das Wasser tintenblau und sehr durchsichtig. Die Schatten der schnellen Tiere im Wasser waren auch in größerer Entfernung noch gut auszumachen.

* Contact of Interest

»Gibt es hier auch Haie?«, erkundigte sich Jung beiläufig.

»Nee. Hab noch keinen gesichtet, solange ich hier Wache gehe.«

»Wie lange fahren Sie schon?«

»Fast sechs Monate. Demnächst geht's heimwärts.«

»Da wird sich Ihre Familie freuen.« Jung nahm das Glas von den Augen und stellte es zurück an seinen Platz.

»Familie? Schön wär's. Mein Leben kann ich einer Frau nicht zumuten.«

»Warum? Wie machen Ihre verheirateten Kameraden das denn?«, fragte Jung ungläubig.

»Musst schon 'ne kluge Frau haben. 'ne richtig liebe, eine mit Gefühl und Verständnis. Äußerst selten, sehr selten. Meistens hat man nur Probleme. Das ist Standard.«

»Und wenn es ganz schlimm kommt, stürzen sie sich von Bord wie der alte KaFü, oder?«, führte Jung den Gedanken des WO fort.

»Ja, das ist mal was ganz Neues gewesen. Das hab ich noch nie erlebt. Es gibt da noch 'n paar andere Möglichkeiten«, beeilte sich der WO zu antworten.

»Und der KaFü? Warum ausgerechnet der?«

»Null Ahnung. Ich kann nicht glauben, dass er wirklich über Bord gejumpt ist. Jeder andere, aber der nicht. Und schon gar nicht aus Kummer. Nee, nee, ich weiß nicht.« Der WO suchte mit seinem Glas den Horizont ab. Das Meer war gespenstisch leer. Es lag unter dem wolkenlosen, fahlen Himmel ausgebreitet wie ein endloses Laken. Ein leichter Zug kräuselte die Oberfläche. Aber mit der Entfernung gewann Jung den Eindruck eines nur vorübergehend schlummernden und gefährlich glatten Riesen.

Der WO wandte sich Jung wieder zu. »Das sind keine Problemchen, die man mal so lösen kann.« Dabei schnippte er laut mit den Fingern. »Am besten, man hängt die Seefahrt endgültig an den Nagel. Und tschüss, Marine.«

»An Land gibt's auch Probleme«, warf Jung ein.

»Aber hier kommt man damit nicht so gut klar. Weit weg vom Schuss. Nichts los. Tote Hose. Nur Dienst und Ärger.«

»Und gutes Essen«, ergänzte Jung.

Der WO trat hinter das Radargerät und sah aufmerksam auf den Scope.

»Brücke von OPZ*.« Die Bordsprechanlage unterbrach ihre Unterhaltung.

»Brücke hört?«, antwortete der WO.

»Wir haben einen schwachen Kontakt in 20 Meilen querab an Steuerbordseite. Habt ihr den schon optisch?«

»Wie soll das denn funktionieren, Seemann? Nicht optisch natürlich. Frage: Kurs und Fahrt des Kontaktes?«

»Kurs und Fahrt negativ. Liegt beigedreht. Sieht nach einem Fischer aus.«

»Verstanden. Roger and over.«

»Roger and over«, beendete die Operationszentrale das Gespräch.

»Den sehen wir uns mal an.« Der WO schaute aus konzentrierten Augen und mit einem entschlossenen Grinsen im Gesicht zu Jung hinüber.

»Ruder Steuerbord 20.«

»Ruder Steuerbord 20. Ruder liegt Steuerbord 20«, quittierte der Rudergänger.

* Operationszentrale

»Ja. Beide Maschinen voraus 15 Knoten.«

»Beide Maschinen voraus 15 Knoten. Beide Maschinen liegen voraus 15 Knoten.«

»Ja. Navigation Achtung. Wir wechseln Kurs und Fahrt.«

»Navigation hört.«

»Kommt auf, auf zehn.«

»Kommt auf, auf zehn«, echote der Rudergänger.

»Recht so.«

»Recht so.«

»Ruder mittschiffs.«

»Ruder mittschiffs. Ruder liegt mittschiffs. Neuer Kurs null neun null, Fahrt 15 Knoten.«

»Ja. Navigation. Neuer Kurs null neun null, Fahrt 15 Knoten.«

»Neuer Kurs null neun null, Fahrt 15 Knoten«, bestätigte der Nav-Gast.

Die Konzentration auf der Brücke nahm zu. Die Ausgucks und der WO ließen die Gläser nur noch kurz von den Augen. Auf der Brücke hatte jede Unterhaltung aufgehört. Der MET hatte die Brücke verlassen. Vor der Fernmeldekonsole knisterte ein Obergefreiter mit der Tüte, als er sich Gummibärchen nahm und in den Mund schob.

Nach einiger Zeit meldete der Ausguck auf der Steuerbordnock einen Sichtkontakt am Horizont, zwei Dez steuerbord voraus. Die übrigen Wachgänger schwenkten ihre Gläser in die gemeldete Richtung.

»Beide Maschinen voraus fünf Knoten.«

»Beide Maschinen voraus fünf Knoten. Beide Maschinen liegen voraus fünf Knoten.«

»Ja.«

»Sieht merkwürdig aus. Wie tot. Ist noch zu weit weg. Vielleicht eine Dau. Wir müssen näher ran.«

»Sollten wir nicht vorher den Kommandanten informieren?«, schaltete sich der NO ein.

»Okay. Ist sicherer. Nav-Meister, nehmen Sie den Kommandanten wahr.« Der WO griff zum Telefon. Er meldete dem Kommandanten den Fremdkontakt und bat ihn auf die Brücke.

Jung zog sich in das Nav-Chap zurück und stellte sich unauffällig hinter die Gasten vor die Borde an der Rückwand, die von Seehandbüchern, Dienstvorschriften und Logbüchern überquollen.

»Kein Checker, der Kleine«, ließ sich einer von ihnen vernehmen.

»War lange nicht beim Waldapotheker, scheint mir.« Der zweite verfolgte den Lichtpunkt der Schiffsbewegung auf der Seekarte. »Glaubst du, der WO ist so 'n Honk?«

»Weiß nicht. Kommt mir ziemlich verrafft vor.«

Jung hörte ihnen unfreiwillig zu, verstand aber gar nicht, wovon die Rede war. Er nahm sich vor, Langenscheidts Werk ›Hä?? Jugendsprache‹ zu studieren. Seine Tochter hatte es ihm empfohlen, als er sie mit seiner Unwissenheit mal wieder genervt hatte.

»Brücke Achtung. Kommandant auf die Brücke«, meldete der Nav-Meister. Das Brückenpersonal nahm Haltung an, und der WO grüßte.

»Brücke mit drei, zu eins, zu sieben auf Station. Kurs: null neun null. Fahrt: fünf Knoten. Unbekanntes Objekt zwei Dez steuerbord voraus, Entfernung zehn Meilen«, meldete er dem Kommandanten.

»Danke, weitermachen.«

Der Kommandant setzte sich in den erhöhten Drehsessel an der Steuerbordseite der Brücke, nahm das Glas vor sich auf und blickte in Richtung des unbekannten Objektes. »Wir sehen uns den näher an. Haben Sie ihn auf Kanal 16 schon gerufen?«

»Ja, Herr Kap'tän. Negativ.«

»Halten Sie auf anderthalb Meilen steuerbord quer ab von ihm. Dann stoppen Sie auf. Benachrichtigen Sie den Decksmeister und den Abschnitt fünf. Das Speedboot, das Boardingteam und ein Heli sollen sich bereit machen. Bis zum Ablaufpunkt keinen Alarm.«

»Verstanden, Herr Kap'tän.« Der WO wendete sich dem Radarscope zu.

»Navigation?«

»Navigation hört.«

»Kurs- und Fahrtempfehlung für Zielobjekt eine Meile steuerbord quer ab in 20 Minuten. Gegenwärtige Peilung: eins eins null. Entfernung: zehn Meilen.«

»Navigation verstanden: Zielobjekt in 20 Minuten eine Meile steuerbord quer ab.«

Auf der Brücke kam jetzt Bewegung auf. Die Nav-Gasten standen über die Seekarte gebeugt und hantierten mit Stechzirkel und Bleistift. Telefonhörer wurden aufgenommen, die Gummibärentüte auf der Fernmeldekonsole verschwand in der Schublade, Kaffeebecher wurden in die Pantry getragen und die Schotten zu den Brückennocken geschlossen. Jung fühlte sich überflüssig und im Weg. Er verließ die Brücke.

DER KOMMANDEUR I

Sie landeten auf der leeren Platte vor der Flughalle des Airports Dschibuti. Jenseits der Runway erkannten sie den Schutzwall und die Wachtürme des amerikanischen Militärcamps. Der Pilot schaltete die Turbine ab und der Flugbegleiter öffnete die Tür. Es war Spätherbst. Dennoch traf sie die Hitze wie ein Schlag. Sie verließen den Helikopter und sahen ein Fahrzeug auf sich zu rollen. Jungmann hatte ihnen einen Wagen, einen geländegängigen Toyota, entgegengeschickt. Zum Glück mit Klimaanlage, wie sie später erleichtert feststellten.

Ein Bootsmann begrüßte sie militärisch korrekt. Er war untersetzt und stämmig, sein Gang fest und wichtig, seine Frisur kurz und knapp. Sein Gesichtsausdruck zeigte eine Entschlossenheit, die keine Zweifel kennt und Gerede verabscheut. Er steuerte den Wagen, als wenn er einen Ritus zelebrierte: aufrecht, gerade, allwissend und immer den Verkehr im Auge, den er unentwegt kommentierte und kritisierte.

Die fleischigen Hände seiner haarlosen Unterarme ruhten fest auf dem Steuerrad. In den Kurven presste er seinen linken Handteller auf das Lenkrad und kurbelte den Wagen in die gewünschte Richtung. Die rechte Hand ruhte derweil lässig auf dem Oberschenkel. Wenn er den Blinker setzte, spreizte er den kleinen Finger ab wie eine vornehme ältere Dame beim Fünfuhrtee. Seinen linken Zeigefinger schmückte ein Ring, der Jung an den Nasenring eines Bullen erinnerte. Die Platzierung wirkte affektiert und völlig daneben. Eine Armbanduhr, deren

Deckglas als Lupe ausgearbeitet war, umspannte sein rechtes Handgelenk. Als Jung, der auf dem Beifahrersitz Platz genommen hatte, zufällig darauf sah, glaubte er in das Auge eines Ungeheuers zu blicken. Er wandte sich ab und war froh, als sie die Hafenkontrollen passiert hatten und er endlich aussteigen konnte.

Jungmanns Büro war auf einem Tender untergekommen, der im Innenhafen vertäut lag und als Versorgungsbasis der deutschen Schiffe diente. Die Sonne stach aus einem wolkenlosen Himmel. Es herrschte eine drückende Hitze. Die Kaje vor dem Tender wirkte leer und leblos. Ein beißender Geruch stieg ihnen in die Nasen. In einiger Entfernung lag ein alter Frachter. Auf dem offenen Ladedeck drängten sich Kamele. Davor hantierte ein zerlumpter Somali mit einem Wasserschlauch. Seine Versuche, Wasser zu zapfen, blieben erfolglos. Die Kamele streckten die Hälse in die Luft und blähten die Nüstern. Einige schrien erbärmlich. Die halb gesenkten, lang bewimperten Lider ihrer großen Augen gaben ihren Gesichtern einen hochmütigen Ausdruck. Er stand in groteskem Widerspruch zu dem Gestank und dem Lärm.

»Willkommen in Dschibuti.« Schumi war hinter Jung getreten und betrachtete ebenfalls die gepeinigten Höckertiere.

»Was passiert mit denen?«

»Nach Reitkamelen sehen die nicht aus. Die wandern in die Metzgerei.«

»Hast du schon mal gehört, dass es irgendwo Kamelfleisch zu essen gibt? Ich nicht.«

»Ich auch nicht. Wir können ja nicht alles wissen, Herr Oberleutnant.«

Sie stiegen die Stelling zum Tender hinauf. Bevor Schumann das Deck betrat, blieb er stehen und grüßte die Dienstflagge, die über dem Heck träge an ihrem Stock hing.

»Was tust du, Schumi? Sind wir hier bei Wilhelm Tell?«

»Das ist Vorschrift, Tomi. Wenn die Wache an Oberdeck gewesen wäre, hätte sie auch noch Seite gepfiffen. Darauf musst du richtig reagieren, sonst bist du weg vom Fenster. Ich erklär's dir später. Lass uns jetzt zum Kommandeur gehen. Er wartet sicherlich schon auf uns.«

Jung kam sich blöd vor. Ihn beschlich nicht zum ersten Mal der Wunsch, sein Abenteuer so schnell wie möglich zu beenden. Die Schleuse ins Schiffsinnere beherbergte den Wachstand. Der Wachoffizier wurde gerufen. Er führte sie im Brückenhaus drei Decks hoch in die Kommandeurskammer.

»Herzlich willkommen an Bord, Herr Jung. Oberstaber, Sie sind mir ebenfalls herzlich willkommen.« Jungmann gab ihnen die Hand und bat sie, an seinem Tisch Platz zu nehmen. Er trug Kaki, welches etwas knittrig und von der Hitze mitgenommen wirkte. Jung hätte ihn fast nicht wiedererkannt. In seinem Gedächtnis war er haften geblieben als die tadellose, blaue Uniform mit den goldenen Knöpfen. Ansonsten konnte er sich an nichts Markantes erinnern. Jungmann war nicht hässlich, entstellt oder verbaut, hatte weder abstehende Ohren noch eine Knollennase. Aber er sah auch nicht richtig gut aus, was auch immer man darunter verstehen mochte. Jedenfalls war er kein Womanizer oder Schwiegersohnkandidat für ambitionierte Mütter mit heiratswilligen Töchtern. Er war ein Mensch in Uniform, das war's. Jung gefiel der Gedanke, dass die Arbeit mit ihm genauso sein könnte, wie er nach außen wirkte: unaufgeregt, einfach, komplikationslos und ohne Macken.

Dagegen war Jungmanns Kammer extravagant: eine Suite mit abgeteiltem Schlafraum, separater Dusche und Toilette. Außerdem schien aus mehreren Bullaugen das Tageslicht in die Kammer. Im Vergleich dazu war die Luxussuite des IO auf der Fregatte eine Abstellkammer.

»Schön, dass Sie da sind. Wie geht's auf dem Schiff? Sind Sie gut untergebracht?«

»Ich wohne beim MET auf der Kammer. Ich sehe ihn kaum. Kommt mir entgegen. Es ist eng.«

»Beim MET? Das ist ein Arbeitstier. Vielleicht zieht einer der Großen Wolke mal den Ladestock aus dem Hintern. Etwas lockerer würde ihm gut stehen.« Er lachte, Jung und Schumann nicht. Jung hatte eine tiefgehende Abneigung, sich über Eigenheiten von Dritten in ihrer Abwesenheit lustig zu machen.

»Herr Kap'tän, darf ich kurz unterbrechen? Das Gepäck. Wo kommen wir an Bord unter?«, warf Schumann ein.

»Der Schirrmeister macht das schon, Oberstaber, keine Angst. Herr Jung geht auf die S3-Kammer. Im PUO-Deck ist eine Einzelkammer für Sie frei. Sie können also ungestört arbeiten und sich erholen.«

Jung war froh, dass Schumann die Konversation auf eine pragmatische Ebene gebracht hatte. Er wollte keine Zeit mit Geplänkel verlieren. Er fühlte sich irgendwie unter Druck.

»Apropos Arbeit«, hakte er ein. »Hat Ihnen der IO meinen Wunsch die Akte des KaFüs betreffend mitgeteilt?«

»Hat er. Sie können sie gleich haben. Ich habe auch einen losen Plan gemacht.«

»Sehr gut. Erzählen Sie.«

Jungmann zögerte irritiert. Nach einem kurzen Moment redete er weiter wie zuvor. »Nach der Mittagsruhe würde ich gern mit Ihnen über den KaFü sprechen. Sie haben sicherlich Fragen und ich habe das eine oder andere dazu zu sagen.«

»Ausgezeichnet. Schumi, irgendwelche Einwände?«

Schumann schüttelte nur den Kopf und sagte sonst nichts.

»Morgen Vormittag möchte ich Ihnen Dschibuti zeigen. Wir machen eine Sightseeingtour. Ich habe da auch an die andere Sache gedacht, Herr Jung. Ich glaube, das ist wichtig.«

»Gefällt mir. Wenn Sie es nicht schon geplant hätten, würde ich Sie darum gebeten haben. Danke.« Jung machte sich leise Vorwürfe, dass er den Kommandeur eingangs so brüsk auf die Arbeitsebene geholt hatte. Wie er jetzt feststellte, war er nicht untätig gewesen und hatte sich Gedanken gemacht. Das freute Jung.

»Den Nachmittag verbringen Sie in eigener Regie. Etwas Ruhe kann nicht schaden, um alles zu überdenken. Wenn Sie Lust haben, können wir abends gemeinsam essen gehen oder eine Bar besuchen. Wie Sie wollen.«

»Sehr fürsorglich. Danke, wir nehmen das gern an.« Jung sah Schumi an. Er saß auf der Sitzbank und grinste freundlich wie immer. Ein anderer Gesichtsausdruck hätte Jung inzwischen irritiert. Dennoch glaubte er, auf seinem Gesicht einen Hauch von Unwillen abzulesen.

»Bevor Sie wieder zurückfliegen, machen wir eine Abschlussbesprechung. Vielleicht haben Sie Wünsche, die ich realisieren kann. Bis zum nächsten Einlaufen kann ich planen und vorbereiten. Einverstanden?«

»Einverstanden. Schumi, noch Punkte?«

Schumann dachte nur kurz nach. »Hat der KaFü in Dschibuti einen Schiffshändler gehabt? Mich interessiert, wo er eingekauft hat.«

»Wir haben einen Schiffshändler«, Jungmann betonte das wir, »nehmen ihn aber nur ungern in Anspruch. Er ist zu teuer. Normalerweise beziehen wir alles aus Deutschland. Wenn der KaFü einen Schiffshändler genommen hat, dann nur über uns.«

»Und, hat er?«

»Selten, aber er hat. Stimmt. Aber darüber können wir nach dem Mittagessen sprechen. Jetzt zeige ich Ihnen erst einmal Ihre Kammer, Herr Jung. Oberstaber, Sie kennen sich aus?«

»Klar, Herr Kap'tän. Ich weiß, wo ich hingehöre.«

»Wir nehmen einen Sherry vor dem Essen, Herr Jung. Und dann lassen wir uns vom Smut überraschen. Ich weiß nicht, was heute auf dem Speiseplan steht.«

»Hoffentlich gibt's kein Kamelsteak«, bemerkte Jung schroff.

»Wie kommen Sie darauf?«

»Der Oberstaber meint, die Kamele auf dem Nachbarschiff seien für den Metzger.«

Jungmann lachte. »Unser Fleisch stammt aus Deutschland.«

»Gut zu wissen«, beruhigte sich Jung.

*

Jungs Kammer lag auf dem gleichen Deck wie Jungmanns. Er wünschte, er hätte auf der Fregatte den gleichen Luxus gehabt. Das Tageslicht fiel durch zwei große Bullaugen in den Raum. Seine Koje war gebaut. Er stellte mit Freude fest, dass er eine eigene Dusche und Toilette hatte. Aus den Bullaugen sah er aus dieser Höhe über die Pier hinweg auf den Golf von Aden. In der Ferne lag auf dem zwischen smaragdgrün und azurblau changierenden Meer ein kleines, weiß leuchtendes Inselchen, auf dem er gerade noch einige wenige niedrige Palmen auszumachen glaubte. Es hätten auch Mangroven sein können, fiel ihm ein. Die Aussicht erschien ihm wie aus einem Reiseprospekt für die Karibik.

Nach der Mittagspause versammelten sie sich wieder in der Kommandeurskammer. Schumi schien gut gegessen und eine angenehme Pause gehabt zu haben. Der leichte Schatten war aus seinem freundlichen Gesicht gewichen.

Jungmann überreichte Jung die Personalakte des KaFüs. »Sie ist dünn«, kommentierte er. »Das zeugt schon mal von guter Führung und wenig Problemen. Schade um den Mann.«

Jung nahm die Akte entgegen und legte sie beiseite. »Ich studiere sie nachher, wenn wir fertig sind. Gehen wir gleich in medias res*. Darf ich?«

»Nur zu. Dafür sind wir ja hier.« Jungmann zuckte mit keiner Wimper, als Jung aus alter Gewohnheit lateinische Brocken in seine Rede einfließen ließ. Jung war bewusst, dass er arrogant und überheblich wirkte, und er besser daran tat, es zu lassen. Er bemühte sich darum, vergaß es aber oft.

* zur Sache, mitten in die Dinge

»Der IO hat uns den Mann beschrieben. Er hat klargemacht, dass er nicht an einen Unfall glaubt. Alle Umstände sprächen dagegen. Sie sehen das ähnlich. Welche Gründe haben Sie?«

»Ich stimme ihm absolut zu, ohne Wenn und Aber. Dazu kommt, dass ich den KaFü auch hier an Land beobachtet oder, besser gesagt, gesehen habe. Wir trainierten gelegentlich zur gleichen Zeit im Fitnesscenter bei den Franzosen.«

»Und? War er oft da?«

»Immer, wenn die Fregatte festgemacht hatte und er wachfrei war. Das passiert ungefähr alle zwei Wochen. Er verbrachte seine Zeit fast nur dort und hatte Kameraden gefunden, die ähnlich hart trainierten.«

»Welche Kameraden?«

»Zunächst mal Franzosen, genauer gesagt Fremdenlegionäre, die ja auch hier kaserniert sind. Später kamen einige Amerikaner dazu, Marines aus dem Camp draußen am Flughafen.«

»Und er war immer mit den Gleichen zusammen?«

»Soweit ich das verfolgen konnte, ja. Es gab ja nur wenige, die ebenso besessen trainierten wie er. Eigentlich nur zwei. Mit denen sah ich ihn, wann immer ich ihm da begegnet bin. Übrigens, ein einziges Mal auch außerhalb des Centers, im Gepard, mehr zufällig.«

»Gepard? Was ist das?«

»Eine Bar im Sheraton Dschibuti. Nebenbei bemerkt die einzige, abgesehen vom Kempinski auf der Franzosenhalbinsel, die man als Weißer einigermaßen gefahrlos aufsuchen kann.«

»Das passt aber gar nicht zu ihm. Was meinen Sie?«

»Stimmt. Wie gesagt, ich habe ihn dort nur ein einziges Mal gesehen, zufällig. So oft bin ich da auch nicht. Vielleicht wollten sie nach dem Training etwas trinken, in angenehmerer Atmosphäre und ungestört. Das kann man da gut.«

»War er betrunken?«

»Nein, nein, überhaupt nicht. Betrunken habe ich ihn nie erlebt. Sie saßen an der Bar und haben sich unterhalten. Selbst die Nutten haben sie in Ruhe gelassen.«

»Ist die Bar eine Art Kontakthof?« Jung sah in Schumis Richtung, der sich weiter in Schweigen hüllte.

»Kontakthof? Nein, das wäre zu krass. Aber wer Anschluss sucht, der geht da hin.«

»Ist Ihnen an ihm etwas Ungewöhnliches aufgefallen?«

»Nein. Das einzig wirklich Auffällige an ihm war seine Leidenschaft an den Hanteln. Er glühte regelrecht, und nicht nur wegen der Hitze. Wenn ich schon längst aufgegeben hatte, fing er erst richtig an.« Jungmann hielt inne und Jung blickte nachdenklich auf die Akte des KaFüs. Alle schwiegen und es entstand die Peinlichkeit, die sich einstellt, wenn alle etwas sagen wollen und keiner sich traut anzufangen. Jungmann stand plötzlich auf. »Möchten Sie Kaffee? Ich habe Gelüste.« Nachdem Schumann und Jung zustimmend genickt hatten, trat er ans Telefon und bestellte in der Kombüse eine Kanne Kaffee mit drei Tassen.

»Sie erwähnten Franzosen und Amerikaner. Was machen die hier eigentlich?«, nahm Jung das Gespräch wieder auf.

»Dschibuti war mal französische Kolonie und ein bedeutender Außenposten der Fremdenlegion in Afrika. Nach der Unabhängigkeit 1977 blieben die Franzosen im Land, aus strategischen Gründen. Die neuen Machthaber duldeten das nicht nur, sondern schätzten sie auch als Ordnungsmacht und als Geldquelle. Denn sie müssen für ihr Bleiben kräftig zahlen. Seitdem gibt es hier eine reguläre französische Garnison und eine Halbbrigade Fremdenlegionäre.«

Es klopfte an der Tür und ein Gefreiter betrat die Kammer. Er jonglierte ein Tablett mit Kaffeekanne und Tassen in der Hand.

»Stellen Sie es auf den Tisch. Wir bedienen uns selbst. Danke.« Jungmann entließ den Gefreiten, schenkte seinen Gästen Kaffee ein und reichte Zucker und Sahne. Schließlich nahmen sie den ersten Schluck aus ihren dampfenden Tassen.

»Und die Amis?«, fragte Jung, nachdem er seine Tasse zurück auf ihren Unterteller gesetzt hatte.

»Nach dem Anschlag auf das World Trade Center organisierten die Amerikaner einen Feldzug gegen den weltweiten Terrorismus. Wir Deutsche sind seit 2002 dabei. Später hielten es die Amerikaner für angebracht, mobile Einheiten der Marines in Dschibuti zu stationieren. Die kampieren jetzt in dem Feldlager am Flughafen. Der herrschende Clan sieht das gern. Er lässt sich angemessen dafür bezahlen. Übrigens auch von uns.«

»Von uns? Wofür denn?« Jung war baff.

»Dass wir hier liegen dürfen.«

Jung schüttelte den Kopf und konzentrierte sich wieder auf sein Thema. »Und seit wann war der KaFü hier im Einsatz?«

»Seit ungefähr einem Jahr. Er hat freiwillig verlängert. Normalerweise werden die Soldaten spätestens nach sechs Monaten ausgetauscht. Natürlich nicht geschlossen, sondern häppchenweise.«

»Das spricht alles nicht für Selbstmordabsichten. Was meinen Sie?« Jung betrachtete sein Gegenüber aufmerksam.

»Genau. Deswegen sind Sie hier. Sie können Dinge in Erfahrung bringen, an die ich nicht rankomme. Man kennt mich. Sie und den Oberstaber kennt man nicht. Ihre Aufgabe ist undurchsichtig: ein Vorteil, den Ihr Kollege vor Ihnen nicht hatte.«

»Mal zu etwas anderem«, unterbrach ihn Jung. »Die Verlobte: Haben Sie mit der gesprochen?«

»Nein. Aber es muss schon länger zwischen den beiden aus gewesen sein. Der A 1 im Flottenkommando teilte mir das mit. Er hat sie vom Verschwinden ihres Ex-Verlobten unterrichtet.«

»Richtig, ich weiß davon. War bekannt, dass der KaFü verlobt war?«

»Nein. Das ist nie thematisiert worden, soweit ich weiß. Bei anderen bekomme ich schon mit, wenn sie zu Hause dringend gebraucht werden oder ernstere Probleme haben. Wir organisieren eine Familienheimfahrt oder einen Sonderurlaub. Sie werden dann nach Deutschland ausgeflogen.«

Es trat wieder eine längere Pause ein. Schumann hatte bis jetzt noch kein Wort von sich gegeben. Als Jung ihn ansah, machte er nicht den Eindruck, als wolle er daran etwas ändern. Jung fielen keine weiteren Fragen ein. »Wie lange soll das denn hier unten noch so weitergehen?«, fragte er schließlich. Sein Tonfall verriet, dass die Frage das Ende ihrer Unterhaltung einläutete.

»Das wissen die Götter. Das Parlament bestimmt darüber. Wenn die wollen, lassen sie uns für immer hier.«

»Schöne Aussichten sind das. Aber das Geld wird es

schon richten.« Jung setzte sich auf und nahm die Akte in die Hand.

»Schumi, du hattest vor dem Mittagessen noch eine Frage«, sprach Jung ihn direkt an.

Schumann fuhr auf, als hätte er ihn aus tiefschürfenden Gedankengängen gerissen. »Hat sich erledigt, Herr Oberleutnant. Danke. Ich habe erst einmal keine Fragen mehr.«

»Also graben Sie etwas aus, was die Sache klarer macht, Herr Oberleutnant.« Jungmann lächelte leicht amüsiert und sah an Jungs Uniform hinunter. »Wir sehen uns spätestens zum Abendessen. Wenn Sie mich brauchen, ich bin hier. Oder der WO weiß, wo ich bin.«

»Danke, bis nachher«, verabschiedeten sie sich.

Sie verließen die Kammer. Schumann spulte seine Meldungen ab wie ein Aufziehvogel. Jung konnte sich einfach nicht daran gewöhnen. Je öfter er es hörte, desto unpassender erschien es ihm.

»Nachher würde ich mich gern mit dir besprechen, geht das?«, wollte Jung wissen.

»Lass mich ausrufen, wenn du soweit bist. Ich bleibe an Bord.«

Schumann verschwand im Treppenhaus nach unten. Jung ging die paar Schritte in seine Kammer, schloss die Tür und legte sich auf die Koje, die Akte auf der Brust und die Augen geschlossen. Er verharrte nicht lange so. Dann begann er zu lesen. Nach der Lektüre fragte er sich, ob er das richtige Dokument gelesen hatte. Der vorläufige Abschluss der Karriere des KaFüs passte einfach nicht dazu.

*

Holger Grenz wurde in der DDR geboren und hatte im Wendejahr dort noch Abitur gemacht. Seine Eltern waren Betriebsingenieure. Beide waren bei einem Betriebsunfall in den Leunawerken ums Leben gekommen, als ihr Sohn zehn Jahre alt war. Geschwister hatte er nicht. Er wuchs danach in Berlin bei seiner Tante auf, der einzigen Verwandten, die er noch hatte. Die FDJ* wurde zu seiner zweiten Familie. Er engagierte sich und übernahm Führungsaufgaben.

Nach der Wiedervereinigung starb auch seine Tante und er bewarb sich um eine Einstellung bei der Marine. Er wurde getestet und für geeignet befunden. Er durchlief die übliche Ausbildung. Seine Beurteilungen waren immer hervorragend, wobei seine sportlichen Leistungen von seinen Ausbildern besonders hervorgehoben wurden. Holger Grenz wurde zum Unteroffizier ausgebildet. Danach bewarb er sich als Berufssoldat und wurde angenommen. Bis zu seinem letzten Kommando hat er die unterschiedlichsten Funktionen an Land und an Bord erfüllt. Seine Vorgesetzten stellten ihm ausnahmslos beste Zeugnisse aus und ließen ihn nur ungern gehen. So wurde er regelmäßig und bis zum Hauptbootsmann befördert. Bis zu seinem Verschwinden war er mit mehreren Bestpreisen ausgezeichnet worden. Ihm wurden drei Einsatzmedaillen verliehen.

Das Ganze klang traurig. Aber in der Akte gab es weder einen Hinweis noch eine Andeutung darauf, dass Holger Grenz' Leben davon belastet gewesen war, jedenfalls nicht so belastet, dass es seinen Ausbildern und Vorgesetzten aufgefallen und wichtig genug gewesen wäre, erwähnt zu werden. Die Marine schien sein

* Freie Deutsche Jugend

Zuhause zu sein, seine Heimat, in der er seine Fähigkeiten entwickeln konnte, die auch gebraucht und anerkannt wurden.

*

Jung rief die Wache an und ließ Schumann ausrufen. Wenige Minuten später klopfte es an Jungs Kammertür.

»Komm rein, Schumi, aber bitte keine Meldung«, empfing ihn Jung.

»Tomi, wir sind hier bei der Marine. Da gibt's Regeln und Rituale wie woanders auch. Am besten, du hältst dich dran, dann kommst du nicht in Schwierigkeiten.«

»Auch wenn ich sie nicht gutheiße?«

»Das kannst du gar nicht beurteilen. Du kannst ja gerade mal grüßen. Also lass es gut sein.«

Jung wechselte das Thema. »Schumi, ich habe die Akte gelesen. Er war ein Bilderbuchsoldat. Und jetzt das. Was ist davon zu halten?«

»Weiß der Henker. Komisch finde ich, dass sein Abgang so wenig Wirbel verursacht hat. Die Kameraden tun so, als sei er im Krankenhaus oder so.«

»Kamerad war er ja nicht, jedenfalls kein richtiger. Du erinnerst dich an den Bootsmann?«

»Der labert doch nur.«

Jung sah Schumann skeptisch an. »Okay. Lass uns die Sache mal konkret durchgehen. Er ist weg. Entweder ist er über Bord gegangen oder er ist an Bord geblieben und hat sich versteckt. Was spricht für Ersteres?«

»Gar nichts, unabhängig davon, ob nun freiwillig oder unfreiwillig. Die Möglichkeiten, unentdeckt über Bord zu gehen, sind mehr als gering. Die Möglichkeiten, im Wasser zu überleben, sind gleich null. Die Wahrscheinlichkeit, seine Leiche zu finden, mehr als groß.«

»Also bleibt das Letztere. Was spricht dafür?«

»Wenig. Ohne Hilfe gar nichts.«

»Du meinst, er hätte eine Chance gehabt, zuerst unerkannt an Bord zu bleiben und dann unerkannt von Bord zu kommen?«

»Eine klitzekleine, ja. Bei der Durchsuchung des Schiffes kann ihn einer bewusst in seinem Versteck geschützt haben. Bis sie zwei Tage später in Dschibuti festmachen, hat er ihn versorgt. Anschließend hat er ihm geholfen, unerkannt von Bord zu kommen.«

»Wie könnte das aussehen?«

»Wenn das Schiff festgemacht hat, wird sofort der Abfall und Müll von Bord gebracht. Früher wurde er ins Meer gekippt. Heute wird er getrennt im Hafen entsorgt. Bei geschickter Planung kann Grenz dabei unentdeckt mit an Land gebracht worden sein.«

»Im Müll? Ich weiß nicht.«

»Er muss ja nicht zwischen den Küchenabfällen gesteckt haben. Es fallen auch große Paletten an Papier und Kartons an.«

»Gibt es noch eine andere Möglichkeit?«

»Wenn die Schiffshändler an Bord kommen. Die Wuhling ist dann groß und die Wachen abgelenkt.«

»Also eine vage Möglichkeit gibt es. Wer könnte ihn geschützt haben? Und warum? Und warum lässt der KaFü sich auf so einen Scheiß ein? Was soll das Ganze? Das passt nicht zu dem Typen aus der Akte.«

»Weiß der Henker. Er könnte auch tot sein, erschlagen, ermordet, beiseitegeschafft und an Land verbuddelt.«

»Das ist wahr. Ein potenzieller Täter hätte sich damit aber viel Mühe gemacht. Warum?«

»Weil er sich auskannte. Er wusste, nur so hatte er eine Chance, dass seine Tat unentdeckt bleibt.«

»Ich muss darüber nachdenken. Aber nehmen wir mal an, er ist lebend an Land gekommen und will unerkannt bleiben. Was dann?«

»Braucht er wieder Unterstützung.«

»Und wofür?«

»Er braucht Essen und Trinken. Und ein Versteck sowie neue Papiere. Und er braucht eine Lebensperspektive.«

»Eine bessere als bei der Marine.« Jung blickte Schumann an, als hätte er gerade etwas erkannt und schon wieder vergessen.

»Wenn wir die Möglichkeit in Betracht ziehen, dass er lebt, müssten wir seine Helfer ausfindig machen, um an ihn heranzukommen, richtig?«

»Klingt logisch, ja.«

»Also, wenn wir wieder an Bord sind, tun wir mal so als ob und suchen nach potenziellen Helfern, okay, Schumi?«

»Okay. Aber jetzt sind wir hier. Suchen wir doch erst mal hier nach solchen«, spottete der andere.

»Woran denkst du da?«, fragte Jung völlig ungerührt.

»An den Tipp des Kommandeurs: die Bar. Heute Abend gehen wir dahin, in Zivil natürlich, und sehen uns mal um. Vielleicht ergibt sich was.«

»Du willst doch nur nach Frauen gucken, stimmt's?«

»Klar, wenn sonst nix läuft, dann wenigstens das.«

Jung lachte Schumann offen an. »Tolle Idee. Machen

wir. Ich gebe Jungmann einen Korb. Wegen übergeordneter Verpflichtungen, du verstehst, Oberstaber. Wir können ihn nicht dabei haben. Er ist zu bekannt.«

»Zu Befehl, Herr Oberleutnant.«

DIE SOMALI

Schumann fuhr sie in der Dunkelheit der angebrochenen Nacht zum Sheraton Dschibuti. Es war sternenklar. Die Atmosphäre war von einer einlullenden, feuchten Wärme, die nicht belastet und ein wohliges Gefühl auf der Haut hinterlässt. Wenn sie nicht diesen unnachahmlichen Geruch in der Nase gehabt hätten, diese nie enden wollende Mixtur aus verkokelndem Müll und menschlicher Gülle, und wenn sie die Augen vor dem unübersehbaren afrikanischen Elend hätten verschließen können, sie hätten sich leicht der Illusion hingeben können, im Paradies zu sein.

Schumi stellte den Wagen auf dem Parkstreifen vor dem Hotel ab und sie gingen den Weg zur Hotellobby hoch. Vor den letzten paar Stufen zum Eingang leuchtete links neonblau ›Gepard‹ über dem Einlass zur Bar. Schumann wendete sich nach links und stieß die Tür auf. Ein Pulk hübscher Afrikanerinnen fesselte ihre Aufmerksamkeit. Sie schwatzten laut miteinander, hatten aber ihre Augen auf die Tür geheftet. Sofort lösten sich einige aus der Gruppe und kamen auf sie zu. Jung zählte drei oder vier, bevor er es aufgab. Sie fassten Schumann leicht an der Hand, hakten sich bei ihm ein und zogen ihn spielerisch ins Halbdunkel des Barraumes. Es schien Jung, als überließe er sich ihnen gern. Er rief Jung freundlich grinsend zu: »Bis später. Ich bring dich hier raus, Tomi, versprochen.«

Jung blieb unbeweibt zurück. Er strahlte wohl viel Kälte und Distanz aus. Er kämpfte sich durch das dichte

Gewühl bis an den Tresen und ließ sich auf einem Barhocker nieder. Kaum dass er saß, stellte sich eine zierliche, afrikanische Schönheit neben ihn.

»Du deutsch, nicht? Ich Somali. Mein Name ist Naomi. Dein Name ist?«

Jung schaute sie staunend an. Nicht nur, weil er als Deutscher erkannt und in seiner Sprache angesprochen wurde. Sie sah ihn aus großen, braunen Augen aufmerksam an. Ihr Blick war stetig und völlig unabgelenkt. Ihre Haltung war rückhaltlos offen, ohne jede Scheu und Verkrampfung. Sie strahlte Lebendigkeit und Energie aus. Dieser Eindruck entstand nicht durch Muskeln oder Sportlichkeit, sondern durch Vitalität und sprühende Wachheit. Sie war ungeschminkt, ohne Lippenstift und Wimperntusche. Das hatte sie nicht nötig. Ihre blassrosa Lippen waren schön geschwungen und voll, aber nicht üppig, und offenbarten ein blendend weißes Gebiss.

Jung hatte sich wieder gefangen. »Ich heiße Tomi.«

»Oh yeah, so beautiful. Tomi, Tomi!«, rief sie und schlug die Hände vor den Mund. Ihre Stimme klang, als hätte er ihr das Geschenk ihres Lebens gemacht.

»Do you want a drink?«, befreite Jung sich aus seiner Verlegenheit.

»Oh yea, danke viel, I take it. What do you like for?«

»I have a gin tonic«, sagte Jung.

»Same to me, oh thank you so much.« Sie winkte dem Barkeeper und bestellte in einer Sprache, die er nicht verstand. Der Keeper beeilte sich mit den Drinks, und als er sie vor ihnen auf den Tresen stellte, zwinkerte er Jung zu.

Sie stellte sich, einen Schritt von Jung entfernt, in Positur und hob das Glas in ihrer rechten Hand graziös bis in Schulterhöhe. »Do you like me?«

Sie trug einen eng anliegenden, dunkelroten Rock und eine ärmellose, schlichte weiße Baumwollbluse. Die oberen Knöpfe waren geöffnet und gestatteten einen ungehinderten Blick auf ihren Busen. Sie trug keinen BH. Die nur wenig kaschierte Aussicht auf ihre vollendet geformten Brüste war beabsichtigt. Ihre Haltung und der Stolz in ihren Augen verrieten sie. Sie stand da in voller Unschuld und gänzlich ungekünstelt, so als wolle sie einfach nur sagen: Hier bin ich, ich gehöre dir, wenn du willst. Ich mache, was du willst, und du sorgst für mich.

»Really fantastic, really«, ließ sich Jung heiser vernehmen. Er prostete ihr zu und nahm genüsslich einen langen Schluck. Dies hatte er auch nötig. Als das kühle Getränk seinen Gaumen passierte, merkte er wie es kurz danach seinen Magen beruhigte

Er hatte das Glas vom Mund abgesetzt und noch in der Hand, als sie sich auf Zehenspitzen zu ihm neigte, ihre linke Hand seinen Nacken umschloss, sie ihn sanft an sich zog und ihre weichen Lippen sachte auf seinen Mund legte. Es durchfuhr ihn wie ein Blitz. Dann spürte er ihre warmen Lippen an seinem linken Ohrläppchen.

»Thank you, you are so good to me. Thank you so much«, hauchte sie ihm ins Ohr. Sie spielte auf einem Instrument, das bis jetzt noch nie zum Klingen gebracht worden war. Zumindest konnte er sich nicht daran erinnern. Der Klang ließ ihn erzittern. Er konnte kaum noch an sich halten. Nur die Worte des SMO zuckten durch sein Gehirn: zu 80 Prozent AIDS-durchseucht.

Er fasste sie sanft an ihrem nackten Oberarm, um sie vorsichtig von sich zu schieben. Als er ihre warme, glatte Haut an seinen Fingerkuppen spürte, raste eine erneute Schockwelle durch seinen Körper und riss ihn buchstäblich vom Hocker. Er kippte auf die linke Seite und versuchte, sich mit seiner rechten Hand am Tresen festzuhalten. Der Versuch misslang. Sein Glas und er landeten kläglich auf dem Boden.

»Oh my dear, did I hurt you? Oh my God, so sorry for that.« Sie beugte sich über ihn, um ihm auf die Beine zu helfen. Jung sah direkt in den Ausschnitt ihrer Bluse, auf ihre prächtigen Brüste. Ihm wurde schwindlig. Er wusste nicht recht, wovon. Er wollte nur an die frische Luft, rappelte sich auf, wies ihre Hilfe von sich und flüchtete durch den Eingang ins Freie. Hier verkroch er sich hinter der nächsten Oleanderhecke und suchte vergeblich die Gegend nach dem Auto ab. Er war nicht bei der Sache. Er war kopflos, völlig orientierungslos.

Als Nächstes hörte er den Barkeeper nach ihm rufen. Er musste die Rechnung noch bezahlen, fiel ihm jetzt ein. Das brachte ihn halbwegs zur Besinnung. Er kam hinter der Hecke hervor und lenkte seine Schritte auf den Barkeeper zu, der vor dem Einlass im Licht der über der Tür angebrachten Leuchtschrift verharrte.

»You miss your bill, mister.«

»What is it?« Jung kramte ein paar größere Scheine aus seiner Hosentasche und reichte sie dem Mann hinüber. Der zählte sie geschickt ab.

»You want a change?«

»No, no, keep it.«

»Do you want this girl? She is the best for ficky fucky, really. Believe me. I know it.«

Jung schwieg und starrte ihm in die Augen, die im Licht der blauen Leuchtschrift unnatürlich glänzten.

»Should I get her outside? She is yours, if you want so, for sure.«

Als Jung noch immer nicht reagierte, schimpfte der Mann. »What's going on with you, mister? Are you gay?«

Jung hatte genug von der Konversation und wandte sich dem Aufgang zur Hotellobby zu. Er durchquerte diese geistesabwesend und ließ sich in der angrenzenden Bar nieder. Er war der einzige Gast. Er bestellte sich einen doppelten Bourbon ohne alles und stürzte ihn in wenigen Sekunden hinunter. Sein Schlund brannte. Der Sprit wärmte seinen Magen und machte ihn auf der Stelle ziemlich betrunken. Er war fertig. Sein Kopf wurde schwer. Was war eigentlich mit seinem Sexleben los, fuhr es ihm durch den Kopf. Hatte er überhaupt jemals eines gehabt, das diesen Namen verdiente? Wann hatte er zum letzten Mal Sex gehabt? Was war nur los mit ihm?

Eine Müdigkeit überfiel ihn, wie er sie lange nicht mehr verspürt hatte und die alle Widerstände gegen schlechtes Benehmen beiseiteschob. Er legte die Arme auf den Tresen, bettete seinen Kopf darauf und schlief ein.

Er wachte erst auf, als Schumann ihn heftig an der Schulter schüttelte. »Hey, Tomi, wach auf. Was ist los? Ich hab lange gebraucht, um dich zu finden. Wollten wir nicht einen draufmachen und etwas in Erfahrung bringen?«

»Hab ich gemacht, Schumi, hab ich gemacht. Und wie. Deswegen bin ich ja hier versackt.«

»War es so heftig? Erzähl.«

»Ein andermal, nicht heute. Ich bin müde. Lass uns auf den Bock gehen, bitte.«

»Wie der Herr Oberleutnant befehlen. Es ist zwei Uhr nachts. Spät für Papis. Komm, gehen wir.«

Jung hinterließ einen Geldschein auf dem Tresen. Schumi war gut drauf und nach dem Stand der Dinge, die Jung zu registrieren in der Lage war, nüchtern genug, sie sicher zu ihrem Schiff zu fahren.

DIE SIGHTSEEINGTOUR

Jung wachte auf und sah erschrocken auf die Uhr. Dann legte er sich noch einmal erleichtert zurück. Er hatte noch Zeit. Ihn quälte kein dicker Kopf, dennoch hatte er wenig Lust, sich zu erheben. Die Erinnerungen an den gestrigen Abend waren wie ein exotisches Tier: faszinierend und beängstigend zugleich. Er kämpfte sich durch die Morgenroutine. Danach stieg er ein Deck höher auf die Brücke. Er wollte an die frische Luft und trat ins Freie. Es schien ihm, als nähme die Hitze von Minute zu Minute zu. Nicht mal ein einziges, kleines Wölkchen hinderte die schon hoch am Himmel stehende Sonne, ihre brutalen Strahlen auf die Erde herabzuschleudern. Obwohl er unter dem Sonnensegel stand, das über den Brückennocken aufgespannt war, musste er die Augen mit der Handfläche schützen. Die Sicht auf den Golf war atemberaubend. Hier, ein Deck über seiner Kammer, konnte er ungehindert über den Hafen und auf die mit Bojen markierte Reede sehen. Draußen lagen ein paar alte Frachter vor Anker, dazwischen dümpelten arabische Daus auf der leicht bewegten, smaragdgrünen See. Eine größere Dau zog Jungs Aufmerksamkeit auf sich. Es schien, als sei sie aus Tausendundeiner Nacht in die Gegenwart gesegelt. Auf dem Heck thronte ein Deckshaus mit umlaufender, hölzerner Veranda. Die Säulen und Handläufe leuchteten in sattem Blau und Weiß. Eine hellblaue Holzleiter führte aufs Dach zu einer Terrasse. Der Boden war mit Teppichen ausgelegt und die niedrige, blendend weiße Balustrade erschien ihm wie ein einladender Wink. Das Bild strahlte Frieden und Menschenfreundlichkeit aus. Jung hätte sich am liebsten auf eine bequeme Liege gebettet und sich der Szenerie gänzlich hingegeben. Seine Fantasie führte ihn auf das Deckshaus der Dau und in üppige Kissen, in denen er mehr liegend als sitzend die wohltuende, märchenhafte Gastfreundschaft des Orients genoss.

Er verscheuchte seine Fantasien und stieg den Niedergang hinab auf das Hauptdeck. In der Offiziermesse traf er Jungmann beim Frühstück. Er machte den Eindruck, als seien die zwischen gestern und heute liegenden Stunden an ihm spurlos vorübergegangen, so, als hätte es sie nie gegeben.

»Guten Morgen. Haben Sie einen schönen Abend verbracht?«, begrüßte er Jung. »Setzen Sie sich und frühstücken Sie mit mir.«

»Guten Morgen. Danke, ich möchte lieber nichts. Sind Sie öfter im Gepard?«, antwortete Jung kurz angebunden.

»Sehr selten. Ich kann mir das nicht leisten.«

»Wie meinen Sie das?«

»So viel Geld verdiene ich nun auch wieder nicht, um mir da jeden Abend Drinks zu genehmigen.«

»Ach ja, ist es so teuer? Ich habe das gar nicht mitbekommen.«

»Dschibuti ist nach Japan das Land mit den höchsten Lebenshaltungskosten. Erstaunlich, aber wahr. Und Sie haben nichts gemerkt? Was hat Sie denn so abgelenkt, wenn ich fragen darf?«

Er durfte nicht, und Jung lenkte die Unterhaltung in eine belanglose Plauderei über den Wechselkurs zwischen Dschibuti-Franc, französische Franc, Euro und

DM – bis Schumann an die Tür klopfte und sich in die Messe meldete. Jung fragte sich allmählich, was ihn an der ewigen Rein- und Raus-Melderei eigentlich so sehr störte. Er ging dem Gedanken aber nicht weiter nach und widmete sich der Straßenkarte von Dschibuti, die am Ende der langen Back offen ausgebreitet dalag.

»Wir fahren jetzt durch den Hafen, dann am Französichen Viertel vorbei die Avenue General Callieni entlang«, erklärte Jungmann ihnen. »Da liegen die Botschaften, ich weiß gar nicht von wie vielen Ländern, aber viele können es nicht sein. Deutschland lässt sich zum Beispiel durch Frankreich vertreten. Die Amerikaner haben die größte und natürlich die am besten bewachte.«

»Lassen Sie uns gehen. Ich bin schon gespannt. Gestern Abend haben wir in der Dunkelheit nicht viel sehen können, oder, Schumi?«

»Was ich gesehen habe, hat mir gefallen«, erwiderte Schumann zweideutig.

Sie brachen auf. Aus der Bordsprechanlage tönte es: »Der Kommandeur geht von Bord«. Auf der Stelling grüßten sie – auch Jung – vorschriftsmäßig die Bundesdienstflagge am Heck des Tenders. Die Wache war an Oberdeck angetreten und pfiff für die von Bord gehenden Offiziere Seite. Jung sah sich die Reaktion Jungmanns auf den Pfiff an und machte es ihm einfach nach. Es gelang ihm nur leidlich, nicht etwa, weil daran irgendetwas kompliziert gewesen wäre, sondern weil sich etwas in ihm dagegen sträubte und er es nur mühsam überwinden konnte.

»Bravo zulu*, Tomi«, murmelte ihm Schumann ins Ohr, als sie in den wartenden Toyota stiegen. Jung

* Gut gemacht!

mochte ihn nicht fragen, was das nun wieder zu bedeuten habe. Er wollte sich vor dem unsympathischen Fahrer, den er schon von der letzten Tour her kannte, nicht die geringste Blöße geben. Etwas Schlimmes konnte Schumann nicht gemeint haben, denn er grinste ihn zufrieden an. Jung hatte gelernt, die feinsten Nuancen aus Schumis ewig freundlichem Grinsen herauszulesen.

»Den Containerhafen da drüben haben die Scheichs der VAE* gebaut«, begann Jungmann. »Über ihn wird der gesamte Handel über See nach Äthiopien abgewickelt und natürlich auch kontrolliert. Sonst hätten sie dafür kein Geld ausgegeben. Er wird extra beschützt und bewacht. Übrigens ist er so sauber wie sonst nichts in Dschibuti, unser Schiff natürlich ausgenommen.« Er lachte gekünstelt. »Nur ausgewählte und überprüfte Leute dürfen da arbeiten. Nicht solche wie die hier vor der Hafeneinfahrt. Rechts vor der Schranke, der fensterlose, marode Steinbau: Das ist das Hafenbüro. Die Männer in Hemd und Hose und mit Stift und Schreibblock in der Hand sind die Agenten. Sie entscheiden über die Vergabe der Arbeit im Hafen. Die vielen abgerissenen Gestalten warten auf Gelegenheitsjobs. Kamele tränken gehört übrigens auch dazu. Sie löschen die Schiffe, oft sind das nur noch Seelenverkäufer. Vieles wird manuell in schweren Säcken, Kisten und Paletten von Bord geschleppt. Getreide wird gelegentlich noch mit der Schaufel verladen. Das muss man sich mal im Hamburger Hafen vorstellen. Undenkbar. Täuschen Sie sich nicht in den Klappergerüsten. Sie leisten Unmögliches. Jetzt ist es vergleichsweise kühl. Im Sommer ist es unmenschlich. Sehen Sie die mit dem

* Vereinigte Arabische Emirate

Holzbein dahinten? Die werden Sie noch öfter sehen. Sind Opfer der Bürgerkriege. Oder besser, der Landminen. Die Bude mit den blauen Plastikstühlen ist eine Art Café. Sie warten da und trinken, wenn sie Geld haben, eine Cola, Wasser oder einen Kaffee noir. Ich würde von dem Zeugs nix anrühren. Da drüben, die Frau in dem blauen Burnus vor der grünen Holzauslage, sie verkauft Kat. Kat ist hier die Hausdroge, und ohne diese läuft gar nichts. Die beiden Händchen haltenden Männer da rechts sind nicht etwa ein schwules Paar, sondern nur im Rausch vereint. Sieht man auffällig oft hier. Wenn der Nachschub an Kat mal ausbleibt, gibt's gleich Mord und Totschlag. Der Jutesack auf ihrem Tisch ist nicht etwa voll davon. Dann wären sie reich. Er dient nur als Schutz vor der Sonne. Die Katblätter trocknen leicht aus.«

Sie passierten zur Linken die kurze, schmuddelige Gasse, an dessen Ende Jung bei ihrer Ankunft die Moschee gesehen hatte. Bei Tageslicht wirkte der Bau imponierend. Das Minarett war ein dreigeschossiger Turmbau, dessen Spitze ihn an einen Leuchtturm erinnerte. Die Galeriegeschosse wuchsen als Verdickungen aus einer schlanken Säule heraus. Das hätte leicht wacklig und plump geraten können, hier aber vermittelte die Architektur den Eindruck eleganter, großer, innerer Kraft. Davor säumten niedrige Häuser die unbefestigte Fahrbahn. Von den Wänden blätterte der Putz. Glasscheiben gab es nicht. Die Fensterhöhlen blieben leer, waren mit Pappe und Plastikbahnen verhängt oder mit Holzbrettern vernagelt. Überall lag Plastikmüll. Es wimmelte von barfüßigen Einheimischen in abgerissenen Hemden und Wickelröcken. Sie standen an der

Mauer der Moschee und redeten aufeinander ein oder hockten apathisch im Schatten der heruntergekommenen Häuser.

»Der Islam gibt hier den Ton an.« Jungmann hatte Jungs Blick verfolgt. »Moslems gehen jeden Tag mehrmals beten. Vor dem Betreten des Gebetshauses müssen sie sich die Füße waschen. Hier dürfen sie das. Links geht es ab in das Franzosen-Viertel. Sie leben unter sich. Es gibt Supermärkte wie in Europa. Aber teuer wie auf Sylt. Alles muss eingeflogen werden. Hier links, auf den leeren Plätzen, die wie Müllkippen aussehen, leben viele mit ihren Familien unter Plastiksäcken und Pappdeckeln. Die Frau dahinten kocht am offenen Feuer. Alle Frauen verfeuern, was brennt oder noch irgendwie kokelt und Wärme abgibt. Deswegen dieser beißende Geruch. Wird Ihnen sicher schon aufgefallen sein. Links, neben den Bahngleisen, sehen Sie noch eine sehr beliebte Unterkunft.«

Jung sah einen Mann unter einem abgestellten Lkw liegen. Er schlief unter einer ausgebreiteten Zeitung.

»Ich bin jetzt schon ziemlich lange hier«, fuhr Jungmann fort, »aber ich wundere mich immer noch über die Frauen. Die Männer sehen in der Regel schmuddelig und abgerissen aus, Frauen meistens nicht. Die da drüben beispielsweise, die mit dem Blecheimer. Sehen Sie ihre Tücher? Die sind sauber, und wie die Farben leuchten. Wie machen die das in diesem Dreck? Wenn sie genau hinsehen, ist die Mehrzahl überhaupt erstaunlich ansehnlich. Die Hygiene ist dürftig, wir werden das gleich noch besichtigen können. Toilettenartikel können sie sich nicht leisten. Von Kosmetik ganz zu schweigen. Medizinische Versorgung fällt nahezu flach. Sie haben nie einen Zahnarzt gesehen. Stellen Sie sich mal vor, wie unsere Frauen in Europa aussehen würden, wenn sie keinen Zahnarzt hätten? Welche Vorstellung. Unglaublich. Überall Gebissruinen.«

»Hier sterben Säuglinge, Kinder, Frauen und Männer an Unterernährung, Seuchen und Landminen«, bemerkte Schumann lakonisch.

»Man darf das nicht gegeneinander aufrechnen. Es gehört zusammen«, beschied Jung.

Sie fuhren jetzt auf der Zufahrtsstraße zum Hafen geradeaus in Richtung Stadtzentrum.

»Hier links, in den herrschaftlichen Häusern, residieren die Botschafter. Da drüben baut Indonesien gerade seine neue Botschaft. Großzügig, nicht wahr?«

»Aufwendig«, warf Schumann ein.

»Die Menschen vor dem Gatter dort, die wollen in das einzige Krankenhaus. Es liegt ziemlich exklusiv. Noch ist es nicht geöffnet. Die Franzosen haben ein eigenes Krankenhaus. Sehr gut ausgestattet. Wir dürfen es bei Bedarf in Anspruch nehmen. Hinten, nach der Rechtskurve, liegt die amerikanische Botschaft.«

Sie fuhren an einer Reihe von Anwesen mit üppig bepflanzten Vorgärten und breiten Gattern vor gepflegten Auffahrten vorbei, bis sie an die Kurve kamen und der Fahrer die Geschwindigkeit bis aufs Schritttempo drosselte.

»Die Amis haben vor ihrer Botschaft Straßenschikanen installiert, aus Sicherheitsgründen. Die Einfahrt ist durch Nadelbalken gesichert. Sie können bei Bedarf aus dem Boden gefahren werden. Erinnern Sie sich an unseren ehemaligen Verteidigungsminister? Bei seinem Antrittsbesuch in Washington ist er in eine dieser Fallen gefahren. Witzig, nicht?« Jungmann lachte als Einziger. »Aus Sicherheitsgründen bleibt auch das Nachbargrundstück rechts daneben frei. Sie haben es wohl gekauft.«

»Oder keiner will ihr Nachbar sein«, bemerkte Jung. Er sah neben dem Botschaftsgebäude, jenseits eines öden und kahlen Küstenstrichs, in naher Ferne das Meer glitzern. Der Gegensatz zwischen der Ödnis und dem üppig mit Palmen, Oleander und Eukalyptusbäumen bewachsenen Botschaftsgelände drängte sich ihm provozierend auf. Über dem Anwesen wehte ein überdimensionales Sternenbanner an einem riesigen Flaggenmast. Der Anblick schickte eine makabre Botschaft in die Welt.

»Etwas weiter gibt es ein altes französisches Kasino. Die Tennisplätze davor gehören dazu. Ziemlich heruntergekommen. Bei der brutalen Hitze hier nicht verwunderlich. Dahinter liegt ein Strandcafé. Nichts Tolles. Aber man kann da auf Plastikstühlen im Grünen sitzen und auf das Meer schauen. Die Drinks sind gut und man bekommt keinen Durchfall. Auch das Essen ist annehmbar, aber woanders gibt es das weitaus besser. Dahinten sehen Sie das Sheraton. Sie kennen das schon. Wir fahren jetzt daran vorbei, nach rechts in Richtung Boulevard de la République. Hier gibt es ein nettes kleines Hotel, das Alia. Davor sitzt eine spezielle Freundin von mir. Sie flechtet Korbwaren. Großartig. Tolle Farben. Afrikanisches Design. Jedes Mal, wenn ich vorbeikomme, kaufe ich ihr etwas ab. Sie kennt mich schon und freut sich. Früher kam immer ein Kerl von irgendwoher, wie aus dem Nichts, und drängte sich als Vermittler auf, weil er ein paar Brocken Englisch spricht. Anfangs hat sie ihn geduldet. Die Knete hat sie ihm sofort aus der Hand gerissen und geschimpft wie ein Rohrspatz. Sie verwahrt ihr Geld in einer durchsichtigen Plastiktüte unter ihren Tüchern. Vielleicht ist er ja auch ihr Beschützer. Schade, heute ist sie nicht da. Haben wir einen islamischen Feiertag, Bootsmann?«, fragte Jungmann den Fahrer. Er bekam keine Antwort.

Sie bogen über einen Kreisel nach links auf eine breitere Straße ab. Der Autoverkehr nahm jetzt zu, vor allem Pick-ups, Busse und klapprige Lastwagen. Zur linken Hand lag ein langer und breiter Sandstrand. Der Meeresboden davor war trocken gefallen und in den zurückgebliebenen Wasserlachen wuschen sich Männer, Frauen und Kinder. Am Strand hockten Familien zusammen in der Sonne und trockneten sich. Kinder spielten mit leeren Wasserflaschen Fußball.

»Das ist das öffentliche Stadtbad«, fuhr Jungmann fort. »Muss heute tatsächlich ein islamischer Feiertag sein. Sonst sind hier nicht so viele zu sehen. Das nächste Hochwasser schwemmt die Überreste ins Meer. Übrigens auch die Abwässer der Stadt. Sie werden Sie gleich riechen. Ein Stück weiter unterquert ein offener Abwasserkanal die Straße. Rechts kommt jetzt die Kaserne der Franzosen. Ihre Klinik ist hier untergebracht. Die Fremdenlegionäre haben ihre eigene Kaserne. Wir kommen da später noch hin.«

Auf der linken Seite gab es keinen Strand mehr – er hatte einer städtischen Bebauung weichen müssen.

»Seit die Franzosen Dschibuti in die Unabhängigkeit entlassen haben, verfällt die Stadt. Außer am Präsidentenpalast wird an der Infrastruktur nichts mehr verbessert. Die Franzosen haben noch vor Kurzem die Ausfallstraße nach Süden und auf die andere Seite des Golfes ausgebaut. Es gab auch vor einigen Jahren eine

Überschwemmungskatastrophe. Ich kann mir nicht vorstellen, was die noch kaputter gemacht haben könnte. Mit Sicherheit hat sie aber nicht dazu beigetragen, die Anstrengungen seitens der Administration zu erhöhen. Das hier links ist das Gefängnis. Die Frauen davor warten auf Einlass, um ihren einsitzenden Angehörigen Essen zu bringen. Die verhungern sonst. Vor allem verdursten sie. Welche Temperaturen müssen im Sommer da drin herrschen? Eine Klimaanlage? Lachhafte Vorstellung. Riechen Sie was? Ich meine nicht die Kloake. Der Gestank kommt von der tierverarbeitenden Fabrik da vorn. Was sie verarbeiten, weiß ich nicht. Will ich auch gar nicht wissen.«

»Wahrscheinlich Kamele«, warf Schumann ein. Sie bogen rechts ab über eine brutale Betonschwelle in eine öde Betonstraße.

»Wir fahren jetzt durch eine Gegend, in der hauptsächlich Handwerksbetriebe angesiedelt sind. Sieht zwar nicht so aus, aber die machen aus Müll noch Nützliches. Der Schrottplatz da vorn ist eine Autowerkstatt. Erkennt man an dem Haufen verrosteter Auspuffanlagen.«

Am Ende der Straße bogen sie links ab auf eine befahrene Hauptstraße.

»Hier sind wir auf der Straße zum Flughafen. Da links, das, was so aussieht wie eine Moschee, ist eine Koranschule. Sehr gepflegt und sauber, nicht wahr? Und sehen Sie mal die Kinder im Hof. Auffällig gut gekleidet. Rechts dahinter befindet sich die Kaserne der Fremdenlegionäre. Davor, auf der anderen Straßenseite, unter den aufgeplusterten Sonnenschirmen, hat sich eine Art Flohmarkt angesiedelt. Unter der Woche kann man da kaufen, was man im Alltag so braucht: von Früchten über Riemensandalen bis zum Luftballon für die Geburtstagsparty. Hübsches Kunsthandwerk gibt es auch, nicht nur geschnitzte Elefanten aus falschem Ebenholz. Lohnt sich wirklich, da mal vorbeizuschauen. Ein originelles Mitbringsel für Zuhause braucht doch jeder. Und hier rechts, nach dem Kreisel, liegt das beste Restaurant der Stadt: Le Jardin. Natürlich französisch. Nicht nur die Küche, auch der Besitzer. Hübscher Garten mit Pool für den Aperitif; der Speisesaal ist im ersten Stock, mit Bar und Rauchsalon. Schick, sehr schick. Vor allem die Dame des Hauses. Hat aber seinen Preis, selbst für dschibutische Verhältnisse. Wenn Sie wollen, essen wir da mal, sobald Sie mit Ihrer Arbeit fertig sind. Was halten Sie davon?« Er drehte seinen Kopf nach hinten und sah über seine Rückenlehne Jung und Schumann mit hochgezogenen Augenbrauen an. Jung grinste breit.

»Dann müssen wir aber auch erfolgreich gewesen sein. Was meinst du, Schumi?«

»Kriegen wir eine Prämie, die wir auf den Kopf hauen können?«, frotzelte Schumann.

»Daran glaubst du doch wohl selbst nicht?«, grinste Jung säuerlich. »Seit wann zahlt der Bund für besondere Leistungen? Doch wohl eher für das Gegenteil, oder?«

Die Bebauung wurde jetzt spärlicher und bald hatten sie die Stadt verlassen. Rechts und links der Straße breitete sich eine öde Sand- und Geröllwüste aus. Plastikmüll lag herum. Sie passierten am Straßenrand ein Kamelskelett und mehrere Autowracks.

»In der Wüste leben noch wilde Kamele. Wovon ist mir ein Rätsel. Außer ein paar Dornbüschen, Tamarisken und Schirmakazien gibt's hier draußen weiter nichts. Und Wasser? Weiß der Himmel, wo sie das herkriegen.

Weiter im Landesinneren liegen Seen. Der nächste, Lac Assal, liegt rund 50 Kilometer weit weg in einer tiefen Senke und ist ein Salzsee, wie schon der Name sagt. Das Wasser ist ungenießbar. Im Sommer brüllende Hitze. Eine Salzlake, schlimmer als das Tote Meer. Wir fahren noch ein paar 100 Meter und dann geht's links ab zum Golfplatz. Die Franzosen haben ihn angelegt. Natürlich kein Naturrasen. Die Greens und Abschläge sind aus Kunstrasen, die Bahnen liegen mitten in der Wüste. Aber er ist eingezäunt und wird sauber gehalten. Ein Klubhaus haben sie auch. Nicht zu vergleichen mit denen, die wir aus Europa kennen. Dafür ist ihr Snobismus umso größer.«

»Meinen Sie, ich könnte da meinen Farbigen finden? War nur so eine verrückte Idee. Meine Frau wünscht sich schon immer einen schwarzen Hausboy als Mädchen für alles. Ich habe im Spaß versprochen, ihr einen aus Afrika mitzubringen.«

»Diese Art von Humor würde ich lieber stecken lassen. Er könnte Sie in Schwierigkeiten bringen.«

»Ich fand ihn schon zu Hause nicht so gut, seit ich hier bin, noch weniger.«

»Ich habe auf dem Schiff gehört, dass der größte Teil Dschibutis No-go-Area für uns ist. Stimmt das, Herr Kap'tän?«, schaltete sich Schumann ein.

»Stimmt. Wenn Sie der Golfplatz nicht interessiert, fahren wir zurück in die Stadt. Auf der Rückfahrt kommen wir daran vorbei.«

»Ein Golfplatz in der Wüste ist schon kurios, aber doch nicht typisch?«

»Für Dschibuti schon. Er ist ein Zeichen für die Macht und die Lebendigkeit der ehemaligen Kolonialherren.

Man könnte fast sagen, ohne die Franzosen geht hier nichts. Gingen die mal nach Hause, ich würde darauf wetten, dass das verwaiste Staatsgebilde zusammenfällt wie ein Kartenhaus.«

»In diesem Fall sind sie auch mitverantwortlich für das, was hier abläuft«, meinte Jung nachdenklich.

»Ja, das kann man so sehen. Zur Ehrenrettung unserer französischen Freunde muss ich allerdings sagen, dass der regierende Klan sich kolonialistischer gebärdet als die ehemaligen Kolonialherren. Sie raffen zusammen, was sie kriegen können. Damit sind sie ausgelastet.«

Der Fahrer hatte auf einen Wink Jungmanns gewendet. Er hatte bis jetzt noch kein Wort gesprochen, fiel Jung auf. Sie fuhren durch ein paar armselige Seitenstraßen am Stadtrand zurück auf eine breite Fahrstraße mit starkem Lastwagenaufkommen.

»Dies ist die Ausfallstraße in den Süden und nach Addis Abeba. Was nicht über die Bahn nach Äthiopien kommt, wird über diese Straße dahin transportiert. Weiter draußen liegen die Flüchtlingscamps, übrigens auch absolute No-go-Areas, Oberstaber. Sie sind ein Agglomerat aus Abfall, Dreck und Elend. Eine Mega-Favela. Unvorstellbar. Aber eine Moschee gibt es dort auch. Wenn ich aus meinem Bullauge nach Süden schaue, sehe ich sie. Ihr hohes Minarett und die goldene Kuppel überragen alles. Dagegen ist die Arhiba ein Luxusviertel. Es sollen dort rund 20.000 Dschibutis leben, so genau weiß man das nicht. Es gibt keine Schulpflicht. Die Zahl der Analphabeten ist hoch. Sozialgesetzgebung? Das Wort ist hier unbekannt. Wir fahren jetzt auf den Markt zu. Auf dem Dach eines Hauses aus der Franzosen-Zeit gibt es eine Saftbar mit wirklich guten Fruchtsäften. Ich schlage vor, wir machen da eine Pause. Von dort oben überblicken wir den Markt und die Arhiba. Rechts fahren wir jetzt daran vorbei. Langsam, Bootsmann. Nicht mal die Fremdenlegion wagt sich da rein.«

Sie sahen in ähnlich schmuddelige Gassen wie vor dem Hafen. Wellbleche deckten die flachen Häuser. Die Fenster und Türen waren ausnahmslos vergittert oder mit Brettern vernagelt. Einige wenige Häuser krönte eine Dachterrasse. Als Schutz gegen die brutale Sonne diente ebenfalls Wellblech. Jung wunderte sich über die vielen Satellitenschüsseln. Auch klebten hier und da Klimakästen an den Wänden wie riesige Vogelnester. Elektrische Leitungen baumelten an Häuserwänden und Holzmasten. An der Erde lagen neben Plastikmüll und alten Autoreifen reihenweise Holzpaletten. Über hölzernen Tischen schwebten zerzauste, bunte Ballonsonnenschirme, die Jung schon am Hafen und vor der Kaserne der Fremdenlegionäre aufgefallen waren. Ein ausrangierter, rostiger Elektroherd versperrte am Eingang einer Gasse die Fahrspur. Davor standen zwei leere, grün gestrichene Holzläden ohne Kat-Verkäuferinnen. Ihr Tagewerk lag wohl schon hinter ihnen. Eingangs einer Gasse hatte ein Kiosk seine Wellblechtüren weit geöffnet. Sie leuchteten in sattem Blau. Coca-Cola, Sprite, Fanta und Wasser wurden angeboten. Wäscheleinen waren von Haus zu Haus gespannt. Farbige Tücher hingen daran zum Trocknen. Es wimmelte von Menschen in den unterschiedlichsten Aufzügen. Kinder spielten mit Plastikflaschen und winkten. Die Männer waren mit meistens kurzärmeligen, weiten Oberhemden mit fremdartigen Mustern über buchtigen Hosen gekleidet, deren Farben von ehemals weiß über ausgeblichen blau zu schmutzig grau-braun reichten. Viele trugen auch weiße Hemden über bunten Wickelröcken. Bunt bestickte Käppis oder zu Turbanen geflochtene Tücher schützten ihre Köpfe vor der Sonne. Nur wenige waren barhäuptig. Viele gingen am Stock. Sie blieben stehen und fixierten den vorbeirollenden Wagen mit den vier weißen Männern aufmerksam und ernst. Frauen saßen, in farbenprächtige Tücher gehüllt, auf grob zusammengehauenen Holzsesseln vor ihren Behausungen und riefen laut in die Runde. So laut, dass Jung es im Auto hören konnte. Und dazwischen fuhren auch noch alte Toyota-Pick-ups, Mopeds und grüne Taxen ohne Türen auf den von dünnen Rinnsalen geteilten Lehmgassen.

»Wir parken hinter dem Markt, Bootsmann.«

»Da stinkt es fürchterlich, Herr Kap'tän. Ich weiß einen besseren Platz für uns, wenn Sie gestatten.« Das waren heute die ersten Worte aus dem Mund des Fahrers und Jung erschrak fast. Er saß hinter ihm, abgeschirmt durch die hohe Rückenlehne des Sitzes, und hatte ihn völlig vergessen.

»Gut, machen Sie das. Sie wissen, wo wir hinwollen?«

»Jawohl, Herr Kap'tän. Kenn ich.«

Sie parkten im Schatten eines hohen Hauses im alten kolonialen Viertel der Stadt, vor einem Friseursalon. Die Gebäude waren noch unter französischer Regie errichtet worden. Jetzt waren sie heruntergekommen und schrien förmlich nach Farbe und Putz. Die alte Pracht war ihnen dennoch anzusehen. Die Erdgeschosse öffneten sich zur Straßenseite unter Schatten spendenden Kolonnaden. Die Stockwerke darüber umliefen überdachte Galerien mit kunstvoll gemauerten Fassaden. Die Ornamentik war orientalisch inspiriert, mit spitzen und runden Bögen auf leichten Pfeilern, feinen, fast zierlichen Steingittern und bunten Fensterläden dahinter. Wild angedübelte Satellitenschüsseln und Versorgungskabel störten allerdings die Imagination alter kolonialer Pracht.

Sie verließen ihr Fahrzeug und sahen sich um.

»Ich müsste mal dringend zum Friseur. Geht das hier ohne Gefahr für Leib und Leben, Herr Kap'tän?« Schumann schaute durch das vergitterte Glasfenster des Friseursalons auf schwere Sessel mit Nacken- und Fußstützen, die Jung an uralte Zahnarztstühle erinnerten.

»Kein Problem. Er und seine Familie kommen aus Pakistan. Ich kenne ihn flüchtig. Dennoch möchte ich Sie da drinnen nicht allein lassen. Bootsmann, Sie begleiten den Oberstaber.«

»Selbstverständlich, Herr Kap'tän. Wenn der Pakistani dem Oberstaber sein altes Rasiermesser an die Kehle setzt, werde ich neben ihm stehen, versprochen.«

Jung glaubte einen Anflug von Galgenhumor aus der Bemerkung des Bootsmanns herausgehört zu haben, den er ihm gar nicht zugetraut hatte. Sie trennten sich mit der gegenseitigen Versicherung, in der Saftbar über den Dächern Dschibutis wieder zusammenzutreffen.

Jungmann führte Jung die Straße hinunter in Richtung Markt. Sie betraten schließlich den dunklen, engen Treppenflur eines mehrstöckigen Hauses im Kolonialstil. Sie stiegen auf knarrenden Holzdielen, vorbei an einem Sportgym im ersten Stock, hinauf auf die Dachterrasse. Flechtmatten schützten die aufgereihten Stühle und Tische gegen die stechende Sonne. Jung erinnerte die Terrasseneinrichtung an eine italienische Eisdiele aus seiner Jugend. Er hatte immer gefröstelt, wenn er sie betrat, auch im Sommer. Aber hier wirkte die kalte Pracht einladend.

Sie waren die einzigen Gäste und setzten sich an einen Tisch am Geländer, der ihnen einen freien Blick über den Markt und die angrenzende Arhiba gestattete.

»Sehen Sie sich den Markt an. Und den Stadtteil, an dem wir eben vorbeigerollt sind. Und denken Sie an alles, was wir heute schon gesehen haben. Glauben Sie mir jetzt, dass die Suche nach Ihrem Mörder hier aussichtslos ist?«, begann Jungmann die Unterhaltung.

Eine junge Frau kam an ihren Tisch und begrüßte sie auf Französisch. Sie reichte ihnen eine Liste der Fruchtsäfte, die sie für ihre Gäste bereithielt. Sie bestellten sich Grapefruitsaft auf Eis für 5.000 Dschibuti-Franc, umgerechnet knapp zehn Euro pro Glas. Die junge Frau war schnell, brachte den Saft und kassierte sofort ab.

»Ich glaube Ihnen. Ich hatte keine Ahnung, was mich hier erwartet«, reagierte Jung nachdenklich auf Jungmanns Frage. »Im Übrigen hält er sich im Süden Somalias auf, wenn ich dem N 2 Glauben schenken darf.«

»Hat er ihn dort wieder aufgespürt? Ich erwähnte es damals im Flottenkommando schon einmal, Sie erinnern sich?«

»Ich erinnere mich, ja.«

Unter ihnen quirlte laut das Marktleben. Im Hintergrund stand eine Unzahl Lastwagen und Überlandbusse. Im Vordergrund reihten sich die Marktstände aneinander. Es waren ausschließlich Frauen, die hinter und vor ihren ausgebreiteten Obst- und Gemüseauslagen standen und sie laut und unablässig anpriesen. Die großen, bunten Tücher, die sie kunstvoll um ihre Körper und Köpfe geschlungen hatten, konnten ihr Gewicht und ihre runden Gesichter nicht verstecken. Schwere Gürteltaschen hingen an breiten Lederriemen unter ihren Bäuchen. Jung fragte sich, woher ihre Waren kamen und wie sie ihr Geld verdienten. Denn der Markt quoll vor Menschen über, aber niemand schien etwas zu kaufen.

»Wenn Sie mal nach links gucken, die enge Ladenstraße runter, an den vielen Hemden, Hosen und Schuhen vorbei, dann sehen Sie da ganz hinten, in der zweiten Reihe bei dem hohen Mast mit den Isolatoren und Kabeln, eine Seitengasse abzweigen. Das ist die einzige Gasse, die ich in der Arhiba bis heute betreten habe. Und auch nur in Begleitung von Franzosen«, bemerkte Jungmann.

»Was hatten Sie dort zu tun?«

»Ein paar Schritte die Gasse hinunter gibt es ein Restaurant, das die Franzosen gern besuchen. Sie hatten mich eingeladen. Es ist eigentlich mehr ein Schuppen mit Lehmboden und groben Bänken und Tischen. Es heißt ›Chez Jussuff‹ und gehört einem Jemeniten, der pfeifen kann wie ein Pirol. Er muss eine Autorität in der Arhiba sein. Die Franzosen stehen unter seinem Schutz. Er bewirtet sie gern. Bis jetzt ist ihnen noch nichts Schlimmes passiert. Es gibt keine Speisekarte. Alkoholische Getränke schenkt er auch nicht aus. Wir mussten unseren Tischwein selbst mitbringen. Er toleriert das, aber nur, wenn die Flaschen unter dem Tisch bleiben. Er serviert ausschließlich frischen Fisch aus dem Tagesfang. Der wird in der Salzkruste in Alufolie über dem offenen Feuer gebacken und kommt verkohlt auf den Tisch. Aber unter der schwarzen Kruste, köstlich, köstlich. Man verbrennt sich beim ersten Mal die Finger, denn Bestecke gibt es nicht. Es gibt Fladenbrot und ungeheuer scharfe Soßen. Bald hat man Übung darin, mit dem Brot den heißen Fisch aufzunehmen. Zusammen mit den höllischen Soßen wirklich einmalig.«

Sie beobachteten versonnen das laute Treiben unter sich und schwiegen. Sie schwiegen so lange, bis sie ihre Gläser geleert hatten.

»Wir könnten noch …«

»Verzeihung. Ich habe genug gesehen und möchte gern zurück aufs Schiff«, unterbrach Jung sein Gegenüber.

»Okay, kein …«

Unter ihnen hörten sie einen scharfen Pfiff. Jungmann beugte sich über das Geländer und entdeckte den Bootsmann, der ihnen zuwinkte.

»Wir sollten los. Die beiden sind fertig. Gehen wir.«

Sie trafen die zwei Bootsleute am Auto und brachen in Richtung Hafen auf. Sie passierten den Hauptbahnhof La Gare Dschibuti Ville. Hallenartige Gebäude friedeten den Vorplatz ein. Sie beherbergten in ihrer Mitte ein überquellendes, offenes Nomadenlager. Frauen kochten an offenen Feuern, Männer und Kinder schliefen auf dünnen Decken am Boden, einige saßen auf niedrigen Schemeln und schnitzten an Stöcken herum. Andere gestikulierten wild und riefen sich laute Worte zu. Klapprige Ziegen mit überdimensionalen Eutern standen vor schütteren Strohhäufchen, abgerissene, räudige Hunde lauerten mit gierigen Augen am Straßenrand. Dazwischen versuchten wenige, zum Skelett abgemagerte, filzige Katzen todesmutig, einen Bissen zu erhaschen und den Schlägen und Tritten der Menschen zu entkommen.

Beißender, säuerlicher Qualm lag über dem Platz und drang bis ins Auto.

Jung musste plötzlich an seine Frau denken. Wie würde es ihr, deren Nase so empfindlich war, und die sich selbst gern einen Duftjunkie nannte, hier wohl ergehen? Ihn packte plötzlich ein grauenerregendes, lähmendes Entsetzen. Er hatte panische Angst. Ein paar 100 Meter weiter, als das Minarett der Moschee am Hafeneingang in Sicht gekommen war, hatte er sich wieder gefangen. Er atmete durch und schloss für einen Moment die Augen.

TOMI UND SCHUMI

Der Nachmittag war frei und sie wollten ihn nutzen, um den versäumten Schlaf nachzuholen.

»Wir treffen uns nachher bei dir. Wir haben viel zu bereden«, verabschiedete sich Jung von Schumann nach dem Mittagessen.

Die drei Decks hinauf in seine Kammer bereiteten ihm Mühe. Aber der Blick aus dem Bullauge auf das inzwischen azurblaue Meer war immer noch fantastisch und stimmte ihn versöhnlich. Gleichzeitig konnte er die Bilder vom Vormittag nicht wegschieben. Der Widerspruch war so eindringlich und unauflöslich, dass er nicht zu verdrängen war, schon gar nicht für ihn.

Er schlief ein und wachte spät auf. Sogleich machte er sich auf den Weg zu Schumann. Dessen Kammer war eine auf wenige Quadratmeter komprimierte Dreizimmerwohnung. Ein findiger Handwerker hatte den beschränkten Raum bis in die kleinste Ecke genutzt. Alles Nötige hatte seinen Platz gefunden: Fernseher, Stereoanlage, Computer, Bücher-, Kassetten-, DVD-Sammlungen, Bilder, Souvenirs und Andenken aus zig Häfen, Seemannsknoten, Urkunden, Auszeichnungen, Familienfotos, Ansichtskarten, Kaffeeautomat, Schnellkocher, Tischkühlschrank, Keksdosen, Gläsersammlung, Toilettenartikel, Schuhwerk, Jacken und Parkas. Auf den Spinden stapelten sich Ausrüstungsgegenstände und Uniformteile. Dennoch blieb Platz für einen Tisch, eine schmale Bank und einen Stuhl. Unter der Decke, vor dem Bullauge, war eine Leine gespannt, an der ein olivgrünes Handtuch zum Trocknen aufgehängt war. Hätte es noch ein Klo und eine Dusche gegeben, man hätte in der Kammer überwintern können, ohne die Tür öffnen zu müssen.

Jung meldete sich übertrieben laut und vernehmlich.

»Du musst mich nicht verarschen, Tomi. Ich mag das nicht. Erzähl lieber mal, was dich gestern Abend so von den Beinen geholt hat, dass ich dich in die Koje tragen musste.«

»Davon später. Zuerst bist du dran. Du hast den Abend offensichtlich besser überstanden.«

»Klar, ich fand's toll. Ich hab etwas gefunden, was uns beide interessieren könnte.«

»Spann mich nicht auf die Folter, erzähl.«

»Nicht so schnell, Herr Oberleutnant, ganz ruhig und von vorn.«

»Also gut, von vorn: die Mädels. Wie waren sie?«

»Große Klasse, das muss ich ihnen lassen. Die haben es nicht leicht, sind aber freundlich und richtig witzig. Dazu sehen sie auch noch super-sexy aus.«

»Nicht leicht? Inwiefern?«

»Die haben mir Sachen erzählt, das glaubst du nicht.«

»Hast du ihnen die Beichte abgenommen, oder was?«, fragte Jung ironisch.

»Ich weiß nicht, aber sie mochten mich. Es hat nicht lange gedauert, bis sie ins Erzählen kamen.«

»Und dann?« Jung wurde allmählich ungeduldig.

»Mach keinen Stress, Tomi, und hör mir zu. Natürlich sind das Professionelle. Natürlich wissen sie über AIDS Bescheid. Und natürlich wissen sie, dass nichts von Dauer ist.«

»Du sprichst in Rätseln. Etwas deutlicher könnte es schon sein, Herr Oberstaber.«

»Unterbrechen Sie mich nicht, Herr Kriminalrat. Also: Sie sind in der Bar, um sich einen Gönner zu angeln, der sie aushält und bezahlt. Als Gegenleistung liefern sie jeden erdenklichen Service: vom Dolmetschen über Sex bis zum Kochen und Klo schrubben. Er muss sie nur gut bezahlen, was ihm hier nicht schwerfallen dürfte. Der Preis wird vorher vereinbart. Sie unterstützen ihre Familien in Somalia, Eritrea, Äthiopien, Dschibuti usw. Sie brauchen Geld, so viel Geld wie möglich.«

»Und woher kommen ihre Kunden, doch nicht von uns? Bis auf den Sex haben wir alles an Bord. Außerdem darf doch keiner über Nacht an Land bleiben, oder sich 'ne Wohnung nehmen, oder?«

»Wart's ab. An erster Stelle stehen die Franzosen.«

»Franzosen? Sind die nicht kaserniert?«, unterbrach ihn Jung.

»Nur die Fremdenlegionäre. Die Regulären leben in Häusern im Franzosenviertel. Die Miete ist lächerlich. Die haben jede Menge Geld. Sie verdienen hier das Dreifache als zu Hause in Frankreich. Ihre Dienstjahre in Dschibuti zählen doppelt und ihre Familien bleiben in Frankreich, weil sie es hier nicht aushalten oder weil die Kinder auf eine anständige Schule gehen sollen.«

»Und das haben sie dir erzählt? In welcher Sprache eigentlich?« Jungs Ironie war unüberhörbar, stieß aber bei Schumann auf völlige Ignoranz.

»Auf Englisch. Und ich glaube ihnen. Teilweise sind sie zu zweit oder auch zu mehreren bei einem einzigen Franzmann in Diensten. Jede von ihnen hat ihren eigenen Wirkungskreis, der auch schon mal wechseln kann, um das vornehm zu umschreiben. Verstanden?«

»Ja, ja, ich bin ja nicht blöd. Aber was hat das mit unserem KaFü zu tun?« Jungs Tonlage hatte sich normalisiert.

Schumann machte ein übertrieben bedeutungsvolles Gesicht und legte eine längere Kunstpause ein. Jung schwieg beharrlich und spielte Schumanns Spielchen mit.

»Es gibt auch zwei Deutsche, die ihre Dienste in Anspruch nehmen. Was sagst du nun?«

Jung tat nicht nur überrascht, er war es tatsächlich. »Doch keine von uns, von der Marine?«

»Das kann ich mir nicht vorstellen. Die beiden arbeiten drüben in Tadjoura, auf der anderen Seite, bei einem Franzosen. Der hat dort eine Art Motel für Tauchtouristen.«

»Zwei, aber nicht der KaFü.«

»Ich wollte auch nicht sagen, dass einer von ihnen der KaFü sein muss. Aber wir sollten uns das mal ansehen. Die Mädchen waren da etwas vage. Ich finde das interessant, und du?«

»Ich auch. Wir werden einen Ausflug dorthin auf unsere Wunschliste an Jungmann setzen.«

Jung nahm einen Kugelschreiber zur Hand und spielte damit herum. »Was meintest du übrigens mit ›da drüben, auf der anderen Seite‹? Das ist doch nicht etwa der Jemen? Dahin kann uns nicht einmal der Kommandeur bringen.«

»Natürlich nicht. Der kleine Meereszipfel, an dem Dschibuti liegt, heißt Golf von Tadjoura, nach dem Ort, zu dem wir wollen. Und der liegt Dschibuti gegenüber, auf der anderen Seite des Golfs. Er gehört noch zum Land Dschibuti.«

»Okay, das lässt sich ja wohl machen.« Jung überlegte kurz und senkte die Augen. Dann richtete er sich auf. »Und sonst, Schumi, was hast du mit den Mädels sonst noch angestellt?«

»Jetzt bist du dran. Ende meines Beitrags. Der Rest ist privat. Keine falschen Schlüsse, bitte. Ich hab einen unterhaltsamen, aber auch verdammt teuren Abend hinter mir.«

»Was war so teuer, Schumi?« Jung war verblüfft. »Muss ich mir Sorgen machen?«

»Ich hab für ein Glas gezapftes Bier umgerechnet rund acht Euro bezahlen müssen. Kein Wunder, dass Hein Seemann lieber an Bord bleibt und Becks für 50 Cent schlürft. Und du, wie teuer war es bei dir?«

»Das weiß ich nicht. Ich hatte einen Blackout und hab dem Barkeeper ein paar Scheine in die Hand gedrückt. Er war damit zufrieden.«

»Du warst doch nicht blau? Ich sah dich mit einer hübschen Schwarzen an der Bar. Du schienst ganz okay zu sein.«

»Ich habe nur einen Drink gehabt und einen ausgegeben: für die Schöne an meiner Seite. Trotzdem hat es mich buchstäblich vom Hocker gehauen.« Jung wurde ernst und lehnte seine Unterarme auf den schmalen Tisch vor ihm.

»Ist dir die Kleine so an die Eier gegangen? Das kann doch nicht wahr sein. Komm, erzähl.«

Nach einigen Sekunden fuhr Jung lebhaft fort: »Sie war einfach umwerfend. Und nicht nur, weil sie atemberaubend gut aussah. Ich weiß nicht, wie es dir geht, wenn du bei uns zu Hause auf Frauen triffst. Aber das gestern Abend, das war was anderes, was ganz und gar anderes.« Jung wackelte bedenklich mit dem Kopf.

»Was meinst du mit ›zu Hause auf Frauen‹ treffen?«, hakte Schumann neugierig nach.

Jung atmete hörbar ein, blähte seinen Brustkorb auf und begann zu reden. »Du siehst sie aus der Ferne und denkst: Ahh, sieh mal, wer da kommt. Aber mit jedem Schritt, den du ihr entgegengehst, wird sie ein Jahr älter. Wenn du noch etwas weiter weg bist, hörst du, wenn du Glück hast, gar nichts, wenn du Pech hast, eine aufgedonnerte, nervige Stimme. Du stehst zwei Meter vor ihr und riechst, wenn du Glück hast, Ulrich Lang – Anvers zwei für 89 Euro, wenn du Pech hast, Enthaarungscreme für 2,50 Euro. Wenn du ihr noch näher kommst, siehst du, wenn du Glück hast, ein Gesicht mit hübschen Sommersprossen und ungefärbten Augenbrauen und Haaren, wenn du Pech hast, verklumpte Mascara, dickes Make-up und die dunklen Wurzeln eines blondierten Haarschopfes. Wenn du ihr durch die Haare streichen wolltest, erntest du, wenn du Glück hast, ein ›lass das, meine Frisur‹, wenn du Pech hast, fasst du in einen Haufen spröden Strohs. Wenn du sie küssen solltest, küsst du, wenn du Glück hast, Lippen, die nach Kaugummi oder Mundwasser schmecken, wenn du Pech hast, küsst du die deutsche Chemieindustrie gemischt mit kaltem Zigarettenrauch. Wenn du Glück hast, hinterlässt das roten Lippenstift, wenn du Pech hast, wird dir schlecht und du bekommst bald Durchfall. Wenn du dann …«

»Hör auf, es reicht. Was dann kommt, will ich gar nicht wissen.« Schumann schüttelte den Kopf und lachte. Jung lachte nicht mit.

»Gestern Abend gab's nichts davon, absolut niente. Auch nicht diese verzickten, neckischen Versteckspielchen, wie so oft zwischen Männern und Frauen. Sie kosten nur Zeit und Geld. Alles Vergeudung.« Jung wandte sich scheinbar angeekelt ab.

»Und das hat dich vom Hocker gehauen? Vielen macht das richtig Spaß«, hielt Schumann freudig dagegen.

»Mag sein, mir nicht. Sie hat mir ein Angebot gemacht, eine wahrhaft attraktive Offerte.«

»Und dann?«

»Dann fiel ich vom Hocker. Ein Missgeschick. Danach bin ich auf und davon. Verpisst, würdet ihr bei der Marine sagen.«

»Du hattest Angst vor ihr?«

Jung seufzte tief. »Ganz und gar nicht. Ich kann mich nur an wenige Momente in meinem Leben erinnern, in denen ich lieber geblieben wäre.«

»Und warum bist du dann weg?«

Jung antwortete nicht gleich und spielte mit dem Stift in seiner Hand. Schumann fixierte ihn aufmerksam. Schließlich sagte Jung leise: »Weil ich drauf und dran war, ihre Offerte anzunehmen.« Er schwieg und starrte auf den Tisch.

Schumann sah ihn lange erstaunt an. »Willst du ein Bier, Tomi?«, fragte er schließlich.

»Ja, gern.«

Schumann öffnete den Tischkühlschrank, entnahm ihm zwei Becks und öffnete sie. Er reichte Jung eine Flasche über den Tisch und bemerkte zurückhaltend: »Mach dich nicht fertig. Du warst sehr vernünftig.«

»Danke. Auf die Vernunft.« Sie stießen die Flaschen über dem Tisch zusammen und tranken.

»Prost.«

»Meine Mutter hätte, wenn sie noch leben würde, gesagt: Sehr klug von dir, mein Junge.«

»Prost auf die Mütter.«

»Prost auf die Mütter«, echote Jung. »Ich hätte ihr allerdings nie davon erzählt.«

»Ich auch nicht.« Schumann lachte.

»Prost, auf uns.«

»Prost, auf uns.«

Schumann führte die Flasche an den Mund und leerte sie bis auf den letzten Tropfen. Dann stieß er ein befreites »Aah« aus und stellte sie beiseite. »Nun musst du mir noch verraten, wie der KaFü da reinpasst.«

Jung schob seine Flasche beiseite, straffte sich und beugte sich vor. »Ich könnte mir vorstellen, dass ich nicht der Einzige bin, dem es so geht.«

»Du meinst den KaFü, ich verstehe.«

»Genau. Nur, dass der nicht so schissig ist wie ich. Er hatte ja auch seit seinem zehnten Lebensjahr keine Mutter mehr. Seine Eltern sind beide verstorben. Zudem hat ihn seine Verlobte erst kürzlich in die Wüste geschickt.«

»Ah ja, und du meinst, er könnte für Offerten dieser Art anfälliger sein und sich an Land einrichten wollen. Gut, da könnte was dran sein. Aber dazu braucht er Chuzpe und einen weichen Keks bei dem Risiko, das er eingeht. Überleg mal! Und er braucht vor allem Geld, sonst läuft das nicht. Woher soll er das nehmen?«

»Er macht weiter, was er bislang so gut gemacht hat.«

»Wie soll das denn gehen?« Schumann winkte ab.

»Der San-Maat hat mir erzählt, der KaFü sei für die Versüßung des Bordlebens verantwortlich gewesen und hätte da Großes geleistet. Jetzt macht er an Land einfach weiter. Hier gibt es mehr Grund zur Versüßung, das ist doch offensichtlich.«

»Woran denkst du?«

»An legale und illegale Drogen.«

»Was? Das glaubst du doch wohl selbst nicht. Selbst, wenn es so sein sollte, die kann sich doch hier keiner leisten. Was glaubst du denn, was die kosten?«

»Es gibt Franzosen, Amerikaner und, nicht zu vergessen, Deutsche.«

»Das ist ja abenteuerlich. Der Mann ist offiziell tot oder fahnenflüchtig. Überleg mal, was das bedeutet. Und dann ist er so dreist, uns Drogen zu verhökern? Also nee, nee, nee. Das geht nicht in meinen Kopf.«

»Wenn es so abgelaufen sein sollte, wie wir es als Möglichkeit durchgespielt haben, muss er Helfer gehabt haben«, ließ Jung sich nicht beirren. »Richtig?«

Schumann nickte.

»Wenn sie ihm dabei geholfen haben, von Bord zu kommen, warum dann nicht auch bei dem, was folgt? Das gäbe doch überhaupt erst einen Sinn für den ganzen Aufwand.«

Schumann starrte vor sich auf den Tisch und schwieg. Er wand sich innerlich. Jung sah es ihm an.

»Das gilt sowohl für seine Helfer an Bord als auch für die an Land. Wer könnten die sein?«

Schumann fiel es schwer, in diese Richtung weiterzudenken. Aber er gab sich einen Ruck. »An Bord? Schwer zu sagen.«

»Offenbar war er mit keinem eng befreundet. Laut Kommandant hielt er sich bedeckt, ließ sich nicht in die Karten gucken. In der Messe war er nicht so der

Kamerad, wie wir gehört haben. Wer kommt noch infrage?«

»Sein engster Mitarbeiter vielleicht. Mit dem war er zwangsläufig zusammen, wenn auch nur bei der Arbeit. Der wäre auch am ehesten in der Lage, ihn vor einer Entdeckung zu schützen, als das Schiff auf den Kopf gestellt wurde.«

»Klingt plausibel. Wenn ich zurück an Bord bin, werd ich mich um ihn kümmern. Mal sehen.« Jung griff zu seiner Bierflasche und trank einen Schluck. »Und an Land?«

»Die Jungs aus dem Gym, der Franzmann und der Ami, mit denen der Kommandeur ihn gesehen hat.«

»Richtig. Dieser Gedanke ist mir auch sofort gekommen. Wo finden wir die?«

»In der Muckibude. Sie könnten aber auch ihrem Job nachgehen und weit weg sein. Dann finden wir sie nie.«

»Auf jeden Fall können wir Jungmann fragen, ob er sie dort wieder gesehen hat oder nicht.«

»Und danach?«

»Wir fragen ihn erst einmal. Dann haben wir eine erste Information. Was wir mit der machen, hängt davon ab, wie sie ausfällt. Alles andere sehen wir später.«

Schumann überlegte. »Wenn du recht haben solltest, muss es auch mindestens ein Mädchen geben.«

»Genau. Und deswegen darfst du heute Abend noch mal ausgehen, zu den Mädels von gestern.«

»Und du?«

»Ich bleibe hier und schlafe den Schlaf der Gerechten. Ich würde nur stören. Alles, was ich leisten kann, habe ich gestern Abend geleistet.«

»Deine Rolle ist weitaus billiger als meine. Das ist unfair, Herr Oberleutnant.«

»Meine ist auch langweiliger. Und by the way: Das ist ein Befehl, Herr Oberstabsbootsmann.«

»Verstanden, Herr Oberleutnant. Spähtrupp in die Nuttenbude. Dazu brauche ich ein Auto, Drittmittel in Höhe von …«

»Schluss damit, Oberstaber. Sie gehen, wie Sie sind. Übrigens kriegen Sie ja Auslandsverwendungszuschlag. Damit sind alle weitergehenden Forderungen obsolet. Ist das soweit verstanden worden, Herr Oberstabsbootsmann?«

Schumann lachte. »Du lernst dazu, Tomi.«

DER KOMMANDEUR II

Am nächsten Morgen trafen sie sich nach dem Frühstück beim Kommandeur. Jung hatte zuvor noch keine Gelegenheit gehabt, Schumann nach dem Verlauf des vergangenen Abends zu fragen. Jetzt sah er ihm aufmerksam ins Gesicht, um vielleicht eine Regung zu entdecken, die ihm einen Hinweis hätte geben können. Nichts. Schumi grinste freundlich wie immer.

»In zwei Stunden ist der Hubschrauber da. Er bringt Sie zurück aufs Schiff. Haben Sie noch Wünsche, die ich erfüllen kann?«, fragte Jungmann.

»Ja, wir haben eine Frage und einen Wunsch«, erwiderte Jung.

»Nur zu. Was wollen Sie wissen?«

»Wir möchten Sie noch einmal zu dem Fitnessstudio und den Sportkameraden des KaFüs befragen. Haben Sie die beiden, mit denen er im Gepard war, noch einmal nach seinem Verschwinden gesehen?«

»Wie gesagt, so oft bin ich nicht dort. Die Benutzer des Fitnesscenters werden übrigens von den Franzosen auch nicht registriert. Aber ich habe sie nur zusammen mit dem KaFü dort gesehen, seitdem nie wieder. Ist ja auch nicht weiter erstaunlich. Sie sind schließlich Soldaten und im Einsatz. Das führt sie schon mal für längere Zeit weg.«

»Klingt plausibel. Wissen Sie, wo die beiden sein könnten?«

»Die Fremdenlegionäre rücken öfter für längere Zeit ins Übungsgelände aus. Sie liegen an der somalischen

Grenze, räumen Landminen und erkunden die Lage zu Somaliland, der Nordprovinz oder zu Äthiopien. Zwecklos, übrigens auch gefährlich, sie da suchen zu wollen.«

»Und die Marines?«

»Wenn sie nicht im Camp Lemonier sind, dann sind sie auf den amphibischen Trägern vor der Küste. Da kommen Sie niemals hin.«

»Und wenn wir ein offizielles Ersuchen an die US-Navy richten?«

»Wir wissen ja noch nicht einmal, wen wir suchen. Selbst wenn wir es wüssten, wäre ein solches Ersuchen genauso, als wenn Sie den Papst zum Geburtstag einladen wollten. Eher noch schwieriger.«

»Ist das mal versucht worden?«

»Sie meinen die Einladung des Papstes?« Jungmann lachte.

»Nein, natürlich nicht. Ich meine ein Ersuchen an die Navy.«

»Wissen Sie, ich war in meinen jungen Jahren für kurze Zeit Liaison Officer auf einem der Träger. Das war noch vor dem 11. September 2001. Der Sicherheitsfanatismus war schon damals befremdlich. Ich weiß noch, mit wie viel gutem Willen und mit welchem Stolz ich auf dieses Schiff ging. Wenig später kam ich mir vor wie ein potenzieller Verräter, von anderen Merkwürdigkeiten ganz zu schweigen.« Jungmann machte ein nachdenkliches Gesicht und fuhr anschließend fort: »Ich dachte an die USA als den wehrhaften Garanten westlicher Werte wie Demokratie, Freiheit und Gleichheit. Dann erlebte ich, dass vor der Tür des Kommandanten – man muss schon sagen, vor dem Portal seiner feudalen Residenz –

auf einem roten Teppich Tag und Nacht zwei Männer in voller Paradeuniform mit blank gewichsten Lackschuhen, weißem Koppelzeug, geschulterten Karabinern und in weißen Gamaschen Wache standen.« Bei den Worten roter Teppich und weiße Gamaschen hatte Jung den Eindruck, als wolle sich Jungmann übergeben oder wenigstens ausspucken. »Und ich musste mir, als Offizier wohlgemerkt, in meinem Deck mit 17 Kameraden und einer Ratte, in groben, übereinandergestapelten Dreierkojen 20 dreckige Quadratmeter und neun schmale Spinde teilen. Wovor musste der Kommandant eigentlich geschützt werden? Vielleicht vor den Mannschaften, die unzufrieden mit dem Fraß aus der fünften Bordküche waren?«

Jungmann hatte sich erregt. Er schüttelte sich, als wolle er seine Erinnerungen abwerfen. Als er sich Jung zuwandte, klang seine Stimme fast wieder normal. »Warum wollen Sie das wissen? Vermuten Sie einen Zusammenhang mit dem Verschwinden des KaFüs?«

»Wir gehen einer vagen Vermutung nach. Die Verbindung muss nichts bedeuten. Eine Klärung könnte uns aber dabei helfen, gewisse theoretische Möglichkeiten auszuschließen.«

»Sie hatten noch einen Wunsch«, hakte der Kommandeur die Frage ab.

»Ja. Wenn wir in ein paar Tagen einlaufen, würden wir gern einen Ausflug nach Tadjoura machen. Könnten Sie uns dabei behilflich sein?«

»Kann ich. Aber nicht allein. Ich muss Ihnen einen Begleitschutz mitgeben, aus Sicherheitsgründen, Sie verstehen?«

»Was heißt das?«

»Ich gebe Ihnen eine Streife Militärpolizei mit, in Uniform und mit Jeep. Sie fahren in Zivil.«

»Und wir fahren in Ihrem Toyota?«

»Ja, mit Fahrer, auch in Zivil. Er kennt sich gut aus. Sie werden ihn unter Umständen brauchen. Im Übrigen glaube ich mich zu erinnern, dass wir zu dieser Zeit die Printmedien bei uns haben. Sie könnten sich an die dranhängen. Gibt Ihnen eine gute Tarnung. Ich muss die ein wenig in der Gegend herumführen.«

»Wie viele Vertreter sind das denn?«

»Nur zwei. Eine Frau und ein Mann. Von der WZ* und der ZEIT, wenn ich mich recht erinnere. Jedenfalls sind es zwei. Das weiß ich sicher.«

»Wie lange fahren wir nach Tadjoura?«

»Wenn alles glattläuft, circa drei Stunden.«

»Was heißt, wenn alles glattläuft? Was kann denn passieren?«

»Es gibt schon mal umgekippte Lastwagen, die die Straße blockieren. Außerdem durchquert die Straße des Öfteren trockene Flussbetten und wird somit zur Piste. Manchmal sind diese unpassierbar. Geröll und Gesteinsbrocken von der letzten Flash Flood** sind noch nicht weggeräumt. Dann ist die Fahrt dort zu Ende. Aber Sie können es trotzdem versuchen. Ich habe es auch schon bis nach Tadjoura geschafft.«

»Gut, das machen wir so. Schumi, hast du noch was?«

»Nein, keine weiteren Punkte. Wir sollten jetzt langsam aufbrechen. Wir müssen noch packen und die Fahrt zum Flughafen dauert auch. Entschuldigung, wenn ich dränge.«

---

* Wilhelmshavener Zeitung

** Sturzflut

»Okay, Oberstaber. Ich will Sie nicht länger aufhalten. Ich erwarte Sie, wenn Ihr Schiff einläuft. Vielleicht haben Sie dann schon etwas Neues. Ich bin gespannt.«

»Machen Sie sich nicht zu große Hoffnungen. Wir haben bis jetzt nicht viel, nur einige wenige Überlegungen.«

»Was nicht ist, kann ja noch werden. Viel Glück.«

»Danke. Auch dafür, dass Sie uns nicht gelöchert und schon Ergebnisse von uns erwartet haben. Äußerst wohltuend.«

»Ich kann mich in Ihre Lage versetzen, glauben Sie mir. Ich sehe Sie noch am Wagen.«

Sie verließen die Kammer. Jung packte schnell seine Reisetasche. Der Blick aus dem Bullauge seiner Kammer bestätigte ihm, dass das Wetter sich nicht geändert hatte: gleißende Sonne an einem wolkenlosen Himmel. Jung fragte sich, wie um alles in der Welt es hier zu Überschwemmungen und reißenden Fluten kommen sollte. Er würde den MET danach fragen müssen.

Er genoss die Sicht auf den Golf und die smaragdgrüne See, auf die kleine, weiße Insel am Horizont und die auf der Reede schlafenden Dampfer und Daus. Eine friedlichere Kulisse hätte es nicht geben können. Er freute sich auf den Flug und die Gelegenheit, die Szenerie auch aus der Luft betrachten zu können. Nur das Heulen der Turbine und das Klopfen der Rotorblätter würden stören.

Jungmann verabschiedete sich von ihnen auf der Pier. Der Fahrer saß am Steuer des Toyotas und wartete auf sie. Sie passierten die Moschee am Hafeneingang und fuhren vorbei am La Gare Dschibuti Ville und der Ahriba hinaus zum Flugplatz. Der in der Luft hängende afrikanische

Hautgout verstärkte in Jung noch einmal die Erinnerung an die in den letzten Tagen empfangenen Eindrücke.

Der Bootsmann hatte die alte Platte aufgelegt, die sie schon von der Herfahrt kannten. Heute fühlte sich Jung weniger gestört. Vielleicht lag es daran, dass er auf dem Rücksitz Platz genommen und Schumi den Beifahrersitz überlassen hatte.

Jung war unruhig. Er wollte wissen, was Schumann gestern Abend herausgefunden hatte. Im Auto bot sich keine Gelegenheit, ihn danach zu fragen. Im Hubschrauber auch nicht. Er musste sich gedulden, bis sie auf dem Schiff unter vier Augen sprechen konnten.

Am Flughafen empfing sie der Pilot, den er zusammen mit dem MET an seinem ersten Tag an Bord beim Frühstück getroffen hatte. Er schwitzte heftig. Obwohl in die Fliegerkombi Ventilationslöcher in Achseln und Schritt eingearbeitet waren, breiteten sich unter den Armen, auf der Brust und im Kreuz große, dunkle Flecken aus.

»Nun fliege ich Sie doch noch«, begrüßte er Jung freundlich.

»Ja, schade, dass es das erste Mal nicht geklappt hat. Damals hätte ich das sehr zu schätzen gewusst. Aber ich freue mich trotzdem. Schönes Wetter zum Fliegen, nicht wahr?«

»Die Große Wolke hatte es uns versprochen. Wunderbar, keine Hazards, Sicht bis zum Anschlag, nur warme, trockene Luft. Könnte nicht besser sein. Steigen Sie ein.«

Der Helikopter zitterte in der glühenden Hitze, die von der Betonplatte aufstieg, auf der er abgestellt worden war. Bevor sie an Bord gehen durften, wurden sie mit Rettungswesten ausgestattet. Zum Glück blieben ihnen die schweren, unhandlichen Schwimmwesten erspart. Sie legten eine leichte Weste an, mehr ein Gummiring, der im Ernstfall aufzublasen war. Der Pilot startete die Turbine und hob gleich danach ohne viele Checks und langem Talk mit dem Tower ab.

Mit jedem Meter, den sie an Höhe gewannen, verflüchtigte sich die schmutzige Wirklichkeit und machte der Aussicht auf eine bizarre Schönheit Platz. In einer weit ausholenden Schleife überflogen sie eine wilde, nahezu vegetationslose, in feuerbraune Farben getauchte, vulkanische Gesteinswüste. Dann kehrten sie hoch über die Stadt zurück. Die symmetrisch angelegten Straßenzüge Dschibutis erweckten die Illusion von Ordnung und Vertrauen. Aus dieser Höhe wäre ein Betrachter niemals auf die Idee gekommen, in dem weißen Strand das Waschbecken eines großen Teils der Bewohner dieser Stadt unter sich zu haben. Vergessen waren Müll und Gestank. Da unten lag blitzsauber und geordnet der Hafen. Er strahlte Lebendigkeit, Handel und Prosperität aus. Die Kamele standen, putzig anzusehen, auf dem offenen Ladedeck des schlanken Frachters, der sauber vertäut an der Pier lag.

Seewärts, vor der Ansteuerung zum Hafenbecken, erhob sich der Sand des kleinen Eilandes blendend weiß aus dem azurblauen Meer. Unter der Wasseroberfläche zeichneten sich dunkle Korallenriffe und Untiefen von der leuchtend blauen See ab.

Es dauerte nicht lange und sie sahen ihr Schiff am Horizont auf der Kimm liegen: klein, unschuldig, wie ein Spielzeug. Der Pilot steuerte sein Fluggerät, mit der Nase in Kursrichtung, seitlich neben das Flugdeck und verharrte für einen Moment reglos in der Luft. Dann schwebte es, scheinbar ohne Vortrieb und wie an einem Gummiband gezogen, über das Flugdeck und hockte sich einfach hin wie ein Huhn, das Eier legt. Als sie den Hubschrauber verlassen hatten, war der Zauber vorbei. Der graue Alltag hatte sie wieder.

»Wir müssen uns unterhalten, Schumi. Wir treffen uns bei dir in einer halben Stunde. Geht das in Ordnung?«

»Okay, in einer halben Stunde. Ich stell für uns ein Bier kalt. Ich brauch das.«

»Ich auch. Bis dann.«

DER KAFÜ

Jung eilte in seine Kammer. Er verstaute seine dreckigen Klamotten in einem Wäschesack. Nachdem er sich geduscht hatte, trank er etwas Wasser aus der Flasche und legte sich erschöpft auf die Koje. Er schloss die Augen.

*

Ich muss Sport treiben. Ich fühle mich schlapp und ausgebrannt. Mein Appetit lässt nach. Ich bin müde. Was ist mit meiner Wade? Ich hab sie in den letzten Tagen nicht mehr groß gespürt. Die Hölle auf dem Flugdeck will ich trotzdem nicht mitmachen. Der Kommandant muss ohne mich auskommen. Er ist Berufssoldat. Er hat die Pflicht, sich fit zuhalten. Und was bin ich? Muss ich mich auch fit halten? Aus Gesundheitsgründen schon. Heißt das, ich soll mich schinden? Nein, oder?

*

Jung wurde abrupt aus seinem inneren Monolog gerissen. Die Kammertür ging auf und der MET betrat den Raum. Er schloss die Tür hinter sich und setzte sich schweigend auf den Stahlrohrstuhl vor dem Schreibsekretär. Er wirkte erschöpft.

»Sie sehen müde aus«, sprach Jung ihn an. »Was macht Ihnen zu schaffen? Das Wetter könnte doch nicht besser sein.«

»Es liegt nicht am Wetter. Das tägliche Einerlei geht mir auf den Wecker, die Enge, die vielen Leute. Selbst auf dem Klo hört man die anderen bei ihren Geschäften. Ich brauch mal 'ne Pause.«

»Wann gehen Sie nach Hause?«

»In drei Wochen ist Schluss.«

»Wie lange waren Sie dann an Bord?«

»Gut zwei Monate.«

»Das geht doch. Ich hörte, dass der alte KaFü knapp ein Jahr hinter sich hatte, bevor er verschwand.«

»Ja, das soll ein besonderer Typ gewesen sein. Ich kannte ihn nicht. Der war wohl mit der Marine verheiratet. Ich nicht. Ich bin mit meiner Frau verheiratet.«

»Das Wetter ist nicht gerade abwechslungsreich. Ist es das?«

»Nein, nein.« Er machte eine kurze Pause. »Außerdem stimmt das nicht.« Seine Augen leuchteten auf und ein Hauch Lebendigkeit sprach aus seinen Worten. »Ich hab hier Sandstürme erlebt. Das ist ein phänomenales Schauspiel. Wie in der Bibel. Gefährlich für das Schiff. Die Lüftungsfilter setzen dicht.«

»Biblische Sintfluten auch?«, witzelte Jung etwas angestrengt.

»Ja doch. Wenn auch nicht die ganz große. In Zeiten des Sommermonsuns ziehen gewaltige Gewittercluster hier durch. Vor allem über der Bergregion laden sie ihre Regenmassen ab. Das Wasser stürzt durch die trocken gefallenen Flussbetten in die Ebene und führt zu verheerenden Überschwemmungen.«

Jung nickte und fragte unvermittelt: »Ich will bei unserem nächsten Hafenaufenthalt rüber nach Tadjoura. Muss ich damit rechnen, von einer Flut überrascht zu werden?«

»Jetzt, im Spätherbst? Unwahrscheinlich. Aber nicht auszuschließen. Die innertropische Konvergenz schlägt in letzter Zeit überraschende Kapriolen.« Der MET machte eine wegwerfende Geste mit der rechten Hand und sah sinnend an die niedrige, von Kabeln, Rohren und Schaltern überzogene Kammerdecke.

»Der Klimawandel«, seufzte Jung.

»Alle Welt labert von Klimakatastrophe. Alles, was ungewöhnlich ist, wird gefürchtet. Manchmal habe ich den Eindruck, die Menschen lieben ihre Panik geradezu. Nein, nein, ein direkter Zusammenhang lässt sich nicht so einfach ableiten, jedenfalls nicht wissenschaftlich exakt. Früher hat es auch schon extreme Schwankungen gegeben. Nur hat sich dafür keiner interessiert. Wer wusste zum Beispiel vor wenigen Jahren schon, wo Dschibuti liegt?«

Jung erhob sich. Der MET saß auf seinem schmalen Stuhl. Er sah ihn von unten herauf, mit schräg gestelltem Kopf an. Sein Ausdruck erinnerte Jung entfernt an einen Dackel. Das kurze Leuchten seiner Augen war erloschen und hatte der anfänglichen Müdigkeit wieder Platz gemacht.

Jung sah auf seine Uhr. »Ich muss los. Wir sehen uns später.«

»Bis später.«

Er ließ den MET allein zurück. Hoffentlich würde er sich in den nächsten Stunden von seiner Depression erholen können.

*

Den Weg zu Schumann hätte er inzwischen im Schlaf gefunden. Er meldete sich bei ihm. Er musste sich zwingen, ohne provokanten Unterton in der Stimme auszukommen. Es gelang ihm leidlich.

»Hallo, Tomi. Das Bier ist kalt. Brauchst du ein Glas?«

»Ja. Spann mich nicht länger auf die Folter. Was hast du gestern herausgefunden?« Jung nahm gegenüber von Schumann auf der Bank Platz. Schumi ließ sich nicht zur Eile antreiben, holte die Bierflaschen aus dem Tischkühlschrank, entkapselte sie und schenkte Jung das Glas voll. Er selbst trank aus der Flasche.

»Prost, Tomi. Trink erst mal. Du wirst es brauchen«, sagte er ruhig.

»Du machst mir richtig Mut. Prost, Schumi.«

Schumann nahm einen kräftigen Schluck und stellte seine Flasche betont sorgfältig beiseite. »Um es kurz zu machen, meine Mission war ein Fehlschlag. Nichts zu holen.«

»Aber die Mädchen mochten dich doch.«

»Schon richtig. Aber es ist ein Unterschied, ob du aufs Geratewohl da reinstolperst oder ob du eine Absicht verfolgst.«

»Ja, das sehe ich ein.«

»Die merken das irgendwie und werden vorsichtig. Und dann ist da noch die fremde Sprache. Komplizierte Sachen werden schwieriger. Ich wollte nicht so platt auf den Punkt kommen. Obwohl es letztlich auf das Gleiche hinausgelaufen wäre.«

»Wie meinst du das?«

»Sie haben schon meine vorsichtigen Fragen abgeblockt. Ich hatte das sichere Gefühl, sie wollten nicht über sich reden.«

»Also nichts von einem weiteren deutschen Kunden?«

»Negativ. Selbst über die beiden in Tadjoura kein einziges Wort mehr.«

»Und weiter?«

»Sie haben auf meine Kosten getrunken und rumgealbert.«

Es entstand eine längere Pause, in der sie sich auf ihre Biere konzentrierten. Jung brach abrupt das Schweigen. »Sind Sie mit der Kriegskasse ausgekommen, Oberstaber?«

»Sie ist leer, Herr Oberleutnant«, antwortete Schumann zerknirscht.

So witzelten sie sich noch eine Weile über ihre Enttäuschung hinweg, bis Jung wieder ernst wurde und das Gespräch auf den Stellvertreter des verschwundenen KaFüs brachte. »Du weißt, ich will mir den neuen KaFü vorknöpfen. Ich möchte, dass du dabei bist. Du bist Mariner und dir fällt sicherlich auf, was an mir vorbeigeht. Hast du eine Idee, wie wir am besten vorgehen sollten?«

»Wir treten in der gewohnten Rolle auf als Berichterstatter des Flottenchefs. Inzwischen weiß das ganze Schiff davon, darauf kannst du dich verlassen. Alles andere würde nur Verdacht erregen.«

»Ich gehe also zu ihm und befrage ihn zur Logistik der Marketenderwaren, richtig?«

»Nein, so geht das nicht. Ich spreche zuerst mit seinem direkten Vorgesetzten. Der befiehlt dem KaFü, uns für Fragen zur Verfügung zu stehen. So bekommt das den richtigen Dreh.«

»Gut, wann soll's losgehen?«

»Sofort. Wir machen Druck. Wenn er Dreck am Stecken hat und ein armer Sünder ist, wirkt Druck meistens befreiend.«

»Wenn man das bei der Marine lernt, meinen Respekt.«

»Nicht zu früh Hurra schreien, Herr Oberleutnant. Man lernt in der Marine auch, mit Druck umzugehen, wenn man nicht gerade ein Weichei ist. Es kann sein, dass wir an einen richtigen Knochen geraten. In diesem Fall sind wir ziemlich am Arsch, Herr Oberleutnant.«

»Danke für den nützlichen Hinweis, Oberstaber. Aber zur Sache, Schumi: Wie geht es jetzt konkret weiter?«

»Ich rufe den Leiter Hauptabschnitt IV an und richte ihm in deinem Namen aus, dass wir heute Nachmittag, nach Kantinenschluss, den Kantinenführer sprechen müssen. Der Bericht für die Marineführung kann nicht ewig warten, du verstehst?«

»Ja, gut. Wo soll das stattfinden?«

»Am besten in der Kantine, da begegnen wir ihm in seiner Umgebung. Er fühlt sich da sicher oder auch nicht. Wir werden auf jeden Fall eine Menge Informationen mitnehmen können, die wir bei einer Unterredung hier oder bei dir oder bei seinem Vorgesetzten nicht haben werden.«

»Gut. Der Vorgesetzte darf nicht dabei sein«, stellte Jung fest.

»Das ist sonnenklar. Dafür werde ich sorgen. Wenn er mit zweifelhaften Informationen herausrücken soll, dann nur, wenn er nicht Gefahr laufen muss, dafür geprügelt zu werden. Das werde ich ihm schon klarmachen, verlass dich drauf.«

»Der Befehlshaber ist aber auch kein Beichtvater, sondern eine reale Bedrohung. Jedenfalls, wenn er tatsächlich etwas zu beichten hätte, oder?«

»Der Befehlshaber ist weit weg und wir sind dazwischen. Okay?«

»Ich verstehe. Also los, Schumi.«

»Ich lass dich ausrufen, wenn ich den KaFü vor der Flinte habe.«

»Alles klar. Ich bin auf der Brücke und schau mir Tümmler an.«

Sie hatten ihre Biere ausgetrunken. Schumann warf die leeren Flaschen in den Abfalleimer und ermahnte Jung: »Geh vorher noch aufs Klo. Gleich ist Rein Schiff und die Klos sind geschlossen.«

»Danke, mach ich.«

Jung hätte fast vergessen, sich aus der Kammer zu melden. Er drehte sich in der Tür noch einmal um. Es schien ihm, als hätte Schumi den Kopf geschüttelt.

*

Jung verbrachte die nächste Zeit auf der Brücke. Er hörte die Durchsage zur Kantinenöffnung aus der Bordsprechanlage und wartete. Er überlegte, wie er den neuen KaFü zum Reden bringen könne. Das musste geschickt eingefädelt werden. Er durfte zwar die Verhörregeln, die er gelernt hatte, anwenden, aber der wahre Grund des Verhörs musste verborgen bleiben. Das behagte ihm eigentlich nicht. In diesem Fall hielten sich seine Skrupel aber in Grenzen.

Nach einer halben Stunde sah er das erste Mal auf die Uhr. Dauernd kamen Durchsagen aus der Bordsprechanlage. Er hörte mit gespitzten Ohren zu, nur um zu erfahren, dass der Antriebsmeister zum STO*, der Ober-

* Schiffstechnikoffizier

gefreite soundso zum SELO[*], der HEO[**] zum Kommandanten befohlen wurden und die Toilettenanlagen in Abteilung zehn wegen eines technischen Defektes gesperrt worden waren. Endlich, nachdem er fast aufgegeben hatte und kaum noch zuhörte, kam die befreiende Durchsage: »Oberleutnant Jung in die Kantine.«

Schumann und der KaFü saßen auf zwei dürftigen Schemeln. Jung hatte den Mann vorher noch nie auf dem Schiff gesehen. Es lag eine dumpfe Spannung in der Luft. Die beiden bemühten sich lässig zu erscheinen, was sie in Wahrheit ganz und gar nicht waren. Schumann sah Jung mit gespielter Langeweile an, ein Gesichtsausdruck, hinter dem sich Wut verbarg. Jung wurde auf der Stelle vorsichtig und in Alarmbereitschaft versetzt. Der KaFü lümmelte sich unbeholfen auf seinem Hocker, mit dem Rücken gegen den Verkaufstresen gelehnt, dessen Durchreiche zum Gang davor von einer Aluminiumjalousie verschlossen war. Er machte keine Anstalten, sich zu erheben. Schumann ermahnte ihn auch nicht, den Oberleutnant militärisch korrekt zu begrüßen.

Der Mann hatte die schmächtige Statur und Ausstrahlung eines Küchenjungen, der den Befehlen, Beschimpfungen und Fußtritten einer diktatorischen Küchencrew ausgesetzt ist. Man übersah, dass er Uniform trug. An ihm hätte jeder Anzug wie ein Büßerhemd gewirkt. In seinem Gesicht spiegelten sich Angst und Trotz, Widerborstigkeit und Unterwürfigkeit zugleich. Jung musterte ihn und wünschte sich weit weg. Der Anblick schmerzte ihn regelrecht, machte ihn nervös und unwillig.

---

[*] Schiffselektronikoffizier

[**] Helikoptereinsatzoffizier

»Das ist Oberleutnant Jung«, stellte Schumann ihn vor. »Er verfasst den Logistikreport für den Befehlshaber. Ich habe den Obergefreiten mit der Situation vertraut gemacht, Herr Oberleutnant. Er will jetzt Ihre Fragen beantworten.«

»Danke, Oberstaber. Seit wann sind Sie Kantinenführer, Obergefreiter?«, begann Jung.

Der KaFü bewegte sich und kam schließlich, die Hände zwischen seinen Knien gefaltet, vornübergebeugt zur Ruhe. Er richtete sich wieder auf, starrte an die Decke und überlegte. »Seit Hauptbootsmann Grenz weg ist.«

»Der alte KaFü also. Das war wann?«

»Vor sechs Wochen vielleicht.«

»Und vorher, was haben Sie da gemacht?«

»Da war ich Hiwi.«

»Hiwi wovon?«

»Hauptbootsmann Grenz.«

»Sie kannten also das Geschäft schon?«

»Hm.« Er nickte. Seine Augen huschten zwischen Jung, Schumann und der Tür zum Warenmagazin hin und her.

»Ist es Ihnen nicht schwergefallen, seinen Job zu übernehmen, Obergefreiter?«

»Nein.« Er klang gleichzeitig gelangweilt und als sei er auf der Hut, so, als hätte er sich fest vorgenommen, ganz cool zu bleiben und sich nicht in eine Falle locken zu lassen, selbst um den Preis schmerzhaftester Schikanen seitens seiner Vorgesetzten.

»Ich hörte aber, dass es Probleme mit der Nachversorgung gibt, seit Sie KaFü sind.«

»Nicht meine Schuld.«

»Wer ist denn schuld?«

»Der SVO*.«

Die Augen des Mannes huschten emsig hin und her. Jung hatte das Gefühl, als wolle er gleich aufspringen und etwas holen, gerade stellen oder wegpacken.

»Warum hat der Nachschub unter dem alten KaFü reibungslos geklappt und bei Ihnen nicht?«

»Weiß nicht. Ich bin nur Obergefreiter.«

Jung sah den KaFü sinnend an und schwieg einen Moment. »Ich hörte auch, dass es teurer geworden ist, seit Sie die Kantinengeschäfte führen.«

»Ist alles teurer geworden. Nicht meine Schuld.«

Schumann schaltete sich ein. »Wir sind die Bücher durchgegangen, Herr Oberleutnant. Die Bestelllisten, die Preislisten und die Abrechnungen scheinen zu stimmen. Ich konnte keine Fehler oder Ungereimtheiten entdecken.«

Jung wandte sich wieder dem KaFü zu. »Ihre Kameraden sehen das anders. Sie schimpfen auf Sie.«

»Ihr Problem.«

»Wann werden Sie Ihre Aufgabe hier los? Es kommt doch sicherlich bald Ersatz für den Hauptbootsmann?«

»Weiß nicht.«

»Würden Sie den Job gern weitermachen?«

»Ja.«

»Warum?«

»Besser als Klo schrubben.«

Er blickte demonstrativ auf seine Armbanduhr, die viel zu groß für ihn war und sein Handgelenk zerbrechlich und zierlich aussehen ließ. Jung sah zu Schumann hinüber. In seinem Gesicht las er Resignation und Ärger.

---

* Schiffsversorgungsoffizier

»Zeigen Sie mir jetzt bitte das Warenlager.«

Der KaFü sprang auf, als hätte er den Startschuss zu einem Hundermeterrennen gehört. Er öffnete die Tür zum angrenzenden Warenlager und ließ sie eintreten. Der Raum hatte die Ausmaße einer sehr großen Kühlkammer, deren Wände vom Boden bis zur Decke mit Industrieregalen zugestellt waren. Auf den Borden standen leere Pappkartons, die ehemals zu Gummibären, Coca-Cola-, Fanta- und Sprite-Dosen, Schokoriegeln und Schokoladen verschiedenster Hersteller, Zigaretten, Kaugummi, Kartoffelchips, Salzstangen, Deo-Sprays, Zahnpasta und Rasierklingen gehört hatten. Es gab alles, einschließlich DVDs, Filmkassetten, auch Ballcaps mit Silhouette und eingesticktem Namen des Schiffes, Zippos, dazu Armbanduhren der Marken Swatch, Fossil und Festina, also alles, was der moderne Jüngling und die zeitgemäße Frau zwischen 20 und 30 zu einem gelungenen Leben bei der Marine braucht. Jung sah in den Regalen jedoch keine alkoholischen Getränke.

»Verkaufen Sie kein Rülpswasser?«, erkundigte er sich beiläufig.

»Bier ist in der Kühllast.«

»Und Hartgas?«

»Unter Zollverschluss.«

Der KaFü zeigte sich nicht verwundert über Jungs Jargon. Er stand da und wirkte, als würde er von einem Fuß auf den anderen treten, obwohl er sich nicht bewegte. Jung wechselte mit Schumann einen Blick. Sie brachen die Befragung ab.

»Danke, Obergefreiter. Wir kommen wieder auf Sie zu. Halten Sie sich bereit«

Jung und Schumann schieden mit einem Gefühl der Erleichterung, das sie auch gehabt hätten, wenn sie die Quarantänestation eines Krankenhauses verlassen würden. Wortlos gingen sie in Schumanns Kammer und setzten sich einander gegenüber an den Tisch.

»Ich brauche ein Bier. Zwei sind am Tag erlaubt. Und du?«, fragte Schumann.

»Ich auch. Bitte mit Glas.«

Schumann holte die Bierflaschen aus dem Tischkühlschrank.

»Er ist ein Klotz. Wie können wir ihn so unter Druck setzen, dass er mehr als fünf Worte am Stück ausspuckt?«, überlegte Jung und beobachtete Schumann dabei, wie er das Bier einschenkte. Schumann nahm einen kräftigen Zug aus der Flasche und ließ Jungs Frage unbeantwortet.

»Er hat Angst. Fragt sich wovor. Was meinst du, Schumi?«

»Er ist verrückt. Mit dem stimmt was nicht.«

»Wie meinst du das?«

»Er ist Z 12er, Zeitsoldat für zwölf Jahre. Das habe ich vom SVO. Er ist im siebenten Jahr und Obergefreiter. Das ist so, als hätte man ihn auf die Sonderschule für Lernbehinderte verwiesen, verstehst du? Der ist fertig mit Jack und Bücks. Oder er ist sehr, sehr schlau.«

»Wie schlau? Was könnte an ihm schlau sein?«

»Er parkt sich bei der Marine ein, bleibt ein niederer Dienstgrad auf einem ruhigen Posten. Seine Vorgesetzten stellen keine besonderen Anforderungen an ihn. Er ist nützlich, aber für höhere Aufgaben nicht geeignet. Er hat auch diesbezüglich keinen Ehrgeiz. Er ist nicht ansprechbar, er bleibt unauffällig und erledigt, was ihm befohlen wird. Aber dahinter könnte was ganz anderes laufen, was keiner sieht und was keiner sehen soll.«

»Und wenn er beides ist, sowohl fertig als auch schlau?«

»Haben wir ein Problem. Da wird für uns nicht viel zu holen sein. Er ist dann schlecht zu packen. Jedenfalls solange unsere Waffen so stumpf sind.«

Sie schwiegen für längere Zeit und hingen ihren Gedanken nach.

»Was ist mit Drogen? Könnte er da mit drinstecken?«

»Könnte sein. Er ist ein Kandidat dafür, soweit ich das beurteilen kann.«

»Wenn es so ist, darf man ihm erhebliche Energien zutrauen, um an Geld und Stoff zu kommen.«

»Ja, das hört man von diesen Typen ja weit und breit.«

»Traust du ihm zu, den verschwundenen KaFü zu verstecken, zu versorgen und ihn heimlich von Bord zu bringen?«

Schumann sah Jung intensiv in die Augen und sagte: »Ja. Ich kann mich für deine Theorie erwärmen. Aber wir müssen an stichhaltige Beweise kommen. Dazu brauchen wir harte Fakten.«

»Und die Hilfsmittel, sie zu bekommen«, ergänzte Jung.

Die beiden tranken ihr Bier aus, schwiegen und überlegten.

»Wenn der alte KaFü wirklich an Land ist, müssen wir ihn einfach finden«, beendete Jung die Denkpause.

»Und wie stellen wir das an? Erinnerst du dich an unsere Sightseeingtour durch Dschibuti? Das kann ja heiter werden.«

»Er hat entscheidende Schwächen«, fuhr Jung unbeirrt fort. »Er ist weiß, er muss sich verstecken, er muss sich verständigen, er hat Hunger und Durst, er braucht einen Schlafplatz und Papiere. Wo findet er das am ehesten?«

»Er hat auch Geld, das ist nicht zu unterschätzen. Ein Versteck bei den Schwarzen wäre ideal. Das andere findet er eher bei den Weißen.«

»Genau. Die Anzahl weißer Menschen ist vergleichsweise gering und verteilt sich auf überschaubar wenige und vor allem für uns zugängliche Orte.«

»Zum Beispiel in Tadjoura«, ergänzte Schumann spontan.

»Eben. Und da fangen wir an. Dann werden wir sehen, wie weit wir kommen.«

»Okay, warten wir ab, bis wir in Dschibuti sind. Wann machen wir fest?«

»Ich erkundige mich«, beendete Jung ihr Gespräch.

Er meldete sich korrekt aus Schumanns Kammer ab, obwohl es ihm einmal mehr gegen den Strich ging. Er wurde von Schumann mit einem aufmunternden Blick belohnt.

DER AUSFLUG NACH TADJOURA

Die nächsten Tage flossen träge dahin. Das Schiff schlich durch die unbewegte See, die Sonne heizte aus einem wolkenlosen Himmel, und der Kommandant zog einsam seine Mittagsrunden auf dem Flugdeck.

Jung wartete geduldig und in Ruhe auf Dschibuti. Er hatte viel Zeit zum Nachdenken. Er kam sich auf dem Schiff fremd vor. Er verstand diese Welt einfach nicht. Weder ihre Sprache noch ihre Gestik und ihre Rituale. Es gab Momente, in denen er wie im Dunkeln umhertappte. In den Briefings wurde unter den Stabsoffizieren eine Sprache gesprochen, die in ihm die Angst vor einem weltumspannenden Konflikt schürte. Dabei ging es – wie sich nachher herausstellte – nur um die Vermeidung von diplomatischen Fehlern anläßlich eines Beercalls. Ungeschicklichkeiten bei der Einladung hätten unter Umständen alte Amimositäten und Ressentiments zwischen Amerikanern und Franzosen heraufbeschworen.

Außerdem hatte er das Gefühl, als ob man ihn um seine Ruhe beneidete. Der MET sah ihn vorwurfsvoll an, wenn er ihn tagsüber lesend in der Koje antraf. Das Wetter konnte nicht der Grund sein, dass er an Überarbeitung litt und jeden beneiden musste, der scheinbar besser dran war als er. Ähnlich erging es Jung mit anderen Besatzungsmitgliedern. Es schien ihm, als treibe eine unbeirrte Kraft sie an, so zu tun als ob, wo eigentlich gar nichts war. Ihn beschlichen Schuldgefühle, dass er sich herausnahm, was ihnen verwehrt blieb. Dabei spürte er deutlich, was die Besatzung sich insgeheim wünschte: Mein Gott, lass doch bitte endlich die heiße Luft aus der Scheiße. Warum fahren wir nicht einfach zur See und bringen den Kahn wohlbehalten von A nach B, klopfen Rost, streichen die Aufbauten, reparieren die Toiletten, waschen die Wäsche und freuen uns auf den nächsten Hafen? Was machten wir hier eigentlich? Die paar Daus und Kähne sollten die bedauernswerten Kerle in ihren Nussschalen doch machen, was sie wollten und was sie schon immer getan haben. Lassen wir sie in Frieden.*

Jung fühlte eine gekünstelte Atmosphäre, die eigentlich niemand herbeiwünschte, aber die keiner in der Lage war abzustellen. Allmählich vermochte er die Kümmernisse nachzuempfinden, über die der MET geklagt hatte. Die Enge und Zwangsgesellschaft wirkten auf die Dauer stressig, selbst auf ihn, der erst so kurze Zeit an Bord war und sich herausnahm, sorglos und entspannt in der Koje zu liegen und an nichts Böses zu denken.

*

Endlich machte ihr Schiff in Dschibuti fest. Schon bei der Ansteuerung waren Jung große Schlauchboote mit starken Außenbordern aufgefallen, bemannt mit bis an die Zähne bewaffneten GIs in dicken Kampfanzügen. Jetzt sah er einen Liegeplatz weiter ein großes Zweirumpfschiff liegen. Am Heck wehte das Sternenbanner. Auf den ersten Blick hätte man meinen können, einen Kreuzfahrer vor sich zu haben, der amerikani-

* 2004 gab es noch keine Piraterie in dem Seegebiet vor Somalia

sche Tauchtouristen zu den Korallengärten des Roten Meeres und des Golfs von Tadjoura brachte. Bei näherer Beobachtung waren aber die Lafetten schwerer Maschinenwaffen auf Back und Schanz nicht zu übersehen.

Radpanzer sicherten die Zufahrten zu den Kaianlagen, die Rohre in den Himmel gereckt und die schweren Maschinengewehre auf Gleisanlagen und Stellplätze gerichtet. Die Pier war mit Sandsackbarrikaden und Stacheldrahtreitern gesichert. Amerikanische Soldaten patrouillierten auf den Molenbrüstungen und Kaimauern. Sie erweckten Jungs Mitleid. Er stellte sich vor, wie ihnen in der brütenden Hitze unter ihren Stahlhelmen, den schweren Schutzwesten mit den vielen Taschen und Täschchen, den umgehängten Gewehren und Maschinengewehren und in ihren dicken Kampfstiefeln der Schweiß strömen musste. Er versuchte, in ihren Gesichtern zu lesen. Aber ihre Augen waren hinter dunklen Sonnenschutzvisieren und ihre Münder und Nasen hinter Staubschutzmasken verborgen. Dazwischen nahmen sich die wenigen Dschibutis in ihren leichten Drillichuniformen mit Bermudas, Kniestrümpfen und altmodischen Gewehren aus wie ein Häufchen verlorener Freizeitsoldaten. Sie saßen schüchtern in ihren offenen Unterständen, die sie vor der brutalen Sonne schützten, und starrten stumpfsinnig in die Gegend.

»Das sind die Folgen des Terroranschlags auf ihren Zerstörer ›Cole‹.« Schumann war neben Jung an die Reling getreten und schaute hinaus. »Gleich gegenüber, in Aden, hat es sie damals erwischt. Es gab mehrere Tote und Verletzte und ein großes Loch in der Bordwand. Der Eimer wäre fast abgesoffen. Ich möchte kein Amerikaner sein.«

Jung lachte kurz auf. »Wer hätte jemals gedacht, diesen Satz aus dem Mund eines deutschen Soldaten zu hören?«

Schumanns Antwort wurde von der Durchsage aus der Bordsprechanlage verschluckt. »Nach der Müllentsorgung ist die Stelling bis auf Weiteres für alle Offiziere, Unteroffiziere und Mannschaften gesperrt. Stationen aufklaren und wegtreten nach Anweisung Stationsleiter. Ende der Durchsage.«

Jung sah Schumann an. »Schumi, wir müssen an Land. Was nun?«, fragte er unruhig.

»Solange der Ami hier im Pier liegt, wird das nichts.«

»Was haben wir damit zu tun?«

»Aus Sicherheitsgründen bleiben wir lieber an Bord.«

»Sind die nicht unsere Verbündeten?«

»Ja schon. Aber wenn es um ihre Sicherheit geht, kennen die keine Verbündeten.«

»Ich werde mit dem IO sprechen. Vielleicht macht er für uns eine Ausnahme. Kommst du mit?«

»Versuch's. Aber mach dir keine Hoffnungen. Das wird nichts. Ich begleite dich trotzdem. Ruf aber vorher an und frage, ob er Zeit für uns hat.«

Sie trafen den IO in der Messe bei einer Tasse Kaffee. Jung trug ihm seine Bitte vor, zu Jungmann auf den Tender wechseln zu dürfen.

»Warum haben Sie es so eilig?«, erwiderte der IO. »Der Ami läuft morgen aus, wie ich gerade hörte. Dann ist der Spuk vorbei.«

»Wir haben mit dem Kommandeur eine Verabredung und wollen ihn nicht warten lassen«, insistierte Jung.

»Rufen Sie ihn an. Er weiß wahrscheinlich schon, dass Sie Ihren Termin nicht einhalten können. Normalerweise steht er auf der Pier, wenn wir einlaufen. Ihn betrifft das Theater ebenso wie uns.«

»Was befürchten die Amis?«, fragte Jung störrisch.

»Das ist die falsche Frage. Was haben wir zu befürchten? Das ist die richtige Frage. Ich bin hier der verantwortliche Offizier, verstehen Sie?«

»Sie machen mir Angst.«

»Das ist meine Absicht. Laufen Sie da draußen nicht herum. Es ist besser so, glauben Sie mir.«

Jung musterte Schumann. Er las in seinem Gesicht nichts außer Zustimmung für den IO.

»Okay, fassen wir uns in Geduld.« Jung resignierte endgültig.

»Sehr klug, Herr Oberleutnant. Morgen Nachmittag können Sie rüber zu Jungmann. Telefonieren Sie mit ihm. Vielleicht kann er auch ohne Sie schon anfangen.«

Jung erinnerte sich an die Presseleute, die Jungmann bei ihrem Besuch erwähnt hatte. Sie mussten jetzt schon an Bord sein und den Aufmarsch der Amerikaner miterlebt haben. Wie würden sie das Erlebte verarbeiten? Würde er in ihrer Berichterstattung darüber lesen können? Er nahm sich vor, die Journalisten zu befragen und später ihre Artikel zu lesen.

*

Der ›Amerikaner‹ legte am nächsten Tag vormittags ab. Das schwer bewaffnete Sicherungsbataillon zog sich aus dem Hafengelände zurück. Viele Mariner, darunter auch Schumann und Jung, sahen ihrem Abzug, an die Reling gelehnt, interessiert zu. Die eingeübte Präzision und Schnelligkeit waren beeindruckend. Viele Mariner äußerten ihre Bewunderung und Anerkennung über die militärisch brillante Performance. Manche ließen sich sogar zu einem Applaus hinreißen.

Jung sah Schumann an. Er entdeckte auf Schumis Gesicht einen Hauch ungewohnten Ernstes, der der üblichen eingemeißelten Freundlichkeit eine fast tragische Note verlieh. Das verflüchtigte sich aber schnell, als Schumann sich den praktischen Notwendigkeiten zuwandte, die ihr Umzug auf den Tender mit sich brachte.

Nach dem Mittagessen nahmen sie ihre gepackten Sachen und setzten zu Jungmann auf den Tender über. Jung freute sich schon auf die Luxussuite, die ihn dort erwartete.

Als Jungmann sie an Bord begrüßte, verlor er kein Wort über die unvorhergesehene Verzögerung. Er saß mit den beiden Journalisten aus Deutschland zusammen und klärte sie über die Lage in Dschibuti und die deutsche Beteiligung im Kampf gegen den weltweiten Terrorismus auf.

Nach der gegenseitigen Vorstellung wollte Jung seine alte Kammer beziehen. Er musste sich aber von Jungmann belehren lassen, dass sie schon mit seinem weiblichen Gast, der Mitarbeiterin der ZEIT, belegt sei. Seine Vorfreude verwandelte sich in ärgerliche Enttäuschung.

Er betrachtete die Journalistin genauer. Sie hieß Brigitte Fußmeier, wie er gerade erfahren hatte. Er mochte sie nicht. Den neben ihr sitzende ungepflegten Grinsepickel ebenfalls nicht. Warum mussten sie gerade jetzt hier sein? Seine Absicht, die beiden zu ihren Erfahrungen in Dschibuti zu befragen und ihre Artikel lesen zu wollen, verflüchtigte sich. Er wandte sich ab und ließ sich von dem herbeigerufenen Läufer seine neue Kammer zeigen, zwei Decks tiefer ohne separate Dusche und Toilette.

Jung beruhigte sich. Die Kammer war geräumig. Er war der einzige Gast, obwohl es eine Doppelkoje gab wie auf der Fregatte auch. Aber hier ließ ein Bullauge Tageslicht in den Raum. Die Sicht nach draußen war nicht annähernd so spektakulär wie zwei Decks höher, auf der Ebene der luxuriösen S3-Kammer. Die Aussicht, mit zwei Zeitungsmenschen den nächsten Tag verbringen zu müssen, stimmte ihn nicht gerade heiter.

Abends besprach er mit Schumann den angesetzten Trip nach Tadjoura. Jungmann hatte sie angewiesen, in Zivil zu fahren. Das Wetter war über die vergangenen Tage unverändert geblieben. Sie mussten mit brutaler Hitze und schonungsloser Sonne rechnen. Sie einigten sich auf luftige Kleidung, leichtes Schuhwerk und Tropenhut. Für Verpflegung, Getränke und ausreichend Kraftstoff hatte ihr Fahrer, der Bootsmann, zu sorgen. Der Toyota war geländegängig und bot genügend Platz für fünf Passagiere.

Schumann schlug vor, den Jungreporter besser im Jeep der Militärpolizei unterzubringen. Ihm konnte die Fahrt neben den bewaffneten Kerlen als besonderes Abenteuer verkauft werden. Sie mussten ihm ja nicht auf die Nase binden, wie zugig die hinteren Plätze in einem offenen Jeep waren und wie unangenehm kalt einem da werden konnte, selbst wenn die Lufttemperatur über 30 Grad lag. Der Dame Fußmeier würden sie aus Höflichkeit den Sitz neben dem Fahrer des Toyotas überlassen. Sie hätten dann die Rückbank für sich und damit die besten Voraussetzungen, die Fahrt erträglich zu gestalten. Jung stimmte Schumann mit einem breiten Grinsen zu.

Als er früh am nächsten Morgen, die Sonne war gerade erst über dem Horizont im Osten aufgegangen und die tägliche Flaggenparade an Bord noch in weiter Ferne, die Stelling hinunterkam, standen die Militärpolizisten und der Toyota samt Passagieren schon bereit. Sie begrüßten sich kurz. Jung fiel auf, dass die Pressemenschen in hohen Schnürstiefeln steckten und auch ansonsten angezogen waren, als starteten sie zu einer Wanderung ins Hochgebirge. Die werden sich noch wundern, wenn ihnen in ein paar Stunden die Sonne auf den Pelz brennen wird, dachte er. Unter seine Schadenfreude mischte sich eine leichte Unsicherheit, als er sah, dass auch ihr Fahrer, der erfahrene Bootsmann, ähnlich gekleidet war.

Schumann hatte das Kommando übernommen und verwies den Jungreporter auf die Rückbank des Jeeps. Sie war zugestellt mit Batterien von Frischwasser, Lunchpaketen und Apfeltüten und musste freigeräumt werden.

Die beiden MPs* entpuppten sich als ein Mann und eine Frau. Sie machten einen beängstigenden Eindruck, weil sie dem gängigen Klischee hirnloser Grobiane unangenehm nahe kamen. Man hätte sie für Skinheads halten können, wenn sie in Lederwesten mit auffälligen Applikationen gesteckt hätten. Die Bewaffnung, ihre Rangabzeichen auf den Achselklappen ihrer Tarnanzüge und die weißen Armbinden ließen an ihrer wahren Profession jedoch keinen Zweifel aufkommen. Sie

* Militärpolizisten

waren kräftig und strahlten eine beeindruckende Fitness aus. Jung erholte sich schnell von dem allerersten Eindruck. Er war überzeugt, dass sie sich glücklich schätzen durften, die beiden bei einem Ausflug in die Wildnis dabei zu haben.

Schumann verstaute ihren Beutel, in dem sie die üblichen Utensilien wie Sonnencreme, Insektenschutzöl, Sonnenbrillen, Geldbörsen, Ausweise, Pässe und so weiter zusammengesammelt hatten, im Laderaum des Offroaders. Jung fragte sich, was in den drei großen Taschen ihrer Mitreisenden enthalten sein könnte. Gegenüber denen nahm sich ihr schmaler Beutel wie ein schäbiger Jutesack neben einer Batterie Reisetaschen von Louis Vuitton aus

Schumann mahnte zum Aufbruch. Er wies die kleine Gruppe noch einmal ein und gab einen groben Überblick über den geplanten Zeitablauf. Die MPs nahmen den aufgeregten Jungreporter in ihre Mitte und stiegen in den wartenden WOLF*. Schumann komplimentierte die Frau auf den Beifahrersitz des Toyotas, begab sich zu Jung auf die Rückbank und gab dem Fahrer das Zeichen zum Aufbruch. Den Jeep im Kielwasser fuhren sie ungehindert durch die Hafenwache, vorbei an der Moschee und dem Gare Dschibuti-ville auf die Nationalstraße eins, die in den Süden und nach Addis Abeba führte.

Der Fahrer redete ununterbrochen auf die Zeitungsfrau neben ihm ein. Er erklärte ihr, was ihnen auf der Fahrt begegnen würde und was er bereits kannte. Er vergaß auch nicht, den Verkehr sachkundig zu kritisieren. Dennoch fuhr er so sicher und präzise, als führe er

* Jeep der Marke Mercedes

jeden Tag nach Tadjoura. Seine Beifahrerin schwieg und hörte ihm aufmerksam zu. Anfangs lauschte Jung dem Monolog. Nach einiger Zeit begann er, die Frau für ihr Schweigen, für ihre Geduld und ihre nicht nachlassende Aufmerksamkeit zu bewundern.

Er selbst döste apathisch vor sich hin und sah durch die Scheibe. Die Stadt glitt an ihnen vorbei. Der Verkehr war lebhaft. Sie waren gezwungen, oft zu überholen, weil ihre Fahrzeuge mit Abstand die modernsten und schnellsten waren, und die klapprigen Lastwagen und Auflieger, darunter viele aus Zeiten der untergegangenen Sowjetunion, zu langsam fuhren und vor allem zu stark aus ihren Auspuffen qualmten, als dass es bekömmlich gewesen wäre, sich hinter ihnen lange aufzuhalten. Sie kamen gut voran und hatten die Stadt bald verlassen. Die asphaltierte Straße war zweispurig und bequem zu befahren, wenngleich die Bermen nicht befestigt waren und sich die Schlaglöcher mit zunehmender Entfernung von der Stadt häuften.

Jung sah im Westen, über den Bergen, kleine turmartige, weiße Wölkchen aufsteigen. Er freute sich, nach den vielen Tagen mit glattem, blauem Himmel und gleißender Sonne endlich ein kleines Zeichen der Abwechslung zu entdecken. An seiner guten Stimmung konnten auch der Müll und die häufigen Wracks an der Straße nichts ändern. Sie waren überall zu finden, selbst da, wo sich leblose Wüste auszubreiten begann.

Zur rechten Hand wurden die ersten Behausungen aus Pappen, Plastiktüten und Blechkanistern sichtbar. Menschen in abgerissenen Kleidern, barfuß oder in Sandalen aus den Überresten abgefahrener Autoreifen, standen am Straßenrand, wurden immer zahlreicher und starrten aus hungrigen Augen auf den vorbeifließenden Verkehr. Bald mussten sie die Geschwindigkeit drosseln, weil der Straßenbelag an den Rändern mehr und mehr abbröckelte und das Vorankommen erschwerte. Ihr Fahrer wollte auch nicht Gefahr laufen, einen der vielen Zaungäste am Straßenrand anzufahren.

»Die sind aus den Flüchtlingscamps da drüben, absolute No-go-Areas«, kommentierte er die Menschentrauben.

Später kam der Verkehr völlig zum Erliegen. Vor ihnen war die Straße gesperrt worden. Zur Linken sah Jung in einiger Entfernung, wie eine weiße Decke sich über die sanften Wellen der Wüste ausbreitete. Bei näherem Hinsehen identifizierte er die weiße Unendlichkeit als die Aneinanderreihung unzähliger betender Gläubiger, den Rücken gebeugt, die Stirn am Boden und die Arme fast auf den Waden ihrer Vordermänner. Auf einer kleinen Anhöhe stand ihr Vorbeter und hielt sich eine elektrische Flüstertüte vor den Mund. Die Menge bewegte sich im Takt seiner Gebetslitaneien auf und nieder. Sie antwortete ihrem Führer aus Abertausenden von Kehlen und die rhythmische Macht ihrer gebündelten Stimmen brauste über die Ebene dahin wie die Brandung eines gewaltigen Ozeans.

Jung stockte der Atem angesichts der schieren Masse und des gewaltigen Sounds. In seiner Fantasie verdichtete sich die Vorstellung, wie der Anführer sich umwandte, die Flüstertüte vor dem Mund, den rechten Arm nach vorn gestreckt und wild entschlossen, anstatt Litaneien zu singen, zum Sturm auf Dschibuti zu blasen. Der ausbrechende menschliche Tsunami würde alles auf seinem Weg hinwegfegen, als Erstes die Fahrzeugschlange, dann das Flüchtlingslager, später Dschibuti mitsamt der Ahriba, dem Hafen und den vertäuten Schiffen, darunter die deutschen Helfer im Kampf gegen den weltweiten Terrorismus. Ihn schauderte.

Er tippte dem Fahrer auf die Schulter und fragte, warum es nicht weitergehe. Der zuckte nur mit den Achseln. Neben ihm schaute sich Schumann nach dem Jeep um. Auch dort rührte sich keiner von seinem Sitz. Vor ihnen waren einige farbige Lkw-Fahrer aus ihren Kabinen gesprungen und liefen nach vorn. Sie gestikulierten erregt und schrien ein paar Turbanträger an, die neben den Sperren Wache standen. Sie brachten sie schließlich dazu, die Straße freizugeben, und die Schlange der wartenden Fahrzeuge setzte sich langsam wieder in Bewegung.

Jung atmete erleichtert aus. Schumann drehte sich nach dem Jeep um. Er folgte ihnen. Jung lehnte sich zurück und erkundigte sich beim Fahrer, ob er Funkkontakt zum Jeep habe. Der Bootsmann hob wortlos ein Walkie-Talkie in die Höhe und legte es neben seinen Sitz wieder auf den Fahrzeugboden.

Ihre Fahrt verzögerte sich noch einmal, als die Straße vor einem trockenen Flussbett zur Geröllpiste wurde. Ein Lkw war mit Achsschaden liegen geblieben und blockierte die Fahrspuren. Es dauerte lange, bis der Verkehr an der Unfallstelle vorbeigeleitet werden konnte. Aber Jungs Geduld und die seiner Begleiter wurde dadurch nicht groß strapaziert. Sie ertrugen die aufgezwungene Rast, als sei sie ihnen willkommen.

Kurz danach verließen sie die N 1 und bogen rechts ab auf die N 9 nach Randa und Tadjoura. Der Verkehr brach schlagartig ab und bis Tadjoura begegnete ihnen kein fremdes Fahrzeug mehr. Sie waren allein. Zu ihrer Überraschung wurde die Straße zu einer glatten, geräuscharmen Asphaltbahn, wie sie auch in Europa selten zu finden war. Sie kamen gut voran.

Die Landschaft veränderte sich. Es wurde gebirgiger. Aus der gewellten Geröllebene erhoben sich immer größere Basaltrücken. Gewaltige Brocken kantigen, fast schwarzen Gesteins ragten aus ebenso schwärzlichen Geröllhalden hervor. Als die Straße zurück an die Küste führte, erhob sich vor ihnen ein gewaltiger, runder Buckel aus dem Meer.

»Der Ghoubet!«, rief ihnen der Fahrer zu. »Beliebtes Ausflugsziel der Franzosen. Man kann hier am Strand picknicken und baden, vor allem tauchen.«

Über den Bergketten im Westen hatten sich die kleinen Türmchenwolken inzwischen zu beeindruckenden Klötzen mit dunkler Basis entwickelt. Jung konnte aus dem fahrenden Auto den weißen Türmen beim Wachsen in den blauen Himmel zusehen.

Auf einer Anhöhe erreichten sie schließlich eine weitere Weggabelung. Links ging es zum Lac Assal, dessen salzweißer Ufersaum in der Ferne blitzte. Dazwischen stieg an mehreren Stellen weißer Dampf aus den zerklüfteten Bergzügen. Jung erinnerte sich schwach an seinen Geografieunterricht aus der Schulzeit. Danach mussten sie hier auf einer der aktivsten Bruchspalten in der Kruste des Planeten spazieren fahren. Ein besser gesichertes Wissen hätte ihn nicht weiter beruhigen können, gestand er sich ein. So war er froh und erleichtert, als sie rechts nach Tadjoura abbogen, in höher gelegenes Terrain, zu dem sich die Straße in Serpentinen, über Pässe und durch Trockenbetten hinaufschraubte.

Es gab fast keine Vegetation mehr. Dennoch sahen sie hin und wieder Affen, Ziegen und Kamele. Die Trampeltiere trabten scheinbar ziellos durch die öde Gegend. Jung entdeckte in der Einsamkeit überraschend zwei Frauen in bunten Tüchern. Sie balancierten Wasserkanister auf ihren Köpfen und steuerten eines der Fässer an, die in längeren Abständen am Straßenrand auf Holzrampen aufgebockt waren. Jung waren sie schon vorher aufgefallen.

»Die Nomaden holen sich ihr Wasser aus den Tonnen. Die Regierung schickt Tanklaster und füllt sie alle paar Tage auf«, antwortete der Fahrer auf Jungs Frage nach den Fässern.

»Diese Fürsorge hätte ich von dieser Regierung nicht erwartet«, mischte sich Frau Fußmeier ein. Jung stutzte, weil er sie bis hierhin noch kein Wort hatte reden hören. Der Fahrer musste sich jetzt konzentrieren, denn der Abstieg zur Küste wand sich in engen Kehren und durch steile Abfahrten in die Ebene. Die Vegetation war unten sehr üppig: Gräser, Weiden, Pappeln und fette Büsche säumten die Straße, die hier eher einem ausgefahrenen Fahrweg glich als einer Nationalstraße. Vielköpfige Ziegenherden mit ihren Hirten, Esel, Hunde und streunende Katzen zeigten ihnen an, dass sie sich Tadjoura näherten, dem einzigen Ort, der an der Straße zu erwarten war. Kinder standen am Straßenrand, lachten, winkten und liefen neben den beiden Autos her. Schumann wies den Fahrer anzuhalten. Sie schenkten den Kleinen Wasser und Äpfel aus ihren Vorräten. Die drückten die Schätze an ihre schmächtigen Körper und liefen auf ihren dünnen Beinchen eilig davon. Sie rührten Jung und trieben ihm Tränen in die Augen. Angesichts der Freude und Dankbarkeit in den kindlichen Gesichtern kamen ihm seine Probleme banal vor. Er fühlte sich schuldig.

Bis jetzt waren sie gut vier Stunden unterwegs gewesen. Noch vor dem Ortseingang verwies ein Hinweisschild auf das ›Centre de plongée, Tadjoura. Cinq-cents mètres à droite. Chambres libres. Restaurant ouvert‹. Jung tauschte mit Schumann einen Blick des Einverständnisses.

»Ich habe Hunger und Durst«, stellte der laut fest. »Daher schlage ich vor, wir essen hier erst mal zu Mittag.«

»Ganz meine Meinung«, schlug Jung in die gleiche Kerbe. Die Journalistin erhob keine Einwände. Der Fahrer schwieg und betätigte den rechten Blinker, um ihren Nachfolgern frühzeitig ihre Absicht zu signalisieren.

Sie stellten schließlich die Fahrzeuge auf dem staubigen Vorplatz des Centre de plongée ab. Gegen die Wasserseite schirmte ihn eine lang gestreckte, flache Holzbarracke ab. Sie entpuppte sich als das Restaurant nebst Rezeption. Rechts und links standen mehrere weiß getünchte Riesenschuhkartons auf Betonpfosten aufgebockt, mit schmaler Tür und Bullauge: die Appartements pour vacanciers. In der Mitte des Vorplatzes wuchs eine ausladende Schirmakazie und spendete einem engen Gehege Schatten, das um den Stamm herum errichtet worden war und einige Antilopen und Affen beherbergte. Ein beißender Gestank breitete sich in der Nähe des Käfigs aus.

Sie hatten ihre Fahrzeuge verlassen. Nach der angenehmen Kühle im Auto traf sie die Mittagshitze unvorbereitet und heftig. Jung frohlockte, als er auf den Gesichtern und Hälsen der Zeitungsmenschen Schweißperlen ausmachte. Er warf Schumann einen Blick zu, den dieser schmunzelnd quittierte.

Die Tür zum Haupthaus öffnete sich und ein Mann in Bermudas, blauem T-Shirt und Flipflops trat ihnen entgegen. Jung registrierte den Mann als Erster und zuckte zusammen. Er kannte ihn. Er war sich ganz sicher, aber er wusste nicht, woher er ihn kannte. Es musste lange her sein. Jung zermarterte sich das Hirn. Er registrierte nur beiläufig das ausgedehnte Empfangszeremoniell und fand erst auf der hübschen, schattigen Terrasse über dem Ufer zurück zu einer halbwegs normalen, aber noch immer abgelenkten Aufmerksamkeit. Die Feldjäger waren draußen bei ihren Lunchpaketen im Jeep geblieben. Die Pressevertreter, der Fahrer und sie beide waren die einzigen Gäste und nahmen an einem langen Tisch und auf Bänken Platz, die Jung an Biergärten in Deutschland erinnerten.

»Qu'avez-vous à manger pour nous? Nous avons faim et très soif«, hörte Jung die Journalistin fragen.

»Mais volontiers, chère madame. Je vous recommande des diverses sandwichs, du fromage, du thon …«

»Avez-vous quelque chose de chaud aussi? Quelque chose plus recherche?«

»Oui, certainement, chère Madame. J'ai du poisson tout frais, preparé sur gril, avec deux sauces très epicèes, une salade mixte, du pain et des frites.«

»C'est ça, que je prends. Herr Jung, was ist mit Ihnen?«

Jung wunderte sich, wie perfekt Frau Fußmeier Französisch sprach. Er war noch immer nicht ganz bei der Sache und sagte einfach: »Ja, ich auch.« Die anderen entschieden sich ebenfalls für gegrillten Fisch und Brot.

»Bon, très bien, alors du poisson pour tout le monde, s'il vous plaît. Vous desirez aussi un bon vin de table? Je vous recommande notre Rose de Touraine, leger et fruit. Très agréable avec le poisson. Nous l'importons en direct de France.«

»Jeder mit Wein einverstanden? Ich sehe keinen Widerspruch. Alors, deux bouteilles, s'il vous plaît.«

Jung sah sich um. Die Aussicht auf den in der Sonne glitzernden Golf von Tadjoura war fantastisch. Vor ihnen, an einem kurzen Steg, wiegten sich leichte Sportboote und Dingis im Wasser und zerrten an ihren Leinen. Landseitig erkannte Jung ferne Bergrücken, über denen sich inzwischen gewaltige Gewittermonster auftürmten. Erste Blitze zuckten aus ihren schwarzen Unterseiten. Ein fernes, leises Grollen erreichte die Tischgesellschaft. Sie ließen sich davon nicht weiter stören.

Der Maître kam mit dem Wein und stellte die Gläser vor sie auf den Tisch.

»Ich kenne Sie. Wo haben wir uns schon einmal getroffen? Es muss Jahre her sein. Erinnern Sie sich an mich?«, wandte sich Jung unvermittelt an den Wirt und suchte aufmerksam nach einer Reaktion in seinen Augen.

»Excusez-moi, Monsieur. Je n'ai pas compris. Pourriez-vous peut-être traduire, madame?« Der Maître machte ein erstauntes Gesicht und starrte dann auf die Frau, als suche er dort Schutz vor einer ungehörigen Zudringlichkeit.

»Schon gut. Ich muss mich wohl täuschen. Entschuldigung.« Jung wandte sich ab und warf der Journalistin einen beschwichtigenden und um Verzeihung bittenden Blick zu.

»D'accord, patron, ce n'est pas important. Prost, meine Herren, auf diesen idyllischen Ort und das unvergleichliche Panorama. Hoffentlich ist der Fisch genauso gut.«

Die Dame hatte das Kommando am Tisch übernommen, was ihr Spaß zu machen schien. Sie sah besorgt zu Jung hinüber. Auch Schumann sah ihn aufmerksam und etwas ratlos an. Jung fühlte sich unbehaglich. Er schaute hinter sich und entdeckte an einer Stallwand, ein Dutzend Schritte entfernt, ein Schild mit einem Pfeil: ›Toilettes‹. Er erhob sich, eine Entschuldigung murmelnd, von seinem Sitz und verschwand in Richtung des Pfeiles um die Hausecke. Nur einige Schritte und er hatte das hölzerne Plumpsklo erreicht, das an der kurzen Wand des Haupthauses klebte.

Die Latrine präsentierte sich nur unwesentlich erträglicher als die im Flughafen Dschibuti International, die er schon bei ihrer nächtlichen Einreise verschmäht hatte. Er wollte sich schon wieder abwenden, als er innehielt und versteinert vor dem rostigen Handwaschbecken verharrte.

»... deutsch. Was wollen die hier? Nur die ältliche Tusse spricht Französisch.« Die Stimme war gedämpft und eindringlich, aber gut durch die Holzwand zu hören. Warum sprach der Maître plötzlich fließend Deutsch?

»Draußen sitzen die Gorillas von der deutschen Militärbullerei. Hast du die gesehen, Kalle? Du musst raus zu Holger und ihn warnen. Er soll bleiben, wo er ist. Besser, er verdrückt sich gleich zu Lilly. Wer weiß, wie lange die sich hier noch aufschießen. Hast du verstanden?«

»Klar. Dann musst du die Kombüse übernehmen, Paule.«

»Kein Problem. Das läuft schon.«

Holger? Holger Grenz. Das war er. Das musste er sein. Wer denn sonst? Wer waren Paule und Kalle? Jung konnte nicht glauben, was er hörte. Wer war Lilly?

»Wo ist der Chef, Kalle?«

»In Dschibuti, bei seinen alten Kumpels von der Legion. Kommt erst morgen wieder. Wir machen das schon, Paule, alles klar?«

Jungs Erregung wuchs. Seine Ohren hörten jetzt schärfer und alles gleichzeitig: das Pochen seines Herzens, das Besteckgeklappere und das Scharren von Töpfen auf ihrer Herdunterlage.

»Mach los, bevor Holger hier aufkreuzt. Beeil dich. Nimm das schnelle Teil. Es ist vollgetankt.«

»Okay, ich mach mich auf die Socken. Bis nachher, Paule.«

»Bis später, Kalle. Mach zu. Komm in die Hufe.«

Paul und Karl, die Namen im Doppelpack kamen ihm verdächtig bekannt vor. Verdammt, wo war er ihnen begegnet? Das Gespräch war verstummt und er hörte eilige Schritte auf Holzdielen, kurz darauf nur noch Küchengeräusche.

Sein Herz pochte immer noch laut, als er sich wieder zu den anderen an den Tisch gesellte. Er war mit seinen Gedanken weit weg.

Woher kannte er Paul und Karl? War Holger der Holger, den sie suchten? Ja, ja, ja und nochmals ja. Wer sollte er denn sonst sein? Wer musste vor der Militärpolizei

Angst haben und sich verstecken, wenn nicht der alte KaFü Holger Grenz? Warum leugnete der Wirt, dass er Deutsch sprach?

»Was ist los, Herr Jung? Sie sind so abwesend. Dabei sind wir doch fast Kollegen, wie mir Schumi gerade erzählt hat«, sprach ihn der Jungreporter von der WZ an.

Was ist das für eine Logik, Pressefuzzi? Waren sie schon beim Du angelangt? Das ging ja schnell. Du nervst, Grinsepickel. Sag mir lieber, woher ich Karl und Paul kenne.

»Verzeihung, mir ist nicht gut«, erwiderte Jung. »Ich verzichte aufs Essen. Sie können gern meinen Wein trinken. Schumi, ich muss dich kurz unter vier Augen sprechen. Bitte entschuldigen Sie uns.«

Schumann sah Jung freundlich und besorgt an. Er folgte ihm wortlos durch das Restaurant auf den Vorplatz. Sie winkten den MPs im Jeep beruhigend zu und setzten sich in den Toyota. Es war jetzt drückend heiß im Auto, obwohl es im Schatten der Schirmakazie stand.

»Ich hab ihn, Schumi. Er ist hier.«

»Wer ist hier?«, fragte Schumann erstaunt.

»Haben die Mädels im Gepard die Namen Paule und Kalle erwähnt, als es um die Deutschen in Tadjoura ging?«

»Ja, haben sie. Aber was soll das? Bis jetzt habe ich nur den Franzosen gesehen.«

»Haben sie eine Lilly erwähnt?«

»Nein, haben sie nicht. Willst du mir nicht endlich sagen, was die Fragerei soll?« Schumann wurde ungehalten.

Jung erzählte ihm, was er in der Latrine aus der nahen Küche mitgehört hatte. Jedes Wort war in seinem Gedächtnis haften geblieben. Er konnte den Dialog auswendig aufsagen. Schumann schwieg verblüfft und erholte sich nur schwer von seinem ungläubigen Erstaunen.

»Ja, das muss er sein. Das ist ja ein Ding«, ließ er sich nach einiger Zeit vernehmen. »Vielleicht leugnet der Wirt sein Deutsch, um jeden Kontakt von vornherein abzuwenden. Wir sind Deutsche. Er will nichts mit uns zu tun haben.«

»Ich kenne ihn von irgendwoher. Ich bin mir ganz sicher. Ich weiß nur noch nicht, wann und wo ich ihm begegnet bin. Aber das wird mir schon noch einfallen.« Jung pausierte. »Jetzt aber zum Wichtigsten. Wie gehen wir weiter vor, Schumi? Uns sind die Hände gebunden.«

Schumann musste nicht lange überlegen. »Wir tun gar nichts und machen weiter, als wenn überhaupt nichts wäre. Wenn wir zurück in Dschibuti sind, informieren wir Jungmann. Der wird mit den Franzosen zusammen die nötigen Schritte einleiten. Wahrscheinlich geht das über die Militärpolizei. Aber das warten wir ab.«

»Okay, wir machen es, wie du sagst«, stimmte Jung dem Vorschlag zu.

»Lass uns zurück zu den anderen gehen. Ich hab jetzt noch mehr Appetit als vorher. Und ein paar Gläser Wein können mir auch nicht schaden.«

»Geh allein. Ich habe keinen Hunger. Ich bleib im Wagen und versuche mich zu erinnern, woher ich den Kerl kenne.«

»Kein Problem. Der Typ bleibt auch ruhiger, falls er

dich tatsächlich kennen sollte und das nicht wahrhaben will. Ich entschuldige dich bei den anderen.«

»Danke, Schumi. Und guten Appetit.«

Schumann verließ den Wagen und verschwand im Haupthaus des Tauchzentrums. Jung lehnte sich entspannt gegen die Rücklehne seines Sitzes, legte den Kopf in den Nacken und starrte gegen den Autohimmel. Er versuchte, sich zu konzentrieren. Die Hitze im Wageninneren war lästig. In der Ferne hörte er Donnergrollen und registrierte erleichtert, dass es seit dem letzten Mal nicht näher gekommen war. Er zermarterte sich wieder sein Hirn, ohne Erfolg. Er vermochte sich nicht zu erinnern, woher er den falschen Franzosen kannte und warum ihm das Duo Karl und Paul suspekt erschien. Schließlich gab er seine Anstrengungen auf.

Er schreckte auf, als Schumann ihn unsanft schüttelte und von seinem Sitzplatz aufscheuchte. Jung wusste nicht, wie lange er vor sich hingedöst hatte. Es musste schon ziemlich spät am Nachmittag sein. Schumann mahnte zum Aufbruch. Aus seinem Mund strömte der saure Dunst von Wein. Die Truppe musste ein ausgelassenes Mahl hinter sich haben, denn auch die Zeitungsfrau plauderte freudig und etwas zu beschwingt auf den Fahrer ein. Jung drängte sich die Frage auf, ob sie auch ihren journalistischen Pflichten nachgekommen waren, fotografiert oder sich Notizen gemacht hatten.

An der Ausfahrt hatten sich die Dorfkinder in größerer Zahl eingefunden und warteten gespannt auf die exotischen Weißen in ihren funkelnden Autos mit den begehrten Schätzen. Schumann ließ anhalten und sie verschenkten noch einmal Wasser, Äpfel und die restlichen Lunchpakete.

Bald hatte die Klimaanlage für angenehme Temperaturen im Auto gesorgt. Jung nahm an der regen Unterhaltung seiner Begleiter nicht teil. Er war gedanklich unablässig damit beschäftigt, Karl und Paul einzuordnen. Er fluchte lautlos vor sich hin, als ihm das nicht gelang. Langsam wurden alle ruhiger, später träge und schließlich dämmerte die Fahrgemeinschaft müde vor sich hin. Nur der Fahrer hielt sich mit viel Wasser wach. Nach längerer, ereignisloser Fahrt fädelten sie sich in den zähen Verkehr auf der N1 ein. In Gegenrichtung war nichts los, und Jung blickte neidvoll auf das leere Asphaltband neben ihnen. Es dauerte nicht lange und der Verkehr kam vollständig zum Erliegen. Vor ihnen erstreckte sich eine unübersehbare Autoschlange. Ihr Fahrer fluchte und schreckte die Insassen aus ihrem Dämmer hoch. Sie hielten hinter einem Lkw. Das Fahrerhaus war leer. Auf der offenen Ladefläche lagen zwei Männer und schliefen auf Getreidesäcken. Es war gespenstisch ruhig. Der Grund für den Aufenthalt war nicht zu erkennen. Menschen waren auf der Straße nicht zu sehen.

Schumann stieg aus und winkte die MPs aus ihrem Jeep. Sie besprachen sich kurz, Schumann stieg zu ihnen in den Jeep und sie fuhren an der wartenden Kolonne vorbei nach vorn. Es dauerte lange, bis sie in Begleitung eines Jeeps der Französischen Fremdenlegion wiederkehrten.

»Was ist los, Schumi? Gibt's Probleme?«, empfing ihn Jung.

»Wir haben da vorn einen reißenden Strom. Da kommt keiner durch. Ein großer Lkw hat's versucht und liegt jetzt mittendrin auf der Seite.«

»Und was passiert nun?« Jungs Stimmung war gereizt.

»Wir müssen warten, bis das Wasser abgelaufen ist und der Lkw geborgen werden kann. Unseren französischen Freunden geht's genauso.« Er zeigte mit der Hand hinter sich auf die Legionäre und warf ihnen ein aufmunterndes Lächeln zu.

»Schöne Aussichten.« Jung konnte nur schwer an sich halten, nicht laut zu fluchen.

»Es gibt noch eine Chance.« Schumann stützte sich mit den Händen auf der Wagentüre ab und sprach durch die heruntergelassene Scheibe zu den Wartenden. »Die Franzosen haben Geländekarten dabei und kennen sich in der Wüste aus. Wir könnten die Straße verlassen und durch die Wüste nach Dschibuti zurückfahren.«

Die Fremdenlegionäre hatten inzwischen auf dem Kühler ihres Jeeps eine große Karte ausgebreitet. Schumann und die MPs traten hinzu, und sie beugten sich gemeinsam über das Papier, fuhren mit den Fingern darüber und zeigten hierhin und dorthin. Schließlich richteten sie sich wieder auf und gingen zu ihren Fahrzeugen.

»Wir versuchen es. Unsere Fahrzeuge sind für die Wüste geeignet. Die Jeeps sowieso. Unser Offroader hat Vierradantrieb und genug Bodenfreiheit. Also los, Bootsmann. Hinter den Franzmännern her.«

»Wann werden wir in Dschibuti sein, Schumi? Haben sie dazu etwas gesagt?«, fragte Jung.

»Keine Ahnung. Das kommt darauf an, wie wir vorankommen. Das Gelände ist nicht sehr schwierig, aber niemand weiß genau, was uns bevorsteht. Das kann sich ändern, sagen sie. Aber sie sind zuversichtlich. Die machen das nicht zum ersten Mal. Einer spricht übrigens Deutsch. Kommt aus Straßburg.«

»Haben wir noch genug zu essen und zu trinken?«, mischte sich jetzt Frau Fußmeier ein. Sie klang normal und frei von Aufgeregtheit oder beginnender Hysterie.

»Wir haben fast alles verschenkt. Ein, zwei Flaschen Wasser sind wohl noch übrig. Hoffen wir, dass es nicht so lange dauert. Wie spät ist es, Bootsmann?«

»Kurz vor sechs. Wir sollten den Tender benachrichtigen. Nicht, dass die auf die Idee kommen, nach uns zu suchen.«

»Gut, Bootsmann, ich versuch's.« Schumann kramte sein Handy aus der Tasche und aktivierte es. »Hätte ich mir denken können. Hier gibt's kein Netz. Also keine Kommunikation.«

»Tote sterben länger«, bemerkte die Journalistin lakonisch. Jung registrierte mit zunehmender Sympathie auch noch Humor bei der Dame.

Sie fuhren hinter den Fremdenlegionären auf der Straße zurück, die sie gekommen waren. Nach einiger Zeit bogen sie links ab auf eine sandige Piste. Der Boden war glatt und sie rollten mit ziemlicher Geschwindigkeit bequem dahin. Der aufgewirbelte Staub des führenden Jeeps nahm ihnen die Sicht nach vorn. Seitwärts konnte Jung auf die Bergketten im Westen sehen. Die Gewittertürme standen drohend über den Kämmen, aber hier, in der Ebene, zog keine Wolke über den Himmel. Die Sonne stand jetzt tief und begann hinter der Gewitterfront zu versinken. Der Tag dämmerte. Es wurde kühler im Auto. Längere Zeit fuhren sie so dahin. Jung gewöhnte sich an den Gedanken, in absehbarer Zeit auf recht bequeme

Weise Dschibuti zu erreichen. Er dachte wieder an Paul und Karl, die zwei Kerle, die er noch immer nicht einordnen konnte.

»Bevor es dunkel wird, sollten wir noch eine Pinkelpause einlegen«, bemerkte der Fahrer. »Nachher sieht man nicht mehr, wohin man tritt. Es gibt Schlangen, Skorpione und unangenehmes Viehzeug hier draußen.« Er gab den Vorderleuten ein Zeichen und hielt an. Als Jung den Wagen verlassen hatte, begann er zu frösteln. Es war schon deutlich kühler geworden, trotzdem spürte er an seinen Füßen den noch warmen Sand unter den flachen Sohlen seiner Sandalen. Ein Pullover und feste Schuhe wären jetzt gut gewesen und hätten ihn angesichts lebendiger Skorpione und Schlangen ruhiger gestimmt. Er sah Schumann entgegen, der sich gerade wieder dem Fahrzeug näherte. Über seinem freundlichen Grinsen lag Skepsis, und er spähte demonstrativ auf das Schuhwerk.

»Zu früh gefreut, Tomi.«

»Wer hätte das denn ahnen können?«

»Wir jedenfalls nicht, wie man sieht.«

Jung wollte dazu nichts sagen.

Sie bestiegen die Fahrzeuge und setzten die Fahrt fort. Jung begrüßte erleichtert die einsetzende Wärme der Autoheizung. Die Dunkelheit brach sehr plötzlich herein. Es wurde stockdunkel. Die Scheinwerfer tasteten sich tanzend durch die Finsternis und vermittelten Unsicherheit und Schrecken. Eine gespannte Atmosphäre breitete sich aus.

»Reicht der Treibstoff, Bootsmann?«, erkundigte sich Schumann.

»Schwer zu sagen. Normalerweise ja. Aber wie lange

wir noch unterwegs sind, kann ich nicht einschätzen. Wenn ich in den Allradantrieb schalte, verbrauchen wir noch mehr. Noch ist das nicht nötig.«

»Haben wir Reservekanister an Bord?«

»Nee, die sind aus Sicherheitsgründen abgerüstet worden.«

»Soll das ein Witz sein?«

»Ist kein Witz. Wenn die Sonne draufknallt, könnten die Kanister explodieren. Der TÜV hat sie kassiert.«

Schumann schüttelte heftig den Kopf. Jung fühlte seine Unruhe und ließ sich davon anstecken.

Vor ihnen bremste plötzlich der Jeep und stoppte. Die Insassen winkten dem Fahrer, die Scheinwerfer anzulassen und breiteten ihre Karte auf dem Kühler aus. Schumann verließ den Wagen und ein Schwall empfindlich kalter Luft strömte ins Wageninnere. Die Franzosen gesellten sich zu Schumann und sie diskutierten eine Weile mit den beiden Legionären.

»Jetzt wird's ernst, Herrschaften!«, rief Schumann, als er zurück ins Auto stieg. »Vor uns liegt eine Hügelkette, dahinter ein Geröllfeld und dann ein Trockenbett. Auf der Karte ist die Piste zwar als befahrbar eingezeichnet, aber mit Einschränkungen.«

»Was ist, wenn der Fluss vollgelaufen ist? Hatten wir das heute nicht schon einmal?«, bemerkte die Fußmeier trocken.

»Abwarten. Leg los, Bootsmann. Die Franzmänner fahren schon.«

Die nächste halbe Stunde verbrachten sie damit, sich festzuhalten und einzuklemmen, damit sie sich nicht die Köpfe anstießen oder sonst wie verletzten. Es schepperte und krachte, als wolle das Auto gleich auseinanderbrechen. Die Scheinwerfer schlugen Lichtbalken durch die Finsternis und beleuchteten blitzartig bizarre Felsfiguren, die Jung das Blut in den Adern gefrieren ließen. Es war unheimlich. Der Fahrer fuhr das Auto im Allradantrieb und klammerte sich verzweifelt am Steuer fest. Jung hatte Angst, dass sie umkippen oder mit einer ernsthaften Havarie liegen bleiben könnten, mit Achs- oder Federbruch, einer Reifenpanne oder mit einer durchgeschlagenen Ölwanne. Wer würde sie aus dieser öden Finsternis herausholen können? Von den Jeeps vor und hinter ihnen sahen sie nur kurz die Lichtkegel in den Himmel ragen, wenn sie über dicke Gesteinsbrocken hopsten. Kommunikationstechnisch tot, durchfuhr es Jung. An eine Unterhaltung zwischen den Insassen war nicht zu denken. Sie waren damit ausgelastet, unversehrt zu bleiben und ihre Gefühle unter Kontrolle zu halten.

Endlich war die Tortur vorbei. Die Franzosen stoppten auf einem ebenen Sandstück, das zu einem reißenden Fluss abfiel. Die Scheinwerfer der Fahrzeuge tauchten die Szenerie in ein gespenstisches Licht. Ihre Lichtkegel fielen auf einen Strom, dessen Wassermassen dahineilten wie eine in Panik fliehende Herde Rinder mit schmutzig weißen Rücken.

»Bootsmann, was macht der Verbrauch?«, fragte Schumann nüchtern.

»Wir sind im roten Bereich. Um die zehn Liter bleiben noch.«

»Check das Fahrzeug, ob alles heil geblieben ist. Ich rede mit den anderen. Vielleicht haben die Treibstoff für uns.«

Sie verließen das Fahrzeug. Draußen war es jetzt wirklich kalt. Jung schlang die Arme um die Brust.

»Sie können einen Pullover von mir haben.« Die Journalistin war zu ihm getreten und blickte ihn bedauernd an. »Warten Sie, ich hole ihn aus meiner Reisetasche.«

»Sehr freundlich, danke«, erwiderte er schuldbewusst. Dennoch nahm er den dicken Marinepullover, den sie ihm reichte, gern an.

»Bootsmann, unsere französischen Freunde können uns mit Benzin aushelfen. Dieses Problem ist zunächst vom Tisch.« Schumann war zu dem Fahrer getreten und sah ihm zu, wie er, rücklings auf dem Boden liegend, die Unterseite des Autos kontrollierte. Er richtete sich wieder auf und klopfte sich den Sand von den Händen.

»Alles soweit in Ordnung. Scheint nichts kaputt zu sein.«

»Haben wir überhaupt Reserveräder an Bord?«, fragte ihn Schumann besorgt.

»Nee. Kein Reservereifen, kein Werkzeug.«

»Ich wage nicht zu fragen, wer das zu vertreten hat. Aber warum?« Schumann bemühte sich um Zurückhaltung, was ihm nicht gut gelang.

»Aus Kostengründen. Reifen und Werkzeugtaschen wurden zu oft geklaut.« Der Fahrer wendete sich ab. Er ging dem Franzosen entgegen und nahm ihm den Reservekanister ab.

»Wo ist dein Kollege?«, sprach Schumann ihn an.

»Er ist im Fluss. Sucht eine Durchfahrt.«

»Was? Ist der lebensmüde? Der säuft doch ab, wenn er nur stolpert.«

»Wir kennen das. Kein Problem. Ihre Schuhe sind très, très gefährlich.« Er zeigte auf Schumanns und Jungs Sandalen.

»Ich habe mehrere Ersatzstiefel im Auto«, mischte

sich der Bootsmann ein. »Welche Schuhgröße haben Sie, Oberstaber?«

»42. Und du, Tomi?«

»Die Gleiche.«

»Das passt.«

Sie wechselten das Schuhwerk. Der zweite Franzose kam aus dem Fluss, bis an die Brust durchnässt, und schüttelte den Kopf. Dann beugten sie sich im Licht der Scheinwerfer über die Karte und beratschlagten. Jung überkam plötzlich Hunger und er musste dringend pinkeln. Er schlug sich seitwärts hinter einen flachen Hügel und war sofort von undurchdringlicher Finsternis umhüllt. Einige wenige Sterne sah er am Himmel, aber es schien kein Mond, der genug Licht gespendet hätte, um sich orientieren zu können. Also blieb er einfach stehen und gab seinem immer dringlicher werdenden Bedürfnis nach. Er erschrak, als er hinter sich Schritte im Sand hörte. Sein Herz hörte für den Moment auf zu schlagen und sein Atem stockte. Er wäre fast umgekippt. Sein offener Hosenstall und der Reflex, sich nicht anzupinkeln, waren jedoch stärker als die Angst vor nahender Bedrohung.

»Don't move. Get your hands up«, flüsterte eine leise Stimme befehlend. Jung nestelte fahrig an seinem Hosenladen herum. Halb fertig hob er die Hände wie befohlen.

»Go back to the cars. Keep your hands up.«

Er vermochte sich kaum zu bewegen. Er musste sich zwingen zu tun, was er verstanden hatte. Er setzte sich in Bewegung und trat mit erhobenen Armen und offener Hose ins Licht der Autoscheinwerfer zurück zu seinen Kameraden. Der Fahrer starrte ihn an, als sei er verrückt geworden.

»Relax. Take it easy«, hörte er die ruhige Stimme hinter sich. Zwei Kerle traten hinter ihm aus der Finsternis. Ihre Einzelkämpfervermummung und die umgehängten Waffen ließen sie aussehen, als gehörten sie in eine andere Welt. Jung war erst jetzt in der Lage zu realisieren, dass er es mit amerikanischen Soldaten zu tun hatte.

»Hello, how are you doing?« Die Fremdenlegionäre begrüßten die beiden wie alte Kumpel.

»Everything just fine. Who are these guys? What's going on here?«

»Germans. Got some trouble with that damned water over there. Looking for a pass through to Dschibuti. Can you help us?«

»Sure, no problem. There is another way out of this.« Jung kamen die Worte bekannt vor. Die zierliche, japanische Soldatin aus dem CTF-Stab hatte mit ihren männlichen Kameraden in der nächtlichen Wüste wenig gemein.

Die Amis nahmen die Helme ab und schüttelten den Legionären die Hände. Dann beugten sie sich über die Karte und erklärten den Franzosen einen anderen Weg nach Dschibuti, am Camp Lemonier vorbei zum Flughafen. »We contact our control posts. They will not shoot you down to shit. You can be sure, really. Take it easy. So long.«

Sie setzten ihre Helme wieder auf, grüßten die Legionäre und verschwanden in der Finsternis, so ruhig und unauffällig, wie sie gekommen waren.

In diesem Moment blitzte es in Jungs Gedächtnis auf und er wusste, woher er Paul und Karl kannte. Er frohlockte und vergaß darüber seine Angst und die missliche Situation, der er gerade entkommen war, und die sich jetzt zu einem glücklichen Ende zu wenden schien.

Tatsächlich brauchten sie noch eine halbe Stunde durch schwieriges Gelände, bis sie in den Horizont der Flutlichtbatterien des Camps Lemonier eintauchten. Sie witzelten erleichtert über Jungs unfreiwillig komische Westerneinlage. Schumann stieß sich schwer am Kopf, als er sich in dem wild hin und her schwankenden Auto vor Lachen nicht festhalten konnte. Scheinwerfer und die Läufe schwerer Maschinenwaffen auf den Wachtürmen folgten ihrem kleinen Konvoi, als sie Camp Lemonier auf der Fahrspur vor dem breiten Erdwall passierten. Normalerweise hätte sie das beunruhigen müssen. Jetzt freuten sie sich nur auf das nahe Ende ihres Ausflugs, auf eine heiße Dusche, ein kühles Bier und ihre Kojen.

DER KOMMANDEUR III

Bevor Jung am nächsten Morgen zum Frühstück in die Messe ging, stieg er hinauf auf die Brücke. Sein erster Blick galt den Bergrücken im Westen. Die kleinen Wolkentürmchen, die er gestern früh noch erwartungsfroh begrüßt und deren schlimmes Ende er später insgeheim und nicht nur einmal verflucht hatte, waren heute ausgeblieben. Die Sonne stand an einem wolkenlosen Himmel und trieb die Temperaturen schon am frühen Morgen merklich in die Höhe. Im Südwesten sah er die Kuppel der Moschee in den Flüchtlingscamps vor der Stadt golden glänzen. Der Golf davor war schmutzig braun gefärbt. Die Brühe breitete sich bis nahe an den Hafen aus und wurde abrupt, wie mit dem Messer abgeschnitten, von dem leuchtend blauen Meerwasser gestoppt.

Jung atmete tief ein und aus. Er hatte gut geschlafen und erwartete den neuen Tag mit sich selbst zufrieden und gespannt auf das, was auf ihn zukommen sollte. Er verließ die Brücke und stieg das Treppenhaus hinunter in die Messe, wo Jungmann und Frau Fußmeier schon beim Frühstück saßen. Er wünschte einen guten Morgen und sah dieses Mal weitaus freundlicher auf die Reporterin.

»Wo haben Sie Ihren Kollegen gelassen? Ruht er sich nach den Strapazen des gestrigen Tages noch aus?«

»Er liegt im Krankenrevier und wird gerade verarztet«, bemerkte sie spitz. »Er hat seine Stimme verloren, kann nicht durch die Nase atmen und vor lauter blauen Flecken nicht liegen und sitzen.«

Jung glaubte, Humor wäre angebracht, und erwiderte: »Hauptsache, er hat sich nichts gebrochen und kann noch stehen.« Er fühlte aber sofort, dass das nicht ankam.

»Es hätte sehr viel schlimmer kommen können«, schaltete sich Jungmann ein.

»Was wäre eigentlich passiert, wenn wir liegen geblieben wären?«, fragte die Fußmeier aufmüpfig.

»Sie hatten Glück, dass Sie die Legionäre getroffen haben. Die können mit ihrer Führung über GPS telefonieren. Sie haben die eigenen Leute unterrichtet und die haben uns informiert. Notfalls hätten sie einen Hubschrauber kommen lassen, um Sie da rauszuholen.«

»Und wenn wir den Fremdenlegionären nicht begegnet wären?« Die Frau ließ nicht locker.

»Dann hätten wir uns um Sie gekümmert, wenn Sie nach Einbruch der Dunkelheit noch nicht wieder zurückgekehrt wären.«

»Und wie hätte Ihre Hilfe ausgesehen?« Sie blieb hartnäckig.

»Unsere Möglichkeiten sind beschränkt. Mir ist ein solcher Fall bisher noch nicht untergekommen. Wahrscheinlich hätte ich die Hilfe unserer französischen Freunde in Anspruch genommen. Sie kennen sich hier am besten aus und wissen, was zu tun ist.«

Jung hatte sich Kaffee eingeschenkt, und ein Brötchen geschmiert. Er war in Gedanken schon bei dem Sechsaugengespräch mit Jungmann und Schumi, das er so schnell wie möglich führen wollte. »Da draußen sind uns mitten in der stockfinsteren Ödnis plötzlich zwei bis an die Zähne bewaffnete Amis über den Weg gelaufen. Was tun die da?«, wollte die Journalistin wissen. »›Über den Weg gelaufen‹ ist wohl nicht der richtige Ausdruck«, korrigierte sie Jung. »›In die Falle eines Killerkommandos getappt‹ trifft die Sache eher.«

Jungmann lachte als Einziger. »Die Amis befürchten Terroranschläge auf ihr Camp. Sie sichern das Gelände im Vorfeld mit mobilen Trupps weiträumig ab«, antwortete er. Ruhe kehrte am Frühstückstisch ein. Jeder hing seinen eigenen Gedanken nach.

»Ich werde meinem Kollegen eine Tasse Kaffee bringen. Das wird ihm guttun, hoffe ich.« Die Journalistin füllte einen Becher mit Kaffee und verließ die Messe, ohne sich abzumelden, wie Jung erleichtert registrierte.

»Wir müssen nach dem Frühstück sofort zusammenkommen, passt das?«, drängte er, als die Tür zugefallen war. »Ich habe Neuigkeiten. Hat Schumann Sie schon informiert?«

»Nein, wir haben noch nicht miteinander gesprochen. Natürlich. Für Sie habe ich immer Zeit. Gehen wir gleich auf meine Kammer. Ich lass den Oberstaber ausrufen.«

Sie stiegen das Brückenhaus hinauf in Jungmanns Suite.

»In die Kammer«, meldete sich Schumann wenig später. Nach der Begrüßung richteten sich seine Blicke erwartungsvoll auf Jung. Er las in dessen Augen, dass er den Kommandeur noch nicht informiert hatte. Er setzte sich zu den beiden auf die Sitzbank. Jung kam ohne Umschweife zur Sache.

»Ich bin fest davon überzeugt, dass wir den KaFü gefunden haben. Er lebt und arbeitet drüben in Tadjoura«, begann Jung und lehnte sich zurück.

»Nein. Das kann ich nicht glauben. Wie kommen Sie darauf?« Jungmanns Überraschung spiegelte sich nicht nur in seiner Mimik, sondern hatte ihn auch laut werden lassen. Er bemühte sich sofort um Zurückhaltung.

Jung konnte nicht verhehlen, dass es ihm Vergnügen bereitete, dem Kommandeur haarklein und ohne die geringste Auslassung von ihren Bemühungen und deren Ergebnis zu berichten. Er freute sich an seinen Formulierungen, die ihm fließend über die Lippen kamen, an dem Detailreichtum, den er in seiner Rede unterbrachte, und vor allem an dem perfekten Timing seines Vortrags, mit dem er seine Zuhörer fesselte. Sie unterbrachen ihn nicht ein einziges Mal. Als er geendet hatte, konnte er sich nicht verkneifen, auf seine Uhr zu schauen. Zu seiner Freude stellte er fest, dass nur wenige Minuten verstrichen waren. Er hatte einen gelungenen Vortrag abgeliefert.

»Was machen wir nun, Herr Kap'tän?« Schumann war der Erste, der wieder das Wort ergriff.

Jungmann sah noch einen Moment abwesend auf seine Hände. Dann richtete er sich in seinem Stuhl auf. »Erstens und am wichtigsten: Das eben Gesagte bleibt in diesem Raum und darf auf keinen Fall publik werden. Bevor wir den KaFü nicht in unserer Gewalt haben, muss absolutes Stillschweigen herrschen. Haben Sie das verstanden?«

Die beiden nickten ernst.

»Zweitens: Es darf nichts passieren, das Anlass zu Gerüchten gibt. Die Helfer des KaFüs knöpfen wir uns später vor. Am besten, Sie bleiben solange bei mir an Bord.«

Die beiden nickten erfreut.

»Drittens: Ich werde sofort den Vertreter des MAD* zu mir kommen lassen. Der wird als französischer Tauchtourist getarnt mit einem Kollegen eingeschleust. Sie werden die Männer identifizieren. Alles Weitere folgt dann.«

Die beiden nickten erneut.

»Kennt er sich aus?«, hakte Jung nach.

»Ja, perfekt. Er treibt sich an allen Ecken, Plätzen und in allen Lokalen in Dschibuti herum, wo Nachrichten und Gerüchte verbreitet und gehandelt werden. Das ist sein Job.«

»Den hat er aber nicht gut gemacht«, warf Schumann ein. »Sonst hätte er hören müssen, was ich gehört habe.«

»Er hätte aber nicht unbedingt die gleichen Schlüsse daraus ziehen müssen«, gab Jung zu bedenken.

»Er ist ein Ekel. Ein widerlicher Schleimer«, sagte Jungmann. »Ich traue ihm nicht viel zu. Aber das hier wird er erledigen können. Das passt zu ihm.«

»Und wie geht es anschließend weiter?«, trieb Jung das Gespräch voran.

»Wenn es der KaFü ist, werden wir die Militärpolizei schicken und ihn festnehmen lassen. Dann wird er in Deutschland vor ein ordentliches Gericht gestellt. Im schlimmsten Fall kriegt er fünf Jahre.«

»Was geschieht mit seinen Helfern? Werden die auch in Gewahrsam genommen?«, fragte Schumann.

»Ich kann mich nur zu den deutschen Soldaten äußern. Sein Helfer an Bord hat sich strafbar gemacht. Ja, der wird zur Verantwortung gezogen werden. Zivilisten machen sich strafbar, wenn sie einem Soldaten bei

* Militärischer Abschirmdienst

der Fahnenflucht Beihilfe leisten. Aber was sind die beiden in Tadjoura denn, Deutsche oder Franzosen? Herr Jung, das müssten Sie doch wissen.«

»Die beiden werden in Deutschland gesucht. Ich habe den Fall vor Jahren bearbeitet«, antwortete Jung. »Allerdings glaubte die Polizei, dass sie Opfer krimineller Gewalt geworden seien. Nun stellt sich heraus, dass sie nur aus Deutschland abgehauen sind, ohne sich abzumelden. Das ist eine Ordnungswidrigkeit. Jetzt haben sie sicherlich falsche Papiere. Ich nehme an, französische Papiere. Das wäre in mancherlei Hinsicht strafbar: Fälschung, Verstoß gegen das Passgesetz usw. Ich weiß allerdings nicht, ob sie der deutschen oder der französischen Gerichtsbarkeit unterliegen. Wahrscheinlich beiden. Über die Reihenfolge kann ich nichts sagen.«

»Gut. Verplempern wir keine Zeit und machen uns an die Arbeit. Noch Fragen?«

Sie hatten keine Fragen und ließen Jungmann allein in seinem Büro zurück.

*

»Was machen wir jetzt, Tomi?« Schumann und Jung hatten sich ein Deck höher in die Brückennock gestellt und schauten über den Hafen auf das in der Ferne blinkende Wasser des Golfs von Aden.

»Wir tun gar nichts. Wir warten. Ist das nicht eine soldatische Tugend, Schumi? Ich erinnere mich dunkel, dass du mir diese Tugend mal nahegelegt hast, erinnerst du dich?«

»Ja ja, stimmt schon. In diesem Fall würde ich aber

lieber etwas tun. Der Typ vom MAD könnte alles versauen.«

»Es bleibt uns nichts anderes übrig, als Jungmann zu vertrauen.«

»Und wenn nicht, können wir auch nichts machen. Okay, ich leg mich mal aufs Ohr. Vielleicht kann ich ja schlafen.«

»Tu das. Bis später.« Jung stieg drei Decks tiefer in seine Kammer und war dankbar, dass er sie allein bewohnte. Er legte sich auf die Koje und nahm sein Buch zur Hand. ›Stellen wir uns einen Augenblick vor, dass die Menschen große Eiswürfel sind, etwa einen Kubikmeter groß, mit kleinen Köpfen und dünnen Beinen. So leben wir Menschen nämlich die meiste Zeit: Wir laufen herum wie Eiswürfel, die hart aneinanderprallen. Oft kracht und knackt es dabei an den Kanten. Um uns selbst zu schützen, frieren wir so fest ein, wie wir können, und hoffen, dass wir beim Zusammenstoß mit anderen härter sind als sie. Wir sind eiskalt, weil wir Angst haben.‹ Jung unterbrach seine Lektüre. Das ist eine erhellende Erkenntnis, dachte er und las weiter. ›Unsere Angst macht uns starr, unbeweglich und hart, und es gibt ein ziemliches Chaos, wenn wir mit anderen zusammenprallen. Jedes Hindernis, jede unerwartete Schwierigkeit kann uns in Stücke zerbrechen lassen. Eiswürfel verletzen, Eiswürfel haben es schwer. Wenn wir hart und starr sind, können wir noch so vorsichtig sein, wir laufen Gefahr, auszurutschen und die Kontrolle zu verlieren. Wir haben scharfe Kanten, die Schaden anrichten, und wir verletzen nicht nur andere, sondern auch uns selbst.‹

Jung legte das Buch aus der Hand und dachte urplötzlich an seine Frau. Was machte sie wohl in dieser Sekunde?

Er verlor sich in Gedanken an zu Hause, an seine Kinder und irgendwann landete er bei Holtgreve, seinem Chef und Petersen, dem Wärter am Treppenaufgang zu den Büros der Polizeiinspektion Nord. Was würden die wohl zu Afrika sagen? Er fiel in einen leichten Dämmerzustand, und war kurz darauf tief und fest eingeschlafen.

*

Drei Tage später stand fest, dass Holger Grenz für das Centre de plongée Hilfsdienste leistete und bei einer Somali in Tadjoura untergekommen war. Jungmann war dabei, die nötigen Vorkehrungen für Grenz' Festnahme mit den französischen Kollegen abzusprechen, die über Paul und Karl, die beiden falschen Franzosen, in den Fall involviert waren. Noch waren keine Maßnahmen eingeleitet worden, die Helfer des KaFüs festzunehmen. Es war so, als ob gar nichts geschehen sei. Es war die typische Ruhe vor dem Sturm.

DER ABSCHIED

Der Funkmeister brachte am Abend eine ausgedruckte E-Mail für Jung. Sie kam von seiner Tochter. Er hatte vormittags an sie gedacht, und es kam ihm wie Gedankenübertragung vor, dass sie sich jetzt meldete. Sie antwortete auf eine Mail, die er ihr kürzlich geschrieben und in der er von sich und seinem Unterfangen erzählt hatte. Er freute sich riesig und las mit großer Neugier.

*

Konban wa (wir haben es schon … erst 17.30 Uhr und es ist stockduster). Heute bin ich mal früh nach der Schule nach Hause. Die ganzen nächsten Tage sind Tests, die ich nicht nehme, aber mein Ziel ist es, bevor ich zurückfliege, 70 Prozent aller Test zu nehmen. Na ja, d. h. ich sehe meine Freunde 'ne ganze Woche nicht und danach ist nur vier Stunden Unterricht oder so und dann Ferien. T_T

Papa, ich kann dich gut verstehen, mir geht der ganze Militärkram auch so auf die Nerven, ohne dass ich auf 'nem Schiff bin. ; p

Momentan haben wir im Englischunterricht Landminen als Thema und ich lese einen Roman mit dem Titel ›Mister Aufziehvogel‹, wo ja auch dieser Soldat ist, und irgendwie immer, wenn ich Militär höre, muss ich an dieses böse Dunkelgrün denken und an Explosionen und an Einsamkeit, da wird mir ganz schwummerig, aber ich denke mal, dir geht das auf eine andere Art und Weise gegen den Strich.

Das mit dem Wetter hört sich gut an. Bist du wieder gesund? Und was macht das Essen? Das Essen hier ist total lecker, aber man kann es ÜBERHAUPT nicht (…) mit dem aus dem Westen vergleichen, in keinster Weise. Beides schmeckt auf seine Art total klasse, aber da es so verschieden ist, kann ich nicht sagen, was besser wo, wie besser schmeckt, aber manchmal vermisse ich Mamas Küche, auch wenn es hier auch köstlich ist, aber die Hackfleischnudeln fehlen einfach und die Hähnchenkeulen mit Reis. Eigentlich habe ich kaum Heimweh. Natürlich hätte ich euch gern hier, aber es geht auch ohne und ich denke, du weißt, dass ich eh nicht so der Deutschlandfan bin. Wenn ich etwas vermisse, dann ist es meine Familie und Ele und Julia, aber Deutschland vermisse ich kein Stück, im Gegenteil, wenn ich daran denke, dass ich schon in zehn Monaten wieder zurück muss, wird mir ganz anders. In Deutschland ist alles so negativ und die Leute sind oft schlecht drauf und beschweren sich ständig über Dinge, die total irrelevant sind (ich spreche aus Erfahrung … Ich sag nur SKY), so was gibt's hier nicht. Ich glaube, bisher habe ich keinen Tag hier verbracht, an dem ich nicht gut drauf war und die Japaner sind alle so nette Menschen, auch wenn es zu ihrer Kultur gehört, einfach immer nett zu sein, das ist immer noch besser, als ständig angepampt zu werden … egal. :D

Wo war ich … ach ja, vermissen. Besonders jetzt fehlt ihr mir. Die Häuser hier sind total kalt. Zu Hause gibt's das beste Wohnzimmer der Welt mit dem Kamin, dem tollen Fernseher und dieser total angenehmen Wärme im Winter, wenn dann noch dieses beruhigende Licht dazukommt und ein Krimi im Fernsehen mit euch und Chips und Cola. Das vermisse ich schon total.

Ich habe euch auch schon was gekauft zu Weihnachten. Nichts dolles. Eigentlich möchte man meinen, hier gibt es total viele Sachen, die es in Deutschland nicht gibt und es sollte einem leicht fallen, Geschenke zu kaufen, aber wenn ich nach Omiya fahre, sehe ich weit und breit nur Klamotten oder Dinge, mit denen man nichts anfangen kann, die schnell verloren oder kaputt gehen, weil sie so detailliert und fein gearbeitet sind. Elektronische Dinge kosten ein Vermögen und Traditionelles findet man nicht so schnell oder es ist auch teuer. Sonst gibt es nur Restaurants und Pachinkohallen, so weit das Auge reicht.

Dafür habe ich euch leckeres Naschi gekauft, war zwar auch nicht ganz billig, aber das hat was Französisches. Es hat so einen neutralen Feinschmeckergeschmack. Vielleicht gibt es das auch in Frankreich oder so, aber es schmeckt euch sicher. Ich hoffe, Mama lässt dir was über. Ist nur bis Februar haltbar. :D

So, ich muss jetzt auch wieder (hab ich viel geschrieben) O_O. Ich hoffe, man hört sich und viiiielen Dank für die Klassenfahrt. Ich werde es im Februar abheben (^.^) VIIIIELEN Dank, Papa … Man schreibt sich …

Arigato gazaimasu – wie wir in Japan sagen würden.

Cara

*

Grammatik und Interpunktion hätten besser sein können, vermerkte Jung amüsiert und besorgt. Das Wort ›total‹ häufte sich an einigen Stellen beunruhigend oft. Dennoch begeisterte ihn die Prosa seiner Tochter. Er liebte sie mehr und zärtlicher, als es ihm zu Hause jemals bewusst gewesen war.

Er begab sich an die Arbeit und beendete seinen Bericht rasch. Er überlas noch einmal, was er zu Papier gebracht hatte, war zufrieden und machte den Bericht versandfertig: an den Befehlshaber, den CTF, den Kommandeur MLBE, den Kommandanten und den IO. Die Hände im Nacken verschränkt lehnte er sich in seinen Stuhl zurück. Er dachte an Schumann. Das Bedürfnis, ihn dabei zu haben, überkam ihn. Ohne ihn hätte er mehr Schwierigkeiten gehabt, als ihm hätte lieb sein können. Ihm kam in den Sinn, Schumi über die Bordsprechanlage ausrufen zu lassen. Er wählte den Wachstand.

»Wache, Obergefreiter Adamcyk.«

»Oberleutnant Jung. Bitte rufen Sie Oberstabsbootsmann Schumann aus. Er soll sich bei mir melden.«

»Herr Oberleutnant, es ist spät.«

»Ja und?«

»Es ist Ruhe im Schiff.«

»Ah ja? Okay. Und wie kann ich den Oberstaber erreichen?«

»Ich erledige das. Kein Problem.«

Nach wenigen Minuten klopfte es an der Tür. Schumann betrat die Kammer und meldete sich. Die ewige Melderei ging Jung auf die Nerven.

»Setz dich«, sagte er ruhig. »Ich bin gerade mit meinem Bericht fertig. Du sollst ihn als Erster lesen. Ohne dich hätte ich das nicht geschafft. Ich möchte mich bei dir bedanken.«

»Danke für die Blumen, Tomi. Aber mal ehrlich: Ich hab mich nicht groß anstrengen müssen und hatte meinen Spaß, vor allem an Land.«

»Ich erinnere mich: die hübschen Mädels vom Gepard. Wenn ich könnte, würde ich dich gern mit zur Polizei nehmen, Schumi«, scherzte Jung. »Was würdest du davon halten?«

Schumann schwieg und ging auf das Geplänkel überhaupt nicht ein. Jung glaubte, das Thema sei abgehakt. Er war überrascht, als Schumann doch noch reagierte: »Willst du das wirklich wissen, Tomi?«

»Klar. Tu dir keinen Zwang an«, plauderte Jung weiter und hantierte an seinem Laptop herum, um den Bericht auszudrucken.

Schumann zögerte einen Moment und erwiderte kurz angebunden: »Davon halte ich gar nichts.«

»Und warum?« Jung wandte sich ihm zu.

»Ich bin Mariner, seit ich 18 bin. Wenn ich da weg sollte, was würde passieren?«

»Du wirst es mir gleich sagen.«

Schumann dachte nach und rief fast dramatisch: »Ich würde eingehen. Ich wüsste gar nicht, was ich machen sollte.«

»Ich könnte dir helfen, so wie du mir geholfen hast.« Jung hielt sich bewusst zurück.

»Ich glaube nicht, dass du das kannst. Und ich glaube auch nicht, dass ich das will.« Das kam fast trotzig.

»Und warum nicht?«, fragte Jung irritiert.

Diesmal entstand eine längere Pause, in der sich eine ungewohnte Spannung zwischen ihnen entwickelte. Endlich rückte Schumann mit der Sprache heraus. »Du bist mir zu anstrengend.«

»Anstrengend? Wie kommst du darauf?« In Jungs Stimme mischten sich Unglauben und Aggression.

Schumann schwieg, senkte die Augen und dachte nach. Als müsse er sich einen Ruck geben, fuhr er fort: »Du bist mir zu ernst. Mit dir kann man keinen Spaß haben.

Du siehst die Menschen und was du siehst, gefällt dir nicht. Nicht einmal du selbst gefällst dir.«

Jung war bemüht, sich seine Betroffenheit nicht anmerken zu lassen, konnte aber dennoch nicht verhindern, dass er pampig reagierte: »Sonst noch was, das dir nicht gefällt?«

Erneut ruhte ihre Unterhaltung. Schumann sah aus, als kämpfe er mit einem imaginären Widersacher um die richtigen Worte, um genügend Zeit oder um alles Mögliche andere. Jung schwieg angespannt. Nichts hätte er jetzt tun können. Alles andere hätte ihn zerrissen.

»Du bist jemand, der eine Braut in einem hübschen, weißen Brautkleid mit Schleier und Kranz nur albern findet. Du unterscheidest messerscharf zwischen Wirklichkeit und Illusion und du wirst dich immer für die Wirklichkeit entscheiden.«

»Und du? Wofür entscheidest du dich?«

»Fürs Leben.«

»Und was ist das, das Leben?«, fragte er ungewollt scharf.

Schumann wandte sich ab. Er hob kurz zum Sprechen an, brach den Versuch aber wieder ab. Dann stand er abrupt auf, ging einmal um seinen Stuhl und setzte sich wieder. Jung starrte ihn dabei unablässig an. Er sprach kein Wort und bewegte sich keinen Zentimeter. Seine Gesichtszüge schienen eingefroren zu sein. Nur seine Augen bewegten sich und folgten dem Gesprächspartner hartnäckig.

Schließlich presste Schumann heraus: »Das ist die Fähigkeit, nicht alles so ernst zu nehmen, verstehst du?«, rief er fast flehentlich. »Dem Alltag einen Hauch von Glanz zu verleihen, das ist es. Wenn mir das gelingt, tut es mir und meiner Umgebung gut. Verstehst du, was ich meine?« Schumann klang, als appelliere er an Jungs verlorene, bessere Hälfte in dem sicheren Wissen, dass sein Appell vergeblich bleiben würde.

Jung senkte seinen Blick. Er sah aus, als hätte er einen heftigen Schlag bekommen. Nachdem er tief Luft geholt hatte, erwiderte er ruhig: »So etwas hat mir kürzlich schon jemand gesagt.«

»Lass mich raten. Es war eine Frau, stimmt's?«

»Sag mal, was bist du eigentlich für 'n Typ? Hast du heimlich studiert? Irgendetwas Psychomäßiges?« Jung hatte Mühe, seine Aggressivität unter Kontrolle zu halten.

»Siehst du, so bist du. Wenn jemand etwas weiß, muss er gleich studiert haben. Nein, ich habe nicht studiert. Aber vor 20 Jahren ging es mir fast so wie dir jetzt.«

»Und was dann?«

»Sagte ich ja schon. Ich habe gelernt zu leben.« Schumann hörte sich verzweifelt an.

»Das könnte ich ja auch, wenn es stimmte, was du sagst.« Jung bemühte sich vergeblich um Gelassenheit.

»Das glaube ich nicht. Dafür bist du nicht gebaut. Dein Kopf ist zu schwer und dein Gewissen zu groß. Damit wird man vielleicht ein guter Polizist, aber kein guter Liebhaber. Und das ist es doch, was wir vor allem wollen, oder?« Schumanns Stimme hatte sich noch einmal erhoben und war am Schluss fast zu ihrem Alltagsklang zurückgekehrt. Ein verdrießlicher Unterton hatte sich darunter gemischt.

Jung schwieg betreten. Schumann machte Anstalten sich zu erheben und sagte nüchtern: »Du wolltest, dass ich ehrlich bin. Nun hab dich nicht so. Du hast genug, womit du dich trösten kannst.«

»Und das wäre, Herr Doktor?« Ein kindischer Trotz sprach aus Jung.

»Du bist unabhängig, soweit ein Mensch das überhaupt nur sein kann. Du musst niemandem hinterherlaufen, um gut leben zu können. Und du machst deine Arbeit gut. Das reicht doch, oder?«

»Wenn du es sagst. Du bist ja der Experte.«

»Tomi, nun sei nicht beleidigt.« Schumann wirkte resigniert. »Wir fliegen mit der nächsten Maschine zurück nach Deutschland. Danach bist du mich los. Schluss mit dem Doktor, der dich madig macht, okay? Nochmals vielen Dank, dass du mich gerufen hast, und für den Bericht.«

Die Stimmung war im Eimer. Sie waren sich ohne Worte einig, dass sie ihre Unterhaltung nicht länger ausdehnen wollten. Jung reichte dem Partner die ausgedruckten Seiten. Schumann nahm sie, und sie wünschten sich eine Gute Nacht. Er öffnete die Kammertür und meldete sich ab: »Aus der Kammer.«

Jung blieb nachdenklich zurück. Die Braut in ihrem albernen Hochzeitskleid, das hatte gesessen. Er fühlte sich ertappt. Für ihn war Hochzeit in Weiß – besonders im Wiederholungsfall – schlechter Zirkus, Schmierentheater. Die Frauen vergossen literweise Tränen. Die Männer verschuldeten und betranken sich sinnlos. Als Krönung vögelte der berauschte Bräutigam auf der Damentoilette noch schnell die bildhübsche Schwägerin, damit seine laute Brunft nicht die Romantik der Brautnacht ruinierte. Danach versank er im Eheleben. Schluss, aus und vorbei. Vergiss es, ermahnte sich Jung. Er sammelte seine Gedanken und Gefühle ein und schmiss sie mit einer heroischen Geste über Bord.

*

Er zog sich um, putzte die Zähne und verschwand hinter den Vorhängen seiner Koje. Er nahm sein Buch zur Hand und las: ›Wenn wir verliebt sind, enthält diese Liebe fast immer ein Element des Brauchens, den Gedanken, dass wir etwas davon haben könnten: Es ist so aufregend, mit dir zusammen zu sein. Ich fühle mich so gut, wenn du bei mir bist. Du machst mich so glücklich. Ich fühle mich ganz, wenn ich mit dir zusammen bin. Du erfüllst alle meine Bedürfnisse. Wenn etwas geschieht, das diese Fantasievorstellungen zerstört, verändern sich die Worte: Ich hasse ihn. Ich frage mich, was ich in ihm gesehen habe. In Wirklichkeit macht uns niemand glücklich oder traurig; das tun nur wir selbst. Verliebtheit ist voller Illusionen; wirkliche Liebe oder wirkliches Mitgefühl sind frei von Illusionen. Sie sind einfach das, was wir sind.‹

Jung überdachte, was er gerade gelesen hatte. Es gefiel ihm. Darüber schlief er ein.

WIEDER ZU HAUSE

»Und jetzt?«, drängelte Svenja.

»Was und jetzt?«

»Was passiert denn nun mit dem ausgebüchsten Seemann?«

»Das weiß ich nicht genau. Ich möchte nicht mit ihm tauschen.«

»Und die Republikflüchtlinge?«

Jung lachte. Er hob sein Glas mit einem südafrikanischen Sauvignon blanc und trank seiner Frau über den schmalen Tisch zu. Es war nun schon einige Zeit vergangen, dass er aus Afrika zurückgekehrt war und seine Wehrübung beendet hatte. Der Ausstieg hatte sich so langwierig wie der Einstieg gestaltet. Einige Ausrüstungsgegenstände waren verloren gegangen. Das Sonnenvisier und ein Paar Lederhandschuhe waren unauffindbar. Er musste eine Verlustmeldung schreiben. Der Chef des Stabes, der noch immer vor Somalia nach Terroristen fahndete, hatte die Meldung gegenzuzeichnen und zu bestätigen, dass Jungs Angaben korrekt waren.

Er hatte sich auch einer medizinischen Überprüfung stellen müssen, um seine physische und psychische Unversehrtheit festzustellen. Anfangs war er von der ungewohnten Fürsorge gerührt gewesen. Nach dem Gespräch mit dem Wehrpsychologen musste er einsehen, dass es ausschließlich darum ging, etwaige Versorgungsansprüche aus möglichen Wehrdienstbeschädigungen von Anfang an auszuschließen. Der Staat sicherte sich gegen ihn und seine Rechte ab, sein persönliches Wohlergehen spielte – wenn überhaupt – eine nur untergeordnete Rolle.

Er war froh, wieder zu Hause zu sein. Als er zum ersten Mal seit vielen Wochen sein Haus betrat, kamen ihm der viele Platz, die großen Fenster, die Vorhänge, die Helligkeit, die Einrichtung und der Geschmack, der Luxus der Bäder, die Ruhe und Leere unwirklich vor. Die Großzügigkeit und der Komfort überwältigten ihn. Wer sich von hier freiwillig wegbewegt in die Welt eines Kriegsschiffes, das im Indischen Ozean herumdümpelt und nach Terroristen sucht, muss wirklich ein kompletter Idiot sein, dachte Jung insgeheim.

Dennoch empfand er seine Zeit bei der Marine als Bereicherung. Er hätte sie nicht mehr missen wollen. Was ihn geängstigt, erschrocken, geschmerzt, belastet, eingeengt, geärgert, Kraft, Schweiß und Entbehrungen gekostet hatte, wandelte sich schnell zu einem Schatz, aus dem er schon jetzt ungeahnten Gewinn zog. Und wenn es nur die Geschichten waren, die er zu erzählen hatte und denen Svenja gespannt folgte.

»Kommen sie in den Bau?«, fragte sie neugierig.

»Ich glaube schon. Fragt sich nur in welchen.«

»Doch nicht etwa in Dschibuti?«, rief sie entsetzt.

»Davor bewahre sie Gott. Die Franzosen beschäftigen sich nun erst einmal mit ihnen, glaube ich. Schwer zu sagen, was sie mit ihnen machen. Auf jeden Fall werden sie nicht so gut essen und trinken wie wir.«

»Wer weiß? Die Franzosen sind berühmt für ihre Küche.«

Sie lachten. Die Weinstube im Krusehof hatte sich Jung ausgesucht, weil kein größerer Kontrast zum Ambiente eines Kriegsschiffes vorstellbar war. Es war zwar auch hier eng, aber das vom Rauch der Jahrzehnte geschwärzte Balken- und Ständerwerk des alten Brennstoffspeichers unterteilte den spärlichen Raum in intime Nischen und gemütliche Abteilungen, an deren Tischen auch eine zahlreichere Gesellschaft Platz fand.

»Was ist mit deinem Hiwi? Willst du ihn nicht einmal einladen?«

»Hiwi. Also weißt du, Svenja, Hiwi, das trifft es nicht. Er war sehr viel mehr.« Jung schwieg nervös. »Nee, lieber nicht«, sagte er nach einer Weile verstimmt.

»Tomi, deine Finger«, ermahnte ihn seine Frau. »Das Trommeln stört mich.« Sie nahm ein Stück Flammkuchen vom Brett und reichte es ihm hinüber. »Also warum?«

»Was warum?«

»Dein Hiwi. Warum lädst du ihn nicht ein?«

»Ich will nicht.«

»Was ist passiert? Sag schon. Ich kenn dich doch.«

»Ich will nicht darüber reden«, erwiderte Jung abweisend.

»Könnte er vielleicht etwas ausplaudern, was ich nicht wissen soll? Gestehe, Tomi«, bohrte Svenja amüsiert weiter.

Jung seufzte und blickte sich Hilfe suchend um. Er fand Unterstützung bei Steffi, der Wirtin. Sie kam gerade von draußen herein und entdeckte die beiden nach langer Zeit wieder zusammen in ihrem Lokal. Sie begrüßte Jung wie einen Verdammten, der das seltene Glück gehabt hatte, aus der Hölle zurück ans Tageslicht gefunden zu haben. »Tomas!«

»Hallo, Steffi. Du siehst gut aus, wie immer. Schön, dich zu sehen.«

»Bemüh dich nicht. Eine Ansichtskarte wäre ganz nett gewesen, Herr Kriminalrat.«

»Die hätte dich später erreicht als ich selbst.«

»Hat er das auch zu dir gesagt, Svenja?« Steffi beugte sich über sie und sie legten kurz die Wangen aneinander.

»Was er zu mir gesagt hat, verrate ich lieber nicht.«

Sie lachten und Jung war froh, dass sich die Lage entspannte und er einstweilen vor weiteren unangenehmen Fragen geschützt schien.

»Wann geht's denn wieder los?«, erkundigte sich Steffi fürsorglich. »Darfst du dich von deinen Abenteuern erholen?«

»Montag. Ich muss mich um ein Mädchen kümmern«, antwortete Jung launig.

»Aha, so sieht also deine Art von Erholung aus.«

»Wenn du meinst«, erwiderte er schmunzelnd. »Sie ist verschwunden, vielleicht tot.«

»Oh.«

»Schon seit zehn Jahren.«

»Was?«, rief Steffi erstaunt. »Und warum ermittelst du erst jetzt?«

»Ihr Verschwinden konnte nicht aufgeklärt werden. Sie ist auf dem Weg vom elterlichen Hof in die Stadt verschollen. Wie vom Erdboden verschluckt. Keiner hat sie jemals wiedergesehen.«

»Unglaublich. Auf dem Land ist die Welt doch angeblich noch in Ordnung, oder?« Steffi sah Svenja fragend an.

»Dachte ich auch«, erwiderte die. »Letztens fuhr ich durch Nordfriesland und fühlte mich irgendwie gut, wie zu Hause.«

»Das passt ja«, bemerkte Jung. »Sie wollte nach Husum.«

»Nach Husum. Merkwürdig.« Svenja schüttelte den Kopf.

Jung konnte nicht mehr fragen, was daran so merkwürdig war. Neue Gäste traten zu ihnen an den Tisch. Sie waren ihnen früher schon das eine oder andere Mal hier begegnet. Sie begrüßten sich. Steffi musste sie bei der Suche nach einem freien Tisch enttäuschen. Das Gespräch wandelte sich. An seine Arbeit, die morgen zur festgelegten Zeit in der Polizeiinspektion Nord auf Norderhofenden beginnen würde, dachte Jung nicht mehr. Er wusste, was ihn erwartete, und er sah der Aufgabe mit neu gewonnener Gelassenheit entgegen.

ENDE

GLOSSAR

Kabbelig	bewegt
Kleine Lage	Konferenz, auf der ausgewählte Offiziere ihren Chef über den aktuellen Sachstand und neue Entwicklungen in der Marine informieren
Kammer	Wohnstube auf einem Schiff
Pier	Anlegestelle für Schiffe
Stelling	Vorrichtung, über die man an und von Bord eines Schiffes kommt
Leitstand	Kommandostand der gesamten Schiffstechnik
Schott	Tür auf einem Schiff
Dau	arabisches kleines Handelsschiff mit spezifischen Konstruktionsmerkmalen
Kommandant	Chef eines Schiffs

Kommandeur	Chef mehrerer Schiffe oder Einheiten
Bock = Koje	Schlafstelle auf einem Schiff

DIETER BÜHRIG
Schattengold

276 Seiten, Paperback.
ISBN 978-3-8392-1088-8.

IM SCHATTEN DER ZEIT In Lübeck scheint die Zeit stehen geblieben zu sein. Aina, ein Adoptivkind, das seine Herkunft nicht kennt, lernt bei ihrer Aufnahmeprüfung an der Musikhochschule die Klavierpädagogin Rana Ampoinimera kennen. Diese ist von dem Ausnahmetalent der jungen Frau überzeugt und lädt sie in ihr Haus ein. Aina trifft auf Ranas Ehemann Adrian, einen Goldschmiede- und Uhrmachermeister, und seinen Gesellen Raik.

Doch dann erschüttert eine Serie von mysteriösen Todesfällen die Idylle. Was bedeuten die fremden Worte auf den Zetteln, die man bei den Toten findet? Kriminalinspektor Kroll ist ratlos …

HARDY PUNDT
Friesenwut

367 Seiten, Paperback.
ISBN 978-3-8392-1102-1.

RASENDE WUT Eine Landstraße in Ostfriesland, weit nach Mitternacht. Es kracht. Die Landwirtstochter Freya Reemts, mit dem Fahrrad von der Disco nach Hause unterwegs, wird von einem Auto erfasst und in den Straßengraben geschleudert. Kurz darauf verliert der Fahrer die Kontrolle über sein Fahrzeug und prallt gegen einen Baum.

Für Kommissarin Itzenga und ihren Kollegen Ulferts von der Kripo Aurich scheint der Fall klar – der Unglückswagen war viel zu schnell unterwegs. Bis ein Stückchen Stoff am Unfallort entdeckt wird. Es ist Teil eines Kleidungsstücks, das keiner der beteiligten Personen zugeordnet werden kann …

GMEINER

Wir machen's spannend

HORST BOSETZKY
Promijagd

276 Seiten, Paperback.
ISBN 978-3-8392-1085-7.

BERLINER JAGDSAISON Berlin-Schöneberg. Bernhard Jöllenbeck, 39 Jahre, Politiker der NeoLPD, wird am U-Bahnhof Bayerischer Platz von einem Zug überrollt. Die Umstände sind unklar. Sicher ist nur: Ein Mann ist geflüchtet. Kurze Zeit später wird der bekannte Promipsychiater Dr. Hagen Narsdorf erpresst. Der tote Politiker war einer seiner Patienten gewesen.

Narsdorf bittet Ex-Kommissar Hans-Jürgen Mannhardt um Hilfe. Schnell wird dem erfahrenen Ermittler klar, dass ein skrupelloser Soziopath Jagd auf Berlins Prominente macht …

BERNWARD SCHNEIDER
Spittelmarkt

372 Seiten, Paperback.
ISBN 978-3-8392-1099-4.

PHARAONENKINDER Berlin im Herbst 1932. Der Anwalt Eugen Goltz reist im Auftrag des Bankiers Philipp Arnheim nach New York, um die Scheidung von dessen amerikanischer Ehefrau Florence zu regeln. Dort erfährt er von einem mysteriösen »Pharao«, dem Oberhaupt einer okkulten Geheimgesellschaft in Berlin, die mit der nationalsozialistischen Bewegung in Verbindung zu stehen scheint. Kurz darauf kommt Florence Arnheim auf rätselhafte Weise ums Leben.

Goltz kehrt nach Berlin zurück. Angewidert und fasziniert zugleich nähert er sich dem Geheimbund und macht eine furchtbare Entdeckung …

GMEINER

Wir machen's spannend

Das neue KrimiJournal ist da!

2 x jährlich das Neueste aus der Gmeiner-Krimi-Bibliothek

In jeder Ausgabe:

- Vorstellung der Neuerscheinungen
- Hintergrundinfos zu den Themen der Krimis
- Interviews mit den Autoren und Porträts
- Allgemeine Krimi-Infos
- Großes Gewinnspiel mit ›spannenden‹ Buchpreisen

ISBN 978-3-89977-950-9
kostenlos erhältlich in jeder Buchhandlung

KrimiNewsletter

Neues aus der Welt des Krimis

Haben Sie schon unseren KrimiNewsletter abonniert?
Alle zwei Monate erhalten Sie per E-Mail aktuelle Informationen aus der Welt des Krimis: Buchtipps, Berichte über Krimiautoren und ihre Arbeit, Veranstaltungshinweise, neue Krimiseiten im Internet, interessante Neuigkeiten zum Krimi im Allgemeinen.
Die Anmeldung zum KrimiNewsletter ist ganz einfach. Direkt auf der Homepage des Gmeiner-Verlags (www.gmeiner-verlag.de) finden Sie das entsprechende Anmeldeformular.

Ihre Meinung ist gefragt!

Mitmachen und gewinnen

Wir möchten Ihnen mit unseren Romanen immer beste Unterhaltung bieten. Sie können uns dabei unterstützen, indem Sie uns Ihre Meinung zu den Gmeiner-Romanen sagen! Senden Sie eine E-Mail an gewinnspiel@gmeiner-verlag.de und teilen Sie uns mit, welches Buch Sie gelesen haben und wie es Ihnen gefallen hat. Alle Einsendungen nehmen automatisch am großen Jahresgewinnspiel mit ›spannenden‹ Buchpreisen teil.

GMEINER

Wir machen's spannend

Alle Gmeiner-Autoren und ihre Romane auf einen Blick

ANTHOLOGIEN: Tatort Starnberger See • Mords-Sachsen 4 • Sterbenslust • Tödliche Wasser • Gefährliche Nachbarn • Mords-Sachsen 3 • Tatort Ammersee • Campusmord • Mords-Sachsen 2 • Tod am Bodensee • Mords-Sachsen 1 • Grenzfälle • Spekulatius **ARTMEIER, HILDEGUND**: Feuerross • Drachenfrau **BAUER, HERMANN**: Verschwörungsmelange • Karambolage • Fernwehträume **BAUM, BEATE**: Weltverloren • Ruchlos • Häuserkampf **BAUMANN, MANNFRED**: Jedermanntod **BECK, SINJE**: Totenklang • Duftspur • Einzelkämpfer **BECKER, OLIVER**: Das Geheimnis der Krähentochter **BECKMANN, HERBERT**: Mark Twain unter den Linden • Die indiskreten Briefe des Giacomo Casanova **BEINSSEN, JAN**: Goldfrauen • Feuerfrauen **BLATTER, ULRIKE**: Vogelfrau **BODE-HOFFMANN, GRIT / HOFFMANN, MATTHIAS**: Infantizid **BOMM, MANFRED**: Kurzschluss • Glasklar • Notbremse • Schattennetz • Beweislast • Schusslinie • Mordloch • Trugschluss • Irrflug • Himmelsfelsen **BONN, SUSANNE**: Die Schule der Spielleute • Der Jahrmarkt zu Jakobi **BODENMANN, MONA**: Mondmilchgubel **BOSETZKY, HORST (-KY)**: Promijagd • Unterm Kirschbaum **BOENKE, MICHAEL**: Gott'sacker **BÖCKER, BÄRBEL**: Henkersmahl **BUEHRIG, DIETER**: Schattengold **BUTTLER, MONIKA**: Dunkelzeit • Abendfrieden • Herzraub **BÜRKL, ANNI**: Ausgetanzt • Schwarztee **CLAUSEN, ANKE**: Dinnerparty • Ostseegrab **DANZ, ELLA**: Schatz, schmeckt's dir nicht • Rosenwahn • Kochwut • Nebelschleier • Steilufer • Osterfeuer **DETERING, MONIKA**: Puppenmann • Herzfrauen **DIECHLER, GABRIELE**: Glaub mir, es muss Liebe sein • Engpass **DÜNSCHEDE, SANDRA**: Todeswatt • Friesenrache • Solomord • Nordmord • Deichgrab **EMME, PIERRE**: Diamantenschmaus • Pizza Letale • Pasta Mortale • Schneenockerleklat • Florentinerpakt • Ballsaison • Tortenkomplott • Killerspiele • Würstelmassaker • Heurigenpassion • Schnitzelfarce • Pastetenlust **ENDERLE, MANFRED**: Nachtwanderer **ERFMEYER, KLAUS**: Endstadium • Tribunal • Geldmarie • Todeserklärung • Karrieresprung **ERWIN, BIRGIT / BUCHHORN, ULRICH**: Die Gauklerin von Buchhorn • Die Herren von Buchhorn **FOHL, DAGMAR**: Die Insel der Witwen • Das Mädchen und sein Henker **FRANZINGER, BERND**: Zehnkampf • Leidenstour • Kindspech • Jammerhalde • Bombenstimmung • Wolfsfalle • Dinotod • Ohnmacht • Goldrausch • Pilzsaison **GARDEIN, UWE**: Das Mysterium des Himmels • Die Stunde des Königs • Die letzte Hexe – Maria Anna Schwegelin **GARDENER, EVA B.**: Lebenshunger **GEISLER, KURT**: Bädersterben **GIBERT, MATTHIAS P.**: Schmuddelkinder • Bullenhitze • Eiszeit • Zirkusluft • Kammerflimmern • Nervenflattern **GRAF, EDI**: Bombenspiel • Leopardenjagd • Elefantengold • Löwenriss • Nashornfieber **GUDE, CHRISTIAN**: Kontrollverlust • Homunculus • Binärcode • Mosquito **HAENNI, STEFAN**: Brahmsrösi • Narrentod **HAUG, GUNTER**: Gössenjagd • Hüttenzauber • Tauberschwarz • Höllenfahrt • Sturmwarnung • Riffhaie • Tiefenrausch **HEIM, UTA-MARIA**: Totenkuss • Wespennest • Das Rattenprinzip • Totschweigen • Dreckskind **HERELD, PETER**: Das Geheimnis des Goldmachers **HUNOLD-REIME, SIGRID**: Schattenmorellen • Frühstückspension **IMBSWEILER, MARCUS**: Butenschön • Altstadtfest • Schlussakt • Bergfriedhof **KARNANI, FRITJOF**: Notlandung • Turnaround • Takeover **KAST-RIEDLINGER, ANNETTE**: Liebling, ich kann auch anders **KEISER, GABRIELE**: Gartenschläfer • Apollofalter